2gether

2

著 ジッティレイン JittiRain　訳 佐々木紀 Sasaki Michi

目次

contents

2gether（1） 目次

第17章

弱ければ、おまえは負ける。おまえが落ちるとき、おまえは俺に落ちる。

SARAWATLISM Side

「もう、口説き続けるのが嫌になった」
「俺の彼氏になれよ」

タインが座ったまま凍ってる。びっくりしたペンギンみたいにまん丸になった目で。瞬きもせず、俺を見ている。きっと他に誰にも目をやれないからだろう。マンたちがステージの下でニヤついている。全員の顔面を殴ってやりたい。俺に断りもなく勝手なことをして。お陰で今タインがこんなことになっちまった。

「ステージ降りようぜ」

「……」

横に座るあいつは答えず、だから強引に手を握って立たせてやった。俺の告白を受けるのか断るのか、答えは期待してない。今はとにかく、この気づまりな状況からすみやかにこいつを連れ去ってやりたい。それだけでいい。

ときどき、忘れてしまうことがある。俺はいつでも自分の気持ちばかりで、あいつの心を置き去りにしてしまう。おっと……これはクールなセリフだぞ。なんで俺という男はこんなに魅力的で、かつ頭が切れるんだ。

「おーい！　なぜそんなに急ぐ？」

「サラワット！」

「まだ行くな。おい！」

仲間は大声で叫ぶ。特にマン、こいつが一番エキサイトしているようだ。ステージに向かって観客が叫んでいる中、マンと仲間がバックステージまで俺たちを追ってくる。

「何も言うな」と俺はタインに告げる。

「言わないよ。ただ……ちょっとショックで」

と言うが、目を見開いたあいつの顔を見れば、ちょっとどころではないのがわかる。この、なんでこんなにキュートなんだ。こいつに惚れずにいられるわけがない。とんでもなく美しい。

「サラワット、おまえ、しくじったな」

騒音の中から、マンの声がする。その騒音は、ステージで誰かがマイクで話し始めたために観客が上げたものだ。

「みんな、びっくりしたと思うけど。軽音部の学生のサプライズ・パフォーマンスでした。みんなに大きな拍手を！」

「きゃあ！　ただのパフォーマンス？」

「だまされたー！」

驚いた聴衆が叫んでいる。すべてが芝居だと宣言され、盛大な拍手が嬉しそうに響く。この混乱状態が収まり、その後やっと新たな演奏に関心が向くまでに、たっぷり10分はかかった。

この結果に不満な俺の友人たちが何かブツブツ言っている。サプライズをいつから計画していたのか、さっぱりわからない。わかっているのは、約1週間前に、タインは『Wish《ウィッシュ》』をやるんだと教えてやったことだけだ。まさかそれからずっとリハーサルしていたとは思えないが。

「ジョムの司会め、何考えてるんだよ。誰が演技だって言った？」

「あいつには誤解させたままのほうがいい」と言って、俺は会話に割り込む。

「いいってなんだよ！　おまえを助けようと頑張ったんだぜ、ワット。見ろよ、グダグダだよ」

「ここまでしなくていい」

「じゃあもうつき合うのやめろ。がっくりだぜ。おまえらの応援はもうこりごりだ」

マンは手にしたウクレレを地面に投げ捨てる。あれは確か軽音部の備品なんだが……。

「どうした、タイン？　心臓ちゃんと動いてる？」

「……」

タインはティーを見上げるが、いつものような答えがない。俺ができることは、ただポンとあいつの頭を叩くだけだ。

「少し休め。みんな、善意には感謝する。ここからは俺が面倒みる」

「腹立つなあ。がっかりだ」

「俺がジョムに説明してやる。なんであれがただのパフォーマンスだなんて言えるかな。くっそー!!」

俺は友人の広い背中が遠のいていくのを見て、タインのフォローにまわる。

「どの部もそれぞれパフォーマンスみたいなものをしなくてはいけない。だからもちろんみんな、これもそのひとつだと思うさ。ジョムは、大の男が2人して、こんなふうに人前で告白するくらい頭がおかしいなんて想像できなかったんだろうな。でも今起きたことは……」

「じゃあ本当にフェイクなの？」

タインは急に立ち直ったようで、口を開いた。

「おまえはどう思う？」

「わからない」

「演技だよ」

何がエンギだ。あまり悩まれると困るから、真実を告げなかった。俺があいつを好きだということすら、まだ信じていないことだろう。こういうことには時間がかかる。そのときが来たら、本気で行けばいいんだ。

「ひゃあ！　すごいショック受けたじゃないか、クソが。まともに息ができない」

とても安心したような声だ。俺はあいつに笑いかける。いつものタインが戻った。

「俺の彼氏になれと言ったのが本当じゃなくて嬉しいのか」

「わからない」

「俺のセリフのマネするな」

「クソったれ！　おまえ、『わからない』の著作権でも持ってるのか？」

「ごちゃごちゃ考えるな」

「ちょっと僕の脳をほっといてくれ」

あいつは俺の手をさっと払うと、ズボンのポケットからスマホを出してチェックし始め、こっちは締め出される。うん……いつもの強情だ。

「おまえのファンも僕のことを話してるよ」

5分かそこらスマホを見てから、ふいに言ってくる。

「なんて言ってる？」

「本当に僕のことを好きでなくて喜んでいる。みんな、今回のもインスタでの告白も、軽音部のサプライズ企画の一部だと思っているよ」

あいつの目つきから考えは読めないが、声にはかすかにイラ立ちが含まれている。厄介もん、引っかかったか。

「じゃあいいじゃないか。みんなにいちいち説明する手間がはぶけるだろう」

「そうだな！」

「なんで取り乱してる？」

「誰が取り乱してるんだ？　違う。実際ほっとしてる」

と言うが、顔を見るとそうではないようだ。こいつをからかうの、楽しい。日々の小さな喜びだ。

「もう大丈夫なら、申し込み用紙を配りに行こうぜ」

「うん」

タインは立ち上がり、俺の先に立ってステージそでへ行く。そこにはもう人が集まっている。ホワイト・ライオンたちもいた。

「手伝います」

俺は2年の先輩に言う。彼女は俺たちに、箱から出したチラシをどさっと渡してくれる。ステージの反対側のそでに別のテーブルを置くことにする。そのほうが、イベントに興味を持った大勢の学生をさばきやすい。

タインはずっとくっついてきて、俺のそばから離れない。2人でそれぞれ、興味があるという人に詳しいことを説明し、申し込み用紙を配った。

さらに参加希望者が増えて、マンとボスも助っ人に加わった。ここに来ているのはもう参加を決めた人だけではない——まだ迷っている人も、もう申し込み済みの人もいる。音楽フェスティバルは思っていたよりもずっと人気のようだ。

「ああ」

「サラワット、ほんとビックリしちゃった。あなたのパフォーマンス、みんなショックだったわ」

中には申し込み用紙をもらうことと同じくらい、いわゆる「サプライズ」で頭がいっぱいの人もいるようだ。

「サラワット、わたしもバンドを組みたいの。いつこの用紙を送ればいいの？」

ルックスのいい上級生が来て尋ねる。

「今日から来月末までに送ってください」

「コンテストに申し込んじゃったら、敵同士になっちゃうかしら？」

「いい友達になると思いますよ」

「じゃ、またね」

俺は何も言わずうなずき、ニコニコしている小柄な女子に用紙を渡す。今のところ気がかりなのは、タインの不機嫌そうな顔だけだ。

「何を見ている、この、チビ水牛※」

「こんなにイケてる水牛なんているか？」

「あの先輩はただ質問しただけだろう。なんでもない」

「僕が何か言った？」

俺はうなずく。内心馬鹿笑いしているが、それを見せないようにする。好きな男を怒らせるのが俺のひそかな楽しみなんだが、もうバレてた？　怒るとあいつ、眉間にしわを寄せる。そうやって顔をしかめると、死ぬほど可愛いんだ。丸い目に、長いまつげ、キスを誘う唇。これがキュートそのものでなければなんだ。

「よう、俺も用紙もらっていいか？」

俺はその声のほうを向いた。作業用シャツ姿の工学部の連中が、こちらに向かってくる。マンが先に捕まえ、用紙を渡そうとする。

「俺はサラワットからもらいたいんだ」

「なんだよ、選ぶ権利あるほどセレブなのかい？」

「無礼なやつだな」

このグループの全員が代わる代わる口論に加わる。俺は手近な男に申し込み用紙を渡し、口げんかを止めようとした。俺が2度も巻き込まれた、あの乱闘の犯人だ。なぜこいつがいつも俺を目のかたきにするのか、皆目わからない。俺を憎んでいるのか？

※ タイ語で水牛は相手を馬鹿呼ばわりする言葉。

「今年のイベントで会うのを楽しみにしているぜ。おまえがどのくらいスバラシイかぜひ知りたいんだよ」

名を知らない浅黒い顔の男が、俺の肩を乱暴に叩いてニヤニヤする。その笑顔に友好的なところはまるでない。

「じゃあそのときに」

「このコンテストの詳しいことを知りたいんだ。説明してくれるかな？」

「コンテストには2ラウンドがあって……」

「ここで聞くのはちょっと都合が悪いんだ。隣の建物の、男子トイレまでついてきてくれないかな」

「それは、ちょっとできない」

「俺はおまえのきれいな顔をぐちゃぐちゃにして名声を失わせたりしないよ。怖がるな」

俺の人気なんぞが、どうしてこいつらに大事なことなのか。俺は何もしてない。俺は俺だ。そのことでなぜ、始終嫌がらせを受けるんだ。

こんなことが多すぎる。上級生だということはわかる、だから応戦して面倒なことになりたくない。それでも、おそらく近々どうしても我慢できなくなるときが来る。そうしたらあいつらをぶちのめしてしまうだろう、父親にとっ捕まって刑務所行きになったとしても。こんなことは耐えがたい。

「タイン、すぐ戻る」

そろそろ、片をつけるときだ。

「どこ行くの？」

「小便だよ」

「行かせないよ。我慢しなよ」

例の上級生たちは去っていくが、ちょっとふり向いて、俺がついてくるものと思っているのが見える。マンとビッグが急いで後を追った。あいつら一戦交える気だ。あのときの傷はなかなか消えず、苦痛の記憶を呼び覚ますが、自分個人の問題のために友達に怪我を負わせるわけにはいかない。だから、俺が1人で行く、と身ぶりで伝えた。ただ、問題はホワイト・ライオンではない。この厄介もんだ。

「僕も一緒に行くよ。トイレ行きたいから」

「我慢しろ」

「無理」

「別の便所使え」俺は言いつけて、これから上級生に会いに行くのと逆方向のトイレを指さす。

「サラワット」

「聞き分けが悪い。これについては自分でもあまりいい気分じゃないんだ」

「トイレ我慢したって死なないよ」

こんなおぞましいことを、こいつに見せたくないんだ。俺のせいでトラブルに巻き込まれてほしくない。こっちの言葉をどう受けとったのか知らないが、俺の手を掴んだあいつの手から、だんだん力が抜けていく。それからは俺に一瞥《いちべつ》もくれず、目の前の人たちに用紙を配り続ける。俺の奥さんが怒ってしまった。どうすりゃいい？

いや、それより今は目の前の問題を解決しなくてはならない。だから大勢の工学部上級生のグループについていくことをためらわなかった。神経が尖っているのがわかる。このへんは静かだ。普段は使われないトイレだから。中に踏み込むと、俺の背後でドアがバタンと閉まり、誰かが話し始める。

「ここに呼んだのは、行動に気をつけろと忠告するためだ。おまえ、歩こうとして突然意識を失ったことあるか？」

「それは脅しですか」

「脅してなんかいない。言っておきたいだけだ」

「俺が何かしましたか？　こっちが覚えている限り、知り合いでもないと思いますが」

こいつら、理由もなくもう2度も襲撃してきた。どちらのときも、俺は家に帰ってから疑問だらけだった。

「知らないって。本当に？」

「知らないから教えてくれと言ってるだろうが！」

そろそろ逆上しそうになってくる。上級生にこんな口をきいて。向こうも同じくらい怒ったようだ。顔に一発かまそうと、こっちへ寄ってくる。幸い、向こうの友人たちが、うまくそいつを押さえてくれる。もし止めてくれなかったら今ごろ俺は……。

「教えてやるよ。最初はおまえを嫌いなことに理由なんかなかった。おまえの顔を見るだけでムカつくんだよ」

じゃあ全部、俺の顔が気に入らないことが理由か？　それだけ？　顔のせいだって？

「だが、今は別の理由がある。それ以上のことだ」

相手はちょっと言葉を切る、それから聞いてくる。

「おまえ、自分が何をしたのか覚えているか？」

俺は言葉につまる。頭の中であらゆる可能性を探ってみる。しかしいくら考えても、まったく思いつかない。工学部の学生とケンカなんかしたことがない。ただ……。

「ミル」

1人だけ、建築学部の制服を着ていることに、たった今気づいた。誰かは知らないが、こいつは今言った名前の男の友人だと思う。

「やっと思い出したか。何か、言うことは？　俺たちの足蹴りを避けられるかもしれないぜ」

「……」俺は黙っている。

「最初、おまえはミルにケンカを売って、仲間まで巻き込んだな」

いつ俺が人にケンカを売ったりした？　ミルとのことは、タインと言い争ったときのバーで始まり、終わったことだ。タインの電話番号を聞いた男が誰かわかって、マンがそいつのところに連れていってくれた。あの上級生は事情がわかったように見えたし、その後もいつまでも根に持っているようには見えなかった。だからみんな、そのことはすっかり忘れてしまっていた。

それがなぜまたこんな問題になっている？　混乱する。俺のせいなのか？

「二度目は」同じ男が続ける。「シス・トゥーンのカフェで、おまえがケンカをふっかけたとミルが言っていたぜ」

「ただ手を払いのけただけだ」

「よく覚えてるじゃないか」

手を払ったんだぞ。手を払っただけ。殺したわけじゃない。

「そっちの友達が最初に俺の男にちょっかいかけたんだ」

言ったとおり、タインに手を出すやつには、誰だろうと容赦しない。これがみんな、俺がタインを守るために必要なことなら、かかってくればいい。こちらの準備はできている。

「そんなこと関係ねえ」

「こっちだってだ。もし誰かがタインに手を出したら、俺が相手になる」

「サラワット……」

クソ！　ドアが開いて、タインとホワイト・ライオンたちの姿が見えた。本当のことを言うとマンたちは別に心配じゃないが。今俺の名を呼んだやつのことだけは心配だ。タインに、向こうではなく、こっちが悪党だと勘違いされてしまったら？

「ここで何してる？」

「おまえがどこにもいないから、マンに連れてきてもらったんだ」

俺はくるっとマンに向き直る。やつは、俺は知らないとでも言うように首をふる。ホワイト・ライオンは、仲間のことは責めない約束だ。

「おまえには加勢が必要なんだな」相手の１人が俺を見て低く言う。

「おまえは口が達者だな」

「こいつが好きなんだな？」こちらに話しかけるが、指はタインをさしている。

「……」

「そんなに好きなやつなら、気をつけろ。誰かに盗られないようにな」

「盗ってみろよクソが！　僕は物じゃないぞ！」

と、タインの体が勇猛に上級生に突っかかっていくのが見えた。情け容赦なく、殴っている。

ボカッ！　バシッ！　ドスッ！

俺が何も言っていないのに、すでに上級生にパンチを食らわせている。工学部の連中がすぐに闘いに加わる、そして俺も。厄介もんをこの混乱から救出したい。が、遅すぎた。

ズサッ！

タインの体が俺の目の前に転がった。全世界が止まったように感じる。俺の、抑えていた感情が、一気に爆発しようとしてる。いつもは大抵のことに落ち着いていられるが、タインのことだけは別だ。俺のただひとつの例外だ。

「このクズ野郎!!」

ついにブチ切れた。考える前に足が前へとダッシュする。タインを地面に倒した男の顔めがけ、拳をふり切った。こいつをぶちのめすということしか頭にない。止めようとする者がいたら蹴った。こいつをボコボコにするまではやめない。反撃の機会も一切あたえない。

「ワット、そこまでだ」

「……」

「こいつは俺にまかせろ」

マンの怒声がして、やつのでかい体に押しのけられた。選手交代だ。狭い便所の中がもうカオスだ。ここにいる全員、闘う気で来たのだ。誰も降参するつもりはない――こっちの味方も同様だ。蹴りやパンチの音が鳴る中、タインがふらふらと立ち上がった。俺はすばやくそばに寄って、便所の隅まで引っ張って避難させる。それからまた、目前のバトルに戻った。

30分もしないうちに、片がつく。ひどいありさまだ。1人は怪我がひどくて、救急用の医務室に運び込まなければならない。タインを倒した男、そして俺が力加減せず殴った相手だ。味方のホワイト・ライオンたちもそこらじゅうに青あざを作っていたが、誰も深い傷はないと確認してから、解散する。

　タインも俺たちとたいして変わらない状態だ。顔が腫れあがって、打撲のあざもできている。顔も殴られたのだろう、鼻血が出ていた。かわいそうに。血をなんとか止めようと、鼻の穴に指を突っ込んでいる。なんともアホらしい光景だ。

　肩を貸してやってトイレの外へ連れ出したとき、タインは震えていた。小さなうめき声も聞こえる。心臓がバラバラになりそうで、俺は彼を抱きしめ、なだめてやりたくなる。するとあいつが震えている理由が聞こえ、俺はさっさと手を離した。

「ひどい！　顔がめちゃめちゃだ。チアリーディングの先輩に、殺される」

「おまえ、心配してるのは顔のこと？」

「どっか別のところを殴ってくれればいいのに。股間を殴られたほうがましだ」

「おまえが先にタマを蹴ってやったら、あっちだってお返ししてくれたろうよ」

　俺の寮の部屋に戻るまで、タインはずっとグチグチ嘆き続けている。やっと部屋に着いたころには、その声で半分耳がダメになったかと思った。

　タインはベッドにあぐらをかいて座り、うなだれている。俺は傷の手当てをするために救急箱を探す。道すがらずっと泣いていたせいで、目が腫れあがってる。痛くて泣いていたわけじゃない、きれいなお顔が心配。上級生に叱られると怖れているんだ。

「鏡、貸して」

「顔は見ないでおけ。今よりひどく泣くぞ」と言ってやる。

「その傷の手当てしてもらいたいのか、もっと泣き続けたいのか？」

「おまえなんか助けなきゃよかった。そのせいで僕は上級生に殺される」

「でも助けてくれちまったんだから。ほら、顔上げて」

「ひっでえ。顔が終わってる」

「やっと泣きやんだか、じゃあ今度は文句もやめてくれ」

他の人間がタインをどういうふうに見るかはどうでもいい。俺にとっては、地球上で一番、可愛らしい生き物だ。いつでも、こいつが機嫌をそこねているときは特に、俺のやり方をおしつけたくなる、もう文句は言わせない。あごを掴んで傷口の消毒のために、顔を上げさせる。それでどうなったと思う？

あいつの無垢な目を見て、鼓動が速くなってくる。愛おしい。ありえないほど愛おしい！マンの言葉が頭に浮かんだ。

「欲しければ、そう言え。なんだろうと、欲しいと言ってみろ。ここ触っていい？とか、ここをつねっていい？とか、そういうこと。頭で思ってるだけじゃ、相手はわからないだろ」

そんな言葉を思い出していると、だんだん自制心が薄れてきた。マンが言ったようにしてみよう。あいつのアドバイスはけっこう参考になるんだ、結果はほとんどうまくいってないが。

「タイン」

「ん？　ここだけちょっとやってくれない？　消毒液でいいよ。口に入れないでよ。飲んだら死んじゃうから」

「タイン……」

「ええ、何？」

「おまえのおっぱい、触っていい？」

もしかしたらオーケーかも、と淡い期待を抱いて聞いてみた。断られても、まあいいけど。

「おまえ、笑わせようとしてる？」

「ねえいい？」

「なんだとこの？　離れろ。顔に触んな。寒気した」

ううう。おっぱいは諦めるとしても、今度はあごにさえ触れないことになったじゃないか。マンのやつ、殺す。

タインはすっかり手の届かないところに行ってしまった。自分で静かに傷口を消毒している。ときどきこちらを不安気にちらりと見て、何も言わない。それが済むと、救急箱を投げてよこす。

「自分の傷を消毒して、薬つけなよ」

「俺は痛くない」俺の顔は大丈夫だ、俺が相手の顔を大丈夫じゃなくしたけど。

「手だよ。そっちの手にたくさん傷があるだろ。手当てしなよ。今すぐ」

俺は自分の手を見る。左手はきれいだが、右手は戦場にいたようだ。手のひらから出血している。あいつに言われるまで、痛みに気づかなかった。

「手当てしてくれない？　片手じゃうまくできない」

　また頼んでみる。今度は運が向いてきたかも。タインは仕方ないな、という表情で、ちょっとためらうが、こちらに来る。消毒薬を取って、何も言わずに俺の傷を治療してくれる。俺の願いはかなったようだ。


　初めてタインに会ったのは、シラパコーン大学でのスクラブのコンサートだ。全然知らない人間なのに、すぐに感じたんだ、こいつは特別な存在だと。あいつはどうしてか、指ひとつ動かさずに、俺を圧倒した。あいつは俺のすぐ横で、友達と一緒に踊っていた。踊り、飛び跳ねていたせいで、背中には汗がにじんでいた。

　コンサート終了後に、俺は連れたちと別れて彼の後を追った。タインの友達が彼をバックステージに連れていこうとしていた。スクラブと写真を撮りたい、と言っているのが聞こえたが、頼むのをためらっている様子だ。

「すごい近くで見たんだもん、それだけでいいや」

　顔に笑みを浮かべて戻ってきたあいつが言うのが聞こえた。だから、あいつのバンドとの写真の相手は、すぐそこにいた本人たちではなく、スクラブの大きなポスターなんだ。ポスターと記念撮影する彼の姿を、俺は遠くから写真に収めた。

　奇跡的な再会をして、今度は一緒に行ったコンサートの日にインスタに上げたのがその写真だ。

どんなに必死にあいつを探したか、うまく説明できない。また会えるかもと、数えきれないほどスクラブのコンサートに行った。チェンマイの大学に入ったときは、もう希望は捨てていた。何も期待せず、新たな生活を始めたんだ。でも……。

ずっと探していたあいつが、俺のところへ来た。俺の名を呼んだ。その瞬間、気づいたんだ、もう待たなくていいと。俺の心の中に笑みが広がった。外見上は無表情を装っていたが、その内にずっと隠していた秘密だ。

「なぜ高校のときに彼女いなかったの？」

タインの質問が、ノスタルジックな気分に穴を空けた。沈黙が続きすぎたと思ったのだろう、それで何か言おうとしたんだな。

「おまえを待ってたから」

「イラっとするなあ。真面目に言って」

「愛している、と言うのは好きじゃないんだ。愛情を保つことはしたくない。愛をキープするなんてつまらない」

「でも今は、愛している、そうだろ？」

「うん。面倒を見たい相手を見つけたのさ」

「それって疲れない？　僕は女の子をもてなしてばかりいたときは、めちゃ疲れたよ」

「いや、俺は違う。この愛を大事にしていきたい。というより、誰か愛する人の世話を焼いたことで疲れるなら、そのことには価値がある」

あいつは丁寧に包帯を巻き、テープで止めてくれた。どちらも何も言わないが、タインは俺が誰のことを言っているか、わかってるはずだ。だから顔を赤くしているんだ。傷あとよりも濃い赤になっている。

「誰か好きになったことはある？」少したってから、聞いてきた。

「うん、ある」と正直に答える。

「その人、今どこにいるの？」

「バンコク」

「ええ？　その人に告白したりとかしなかったの？　願いがかなってたかも」

「ステキだと思ってるだけのほうがいい人もいる、自分のものにするのでなく」

「おまえの顔がハンサムだからって夢中になるやつは許せるよ。実際はおまえ、役立たずだから」

タインが不機嫌に言う。こいつ、可愛いすぎるだろ。

「おまえは俺のすべてのルールにおいて例外だ」

「……」

「……」

「おまえが欲しい」

「激しく犯したい」

「やめろぉ！　おまえ、ありえない！」

ずるずる後ずさりしていって、背中がヘッドボードにくっつきそうだ。俺は笑う、ただの冗談だったみたいに。本当は、あいつに飛びかかって自分のものにしたくてたまらないが。残念だな。あいつが3日は足腰立たないくらい、可愛がってやれるのに。

「おまえ何が欲しい？　なんでもやる」

「なんにもいらない。サラワット、このドS」

「今ごろわかったんだ？」

ゆっくりと彼に近寄っていく。気づかれていないときにこっそり動き、相手の息が聞こえるところまで寄った。

「このチビ水牛、なんでこうカワイイんだ？」

タインは警戒心いっぱいの目を開いてこっちを見ている。

「……」

「キスしていい？」

「ダメだ」

「ほっぺに、キスしていい？」

「やめとけ」

「じゃあどうすりゃいいんだ」

「何もすんな。あっち行け！」

「おっと！　おまえの手に触っちゃった。照れくさ」

ムカっとして言うが、実はもう硬くなってる。あいつに押しのけられる。なぜ俺は、こんなにも幸せなんだ？


俺はいつも、自分の馬鹿さかげんをきっちり隠すようにしてきた。本当の俺を知ってるのは友達か、ごく親しい人間だけだ。他人から真の自分の姿を隠したいというのは別におかしいことじゃないはずだ。この世界、他人のことなど誰も本気で気にしないじゃないか。誰も、お互いの深いところまで見る時間がない。すべてにおいて、みんなを感心させているほど暇じゃない。

だから、いいところを見せたい相手を、自分をさらけ出す相手を、愛する相手を選ばなければならないんだ。１人だけでいい。

「二度とおまえを離さない」

「僕はどこへも行かなかったよ」

「みんなが、俺からおまえを盗ろうとする」

「だから？」

「嫌なんだ」

「……」

「他のやつが、俺がずっとしたいと思ってきたみたいに、おまえの手を触ったり頭を撫でたり、ハグしたりするのが嫌なんだ」

普通の状況でこれを言ったら、絶対に素直に聞いてくれなかっただろう。だから、油断している隙につけ込むしかないようにしたのは、あっちだ。あっちが悪い。

「でも、自分だってそういうことしたじゃん。僕がいやだって言ってもやめないくせに」

「うん、でもだからこそおまえの許可が欲しい」

「今さら礼儀を気にするなんて遅すぎるよ。おまえには僕の許可なんか必要ない。いらないよ」

タインの声は優しい。その声は小さくて、ほとんど何も言っていないみたいだ。でも俺にはきちんと聞こえる、こいつが口を開くときはいつも神経を集中させているから。心臓が喜びで跳び上がってる。うそん。マジ？　聞かないで、していいの？

「そうだな。おまえの許可なんか初めからいらなかったんだ」

とタインににじり寄る。あいつの匂いがわかるくらい近づいた。向こうはこれ以上逃げられない。ヘッドボードに背中をつけてしまっているから。俺を不安気に見る。そして俺は、もっとガッツリ行きたかったが、そーっと、唇にキスする。

タインは目を閉じる、その静かなキスが終わってからまた目を開けた。俺は飢えた目であいつを見る。欲しい、こいつの影がなくなるまで舐め尽くしたいくらい。でも、そんなことはとてもできない。キスできただけで、彼の頬に軽く手を触れられただけで、十分すぎる。

タインは怪我してる……タインは怪我しているんだ。自分に言い聞かせる。

「痛いよ」

思ったとおりだ。

「ただのキスだろ」

「ああ。痛いんだ」

「唇に触っただけだ。舌も使わなかった。できたら前みたいにしたかったのに」

「なんのことを言ってるんだ？　もう帰る」と胸を押しのけてくる。

「なんだ、ムード壊して」

「うるせー」

「もう立っちゃってるし」

「は、なんの話？　何が立ってるって？」

「腕の毛が総立ち」

「そんなこと、信じると思うか？」

「もし立ってるのが俺の股間にあるモノだと言ったら、そいつをおとなしくさせるの、手伝ってくれた？」

バーン！

あいつは勢いよくベッドを飛び出し、ドアを鳴らして逃げていった。ちぇ。

「おまえ、何食う？　腹減った」

　ボスの声が耳ざわりだ。俺たちはカフェテリアをめざし、屋内を歩いているところだ。好き嫌いはないから、普通は食べるところを探すのに不自由しない。いつもならカレーの屋台で適当にオーダーするのだが、今日は昼に1時間ほど遅れたため、開いている店は2軒だけだ。タイ料理の注文屋台と、麺類の店。

「マン、何が食べたい？」

「ガッパオ（豚ひき肉のバジル炒め）がいい」

「俺もそれがいい」

「俺も」

「オーケー。みんなガッパオだな」

　全員うなずくと、ティーが店内に行って6人分注文する。いつもどおり、残りの人間は座る場所を探す。講義は2時までは再開しないから、少し時間に余裕があった。ホワイト・ライオンの話題はいつも同じようなものだ。勉強にサッカー、音楽、食べ物に、ポルノ。

　そう、ポルノね。こっち方面に詳しいのはビッグとマンだ。特に日本のアダルト映画に関してはエキスパートだ。新作が話題になると、いつも真っ先に手に入れ、みんなにリンクをシェアしてくれる。俺はインターネットをあまりしないから、マンは俺のノートパソコンにブックマークして、講義の前にパソコンを開けるときに発見するようにしてくれてる。

料理ができるまでの間、話をしていないときは、スマホでゲームをする。仲間全員ゲーム好きで、スマホのアプリは大部分がゲーム関係だ。最新情報の共有のためにフェイスブックみたいなサイトはほとんど使わない代わりに、インスタグラムで乳のでかい女の子をフォローするのが好きだ。そのアプリで俺がフォローしているのは1人だけ、同じ写真を何度も見ていることも多い。SNS関係は最初はうまくできなかったことは事実だ。インスタの写真を自分のスマホのギャラリーに入れる方法を探そうとしたが、しまいに友達が俺の頭をバシッと叩いて、スクリーンショットというものを教えてくれることになった。今や、俺の携帯の中身はそういう写真ばかりだ。家族のはもちろんあるが、それ以外はみんな、タインの写真だ。

「おまえ、何ニヤニヤしてんの。俺が言ったこと、うまくいった?」

マンがいじり口調で言う。うすら笑いを浮かべていて、本気でぶん殴ってやりたい。

「おまえが言ったことって?」

「触っていいか聞くこと」と言いながら、何やら手ぶりもまじえる。

「キスひとつお願いするのさえ不可能に近い。これ以上どう頼めるんだ」

「おまえ、例によって使えないな。手本を見せてもらいたいか?」

「首は突っ込まなくていい」

「タインは可愛いもんな。俺、好きだよ」

「死にたいのか？」

　こいつ、いつもタインのことを持ち出して人をイラつかせるのだ。こっちが怒るのは知っているのに、常にタインに話を持っていく。

「ご注文、出来上がりましたよ」

「おい、これを食うまでは殺すの待てよ」

　料理とカトラリーが届けられた。さて食べようと意気込んだところで、誰かが近くに立つのを感じ、全員が手を止める。最初に頭に浮かんだことは……この上級生には見覚えがあるということだ。俺は何も言わず、相手が話し出すのを待つ。

「サラワット、ブルー・ハワイを買ってあげたわ。前回はマンさんに渡してくれるように頼んだんだけど。飲んでくれているだけで、とっても嬉しかった」

　待て、それじゃあ……いつかもらったブルー・ハワイ、あれはマンからじゃなかったのか。マンのほうを向くと、アホっぽい笑顔が返ってきただけだ。

「どうもありがとう、でももう買わなくていいです。本当はブルー・ハワイはそんなに好きじゃないので」

　好きなのは別の誰かさんだ。

「あら。じゃあ食べ物や飲み物で何が好きなの、サラワット？」

「何も買ってほしくないです」

ひどく居心地が悪い。いつもこうだ、休憩時間や講義後。最初は教室のドアに、俺の名前を書いたスナックや甘い物入りの袋がぶらさがっているだけだった。それをずっと無視していたら、今度は車のドアミラーにくくりつけられるようになった。

中央棟のカフェテリアにはほとんど行かないようにしている。みんなにじろじろ見られているように感じる――しかもその中には敵も混じっているようだから。タインに会うとき以外、あそこは決して足を踏み入れたくない場所だ。

「コンテスト用にバンドを結成したんですってね」

その先輩女子は話題を変えて、俺はうなずく。

「頑張ってね。あっ。バッグに包帯が入ってる」

「……」

「手に怪我したのね」

「ええ」

「最近インスタに何も投稿してないのね」

「最近ほとんど写真撮らないんで」

これは嘘でもない。俺のギャラリーはすでにタインでいっぱいだ。自分で撮ったのもあれば、インスタからスクショしたのもある。というか、そのうち何枚かは友達が保存してくれた写真。なんだろうと、それを他人とシェアしたくない。俺は欲深いんだ。自分だけのために保存して、自分だけで見たい。

「これ以上お邪魔しないわね。来期のコンテストで応援するのを楽しみにしてるわね」

「はい」

「いい女じゃーん！　うひょー！」

上級生が行ってしまったとたん、友達がスケベ話を開始する。ほとんどが、俺をいじるためのものだ。さっきの上級生がキュートで顔も整っているのはわかる。ただ、俺が可愛がって守りたい人間とは違うということだ。

「食おうぜ」俺はみんなの冷やかしを黙らせる。

「あの人の番号聞き出して俺らに教えてくれたらよかったのに」

「自分でやれ」

「俺のためにやってくれよ。タインにアプローチするの、助けてやっただろう」

「助けになってない。おまえ、使えない助言をくれただけだ」

「今夜は部室行くのか？　俺、ちょっとタインに会いたい」

「行くが、首を突っ込むな。おまえは上級生とサッカーの練習があるだろう。最後の試合が近くなったら、俺も入るから」

食後はそれぞれの講義に行くため解散となった。講義後、軽音部のリハーサル室でバンドのメンバーに会って、コンテストのための曲を選ばなければならない。ホワイト・ライオンたちはサッカー場へ行く予定だ。

リハーサル室の雰囲気は変わりないが、いつもと違って、今日はやけに静かだ。部屋からはギターの音ひとつ漏れてこない。みんな何やら紙に熱心に書いている。

まずタインを探す。部屋の隅に座って、集中して紙に書き込んでいる。タインは顔の傷のせいで、いつもの自信を少し失っているようだ。自分のルックスに誇りを持っているから、損ねたことでひどく動揺しているだろう。あいつがそのことで泣いたとき、おかしいと同時にかわいそうだった。顔から涙をぬぐったときの可憐さときたら。

「みんな集まったな。もう一度、繰り返すぞ」

ディム部長が部屋の真ん中で渋い顔をしている、要するに俺に早く座れという意味だ。俺は部屋を横切ってタインの横に座る。

「あと1か月で期末試験が始まるから、クラブ活動の時間はあまり取れなくなるだろう。動画を投稿する日についてはフェイスブックのページで知らせる。みんな勉強して、楽器の練習も忘れず、バンドを結成する時間も作るようにな。おまえたち次第だ。リハーサル室は3つある、この棟と、音楽科の棟、それから工学部の建物。だが後の2つについては、使う前に教員の許可を得ること。では、もう行っていい」

大きな騒ぎが持ちあがったが、すぐに収まった。

「なんでおまえたち、そんなに嬉しそうなんだ？」

「……」

「みんな、そろそろアンケートが書けたころだろう、まだのやつ、前に置いてあるから取りにこい。軽音部について感じることを書いてくれ。時間は30分ある。わかったか？」

「はーい！」

「紙を取ってこいよ」

厄介もんは俺をちらっと見上げたが、すぐにアンケートに戻った。リハーサル室に机はないから、紙は床に広げるか、ギターを下敷きにしなければいけない。紙を取って戻り、俺はすぐさま前の人物に話しかける。

「おまえその体勢苦しくない？　『厄介もん』を机代わりにしていいぞ」

「アホか？　高価なギターだよ」

「俺は苦しい。こっちの厄介もんの背中、借りていい？」

「壁を使え」

あいつは白い手で壁を示して解決策をくれる。でも、俺は無視する。こいつの背中をテーブルにさせてもらう。もう一度聞いたりせず、背中に紙を置いて、書き始める。

「サラワット、おまえ、ありえない」

しばらく文句をたれていたが、やがて面倒になったのか、やめた。

「おまえの怪我、まだ痛いか？」

紙を置いたまま、聞いた。向こうはまだ書き終えていない。

「もう痛くない」

「軟膏つけた？」

「うん」

「痛み止めも飲んだか」

「うん」

「心配したぞ」

「うん」

「……」

「僕も」

その言葉だけで有頂天になる。一瞬心臓が爆発するのではないかと思った。タインの声は優しく、他の人たちからはけっこう離れて座っているから、微笑みかけることもためらいなくできる。いつもの無表情を装わなくていい。タインが俺のことを心配している、それがわかっただけで、何も言うことはない。

さっさと目の前のアンケート用紙に集中しようとし、質問文を読む。俺の集中力は、目の前の人にほとんどすべて奪われているから、これはなかなか困難なことだ。

なぜギターを弾こうと思いましたか？

他の楽器はうまく弾けないから

ギターを学ぶことで得たことは？

スキル、テクニック、友情、経験

この部のメンバーとして最初に演奏した曲は？

コーダラインの『All I Want（僕が欲しいのは）』

好きなコードと、その理由は？

C

あなたにとってギターは何を意味しますか？

友

その後は自由に答えを書いていい質問だ。上級生が聞いているのは、俺たちが楽器をやるときの心構えだ。いろいろな言葉を、自分なりにどう定義するかを聞いている。答えに正誤はない。

どんな回答でもいいことになっている。それはいいことだ――音楽をする人なら「定義」なんか好まないだろう。

音楽同好会
家族

2年生
強い味方

3年以上の上級生と、部長
聖人

アルタ・マ・ジェーブ・フェス
スクラブの『Everything《エブリシング》』

スクラブのライブ「プレイ・トゥギャザー」
ムエとボールのお陰で、さらに「Deep《ディープ》」を好きになった

タイン

は？　ギクリとした。自分の目の前の言葉を見て、念のため目をこすってみるが、まだそこにある。この名前の人物には、今ちょうど机になってもらってる。ちょっとの間、みんなが同じ質問なのかと疑問に思う。しかしどうやら、前半の質問は全員分同じだが、最後の質問はみんなそれぞれ部員の誰かの名前になっているらしい。それを聞いて、安心し、それ以上気にしないことにする。

空白に、丁寧に答えを書き込んだ。それから立ちあがって、他の人の分も用紙をまとめ、部屋の前のほうにいる上級生に手渡した。

「誰の名前だった？」タインが聞く。

「おまえは誰だった？」

「教えない」

「俺も教えない」

「みんなの回答が集まったので、誰かに前に出てきて自分の回答について話してもらおう。誰にしようか？」

とディムが言い終わらないうちに、全員が同じ名前を叫び出す。

「サラワット！」

そうかい……また俺か。

「サラワット、さっさとここに来い」

前に行ってディム部長に渡されたのは、さっき書いたばかりの用紙だ。俺のすることは、答えを最初から最後まで読んでいくこと。みんなちゃんと聞いていて声も立てない、しかしそのうちに……。

「好きなコードは？　Cです」

「理由が抜けてる」ディム部長が口をはさむ。

「書きませんでした」

なまけ者なんで。長い答えは書きたくない。

「Cが好きなのには理由があるだろう。なぜAやEマイナーじゃない？」

「それは、俺がタインに初めて教えたコードだから」

「うわー！　きゃああ！」

「やだ熱すぎるう」

さっきまで静かだったのに、えらい騒動になった。部屋の隅っこのタインは、身の置きどころがなさそうな風情。たちまち申し訳ない気持ちになる。言わなければよかった。

先が続けられるほどに騒ぎが収まるまで、しばらく待たなければならなかった。すべての質問が済み、とうとう最後になる。シンプルな短い名前、でも俺にはどう表現していいのか不明な名前だ。

「タイン」

「お！　その名前が当たったか」

「俺にとってはタインは小っちゃな生き物、そいつにこの先、生涯苦しめられたい」

「うえっ！　俺吐きそう！」

「サラワット、おまえふざけてるな！」

俺の読み上げが終わると、再びカオス状態になる。でもみんな知らないのだ、あれは本当に書いたことじゃない。まさか上級生に呼ばれて全員の前で読まされるとは知らず。俺にとって、タインを表す言葉はひとつだけだ、それは……。

クラブが終わった後、着替えてからサッカーフィールドで仲間と合流する。白熱した試合の真っ最中だった。マンのチームなど、みんなTシャツを脱いでしまっている。マンは、パスをよこせとチームメイトに合図している。見物人は一握りなのでフィールドのそばで待つことにする。芝生に寝そべって、戦いぶりを見ていた。

タインのほうは、あっちの友達に連れていかれた。今日は練習なしということで、上級生が早く帰らせてくれたのだ。本当はタインを夕食に誘いたかったが、そんなムードではなさそうだったから。俺のせいできまりが悪いんだろう。

「ワット、入れよ」

「選手が足りないのはどっちだ？」

「こっち」

テームが手招きする。立ち上がり、走ってフィールドに入った。すぐに汗びっしょりになる。空は真っ暗だ。日が沈み、代わりにでかいスポットライトが灯ってる。激しい試合は10対13というスコアで終わった。

フィールドのわきへ行って、水のボトルを取る。突然マンの興奮した声が響き、みんなの注意を引く。

「ワット！　おまえ、死んだぞ！」

「ええ？」

「これ読め。クソワロタ」

マンの手からスマホを取る。スクリーンには音楽同好会のインスタの写真がある。マンが笑い転げている写真とは……俺の書いた回答のひとつだ。本当に書いた「タイン」の定義。

音楽同好会

「サラワットの回答 @Sarawatlism

タイン＝妻」

ヤバ。大失態。

金曜日、俺はいろんなことを全部片づけようと奮闘した。タインを映画に誘うためだ。誘いを受けてもらうのは至難のわざだ。ディム部長が俺をネタにしてあの写真をインスタに上げて以来、タインは口をきいてくれない。キツい。今回ばかりはあいつもマジで怒った。多少は落ち着いたかと思われたころに、思いきって誘うことにした。

間が悪いことに、この週末は母からバンコクに帰省するよう言われている。弟の誕生日だから。つまり今夜しかない。タインを早く誘いたかった。ここまで深まった関係をただ枯らしてしまいたくない。今あるものを失うのが怖いんだ。２人とも傷つくだろう。

タインも俺も、大学の制服のまま、バッグを肩からかけている。映画はまだ決めていなくて、映画館に行ってから決めようということになった。

「どれにする？」と俺はぶっきらぼうに聞いた。タインはスケジュールボードをちらっと見ただけだ。

「そっちの誘いだから、おまえの好きなのでいいよ」

「俺はなんでもいいよ。いいから選べ」

考えるのが億劫で、あいつに責任を押しつけようとする。そのうちに怒った子犬ちゃんとバトることになるかもしれないな。

「わかったよ」

席を選んでチケットを買ってから、夕食に誘った。モールを歩き回りながら、俺がときどきちょっかいをかけてあいつを怒らせるが、2人とも機嫌よく過ごせたと思う。映画の上映開始は9時20分、モールもそろそろ閉まるから、映画館入り口のソファで待つことになった。

「スクラブが新しいシングルをリリースしたよ。聴いた？」

タインは言って、イヤホンを耳につける。ちょっとズレたリズムに乗ってダンスの真似をする。

「まだだ」

「聴きたい？」

「もう俺のこと怒ってない？」

「今一緒に映画を見に来て、ご飯も食べたろう。まだ怒ってはいると思うけど」

きっとこいつは寂しいのかもしれない、映画館の前で待っている人たちはみんな、楽しそうに会話しているから。

「でもな、おまえ怒ることないだろう。本当のことを書いただけなんだから」

「やめろ」

「妻はいつでも妻だ。誰かに聞かれれば、俺はいつだって、おまえの夫だって言う」

「クソったれ」

「ありがとうな」

タインはこの答えが面白くなかったようだ。それどころか、こっちに背を向けて、1人で音楽を聴く。俺は手を伸ばし、何も言わずにイヤホンをひとつ、あいつの耳から奪う。タインはふり向いて、ケンカする気満々に見えるが、その怒りは少ししか続かない。

イヤホンから聞こえる音楽、ビートがいい。それがヴォーカルの声と完璧になじんでる。彼らの音楽を初めて聴いたときから、このバンドがタインのお気に入りなのはよくわかる。こいつ、このバンドを好きすぎる。もしムエかボールに恋人になってくれと言うチャンスがあったら、実際言ってしまうのではないかと恐ろしい。

「これが新曲?」と俺は聞く。

「うん」

「タイトルは?」

「雨」

「俺の心にもびしょびしょ降ってる」

「悲しいの?」

「いや、むしろ爽快だ」

一緒にいるだけで、もう気分はよくなってくる。タインはふくれっ面をして、プレイリストを作り続ける。こいつのスマホの音楽、80％はスクラブの曲だ。ふと浮かんだ疑問を聞いてみる。

「なぜスクラブが好きなんだ？」

「曲がいいから」

「他にもいい歌はいっぱいあるぞ」

「彼らの音楽を聴くときは、感じが違うんだ。明るい曲を聴くと、本当にいい気分にならない？」

「うん」俺はうなずく。

「悲しい曲を聴くと、すごく引き込まれる。泣いたり、もっと悲しくなったりはしなくて、誰かがなぐさめてくれているみたいに感じるんだ」

「俺が、おまえのスクラブになれない？」

「どういう冗談だ？」

「おまえと一緒にいたいんだ、おまえが嬉しいときも悲しいときも。嘘じゃない、俺はスクラブのどんな曲よりもうまく、おまえをなぐさめてやれる」

「黙れ」

　タインは乗ってこない。つまらん。

　実際に映画が始まる前に、いつも予告編が30分は続く。だから映画は10時近くから見ることになる。この厄介もんは重大な任務を遂行中だ。バッグにこっそりスナック菓子を仕込み、炭酸飲料を大きなカップに注ぐ。映画館では食べ物を買いたくないそうだ。高すぎるから、と。でもこういうこと——どこかからこっそりスナック菓子を持ち込んで、カップに自分の炭酸飲料を入れること——はまったく問題ないらしい。

俺はどんなジャンルでもよかったから、タインがインディーズ作品を選んだ。映画が上映されている間、俺はほとんどずっと、スクリーンに夢中になっているタインの顔を眺めて過ごす。あいつは片手で炭酸飲料を持ち、もう片方の手でお菓子を口に運んでいる。ときどき思い出したようにドリンクを飲む。

タインをただ眺めているのが好きだ。クソ可愛いすぎて、見るのをやめられない、1秒たりとも。

「それうまい？　少しくれる？」

そっと、聞いてみる。向こうはちょっとの間俺を見て、カップからスナック菓子をひとつ取って、俺の口にねじ込む。

「これじゃない。ポテチくれない？」

「はい」1枚、俺の口に放り込む。

「もう1枚」

「やめろよ。映画を見たいんだ」ウザがっている声だ。

他のカップルたちを見ろ。手を繋いだり、肩を寄せ合ったりしてる。こっちは肩を貸す準備は万端だが、こいつ、眼中にない。手にすら触れない、片手はドリンクのカップ、もう片手はお菓子でふさがってる。こっちの負けだ。マンと練習しておいたことは無駄になった。わかったよ。諦める。

タインはそのうち食べるのをやめ、カップをアームレストのホルダーに入れる。座席でちょっともぞもぞ動き、楽な体勢を取るために背もたれを少し倒した。それからなんと……。

寝た。え？　寝ちまった。

俺の隣の人物が規則正しく息を吸っては吐いているうちにも、映画は進む。ついに念願かなって手を握ることができた。彼の手のひらを撫でながら、映画を見た。本気で寝入ってしまったようだ。だから俺はクライマックスまで待ってから、起こした。

「……」

「タイン」

「な、何？」

あいつはこっちを見上げ、急いで顔からヨダレをぬぐう。俺はスクリーンを指さして、寝ないで見ろ、と知らせる。

ポスターからは、これがアンハッピーエンドになるとは思わなかった。恋愛映画などほぼ見ないし。そして今日たまたまこれを見たら、悲劇に終わったじゃないか。

映画のエンディング前15分、タインは完全に静かになって、呼吸さえ聞こえない。泣いてはいない、ただ感情の消えた顔をしている、まるでこんな結末の準備をしているように、でもそのうち……。

「ダメだ。やめて」

スクリーンには音楽とともにエンドロールが流れる。映画は終わった。タインは主人公たち、男と女が、別々の道を歩み、もう二度と会うことはないということに、ショックを受けているようだ。

「こんなの、やめとけばよかった。『ガール・オン・ザ・トレイン』にしとけばよかった」

「じゃあなぜ、そっちを選ばなかった？」

「あまり恋愛ものを見ないから、こっちにしてみようと思ったんだ」

「俺と一緒に見るから？」

「おまえそれ、自信過剰だ」

観客たちはゆっくりと席を立って出ていく。実のところ、これはその日最後の、しかも吹き替えでない字幕版、さらにインディーズだから、観客はまばらだ。俺たちの列には4人しかいなくて、それぞれずいぶん離れている。

「最後までエンドロール見ていい？　別のオチのポストクレジットがあるかもしれないから」

タインはまだ、こんな終わり方をしないでほしいと思っているんだ。

俺は逆らわない。誰もいなくなるまで、タインの隣に座っている。俳優たちの名が次々と現れるが、ポストクレジットが流れる様子はない。少し気の毒になってくる。こんなことであいつが、ワンコみたいな顔になるとは知らなかった。

「ただの映画だよ」

「わかってる。終わり方が気に入らない。愛がかなわなかったじゃないか」

「悲しい？」

「そんなこと、聞かなきゃわからない？」

「この映画の終わりはアンハッピーでも、俺たちは人生をハッピーエンドにできるだろう」

「どうやって」

「俺の彼氏になってくれよ」

「つまらん。僕は真剣に言ってるんだ」

タインは驚いたように言う。俺はあいつの目をじっと見て、冗談ではないのだと知らせた。

「真面目に言ってる。これが俺とおまえの映画なら、おまえがどういうラストにするか選べるんだ」

「……」

「タイン」

答えはなく、沈黙のみだ。スタッフが入ってきて、場内を清掃し始める。俺は立ちあがってタインの手を握った。今は返事はどうでもいい。

「サラワット」と名を呼ばれた。低い声に決意が感じられる。

「ん？」

「僕、つまり、アンハッピーエンド映画は好きじゃないんだ」

「で？」

「うん」

「うんって？」

「ああ。おまえの彼氏になるよ」

彼氏
彼氏
カレシ

おお。期待したよりずっといいぞ。

「おまえ、めちゃくちゃ可愛い」

これは誰にお布施を渡さなくちゃいけない？　たぶん、マンということになるか。クソ。いや待て。もう一度チェックだ。これは夢じゃないよな？

第18章

俺の彼氏はめちゃヤシック

ディム部長があの忌まわしいサラワットの悪筆をインスタに投稿してからというもの、僕は10分もスマホをスクロールし続けている。あいつ、史上最大にありえない。僕があいつの妻だなんて、どうしてそんなことが書けた？　僕がいつからあいつの妻になった？

僕には有名な夫ができたようだ。あまりのショックに涙出そう。僕はディム・ディッサタート氏のインスタにダイレクトメッセージを送り、写真を削除してと頼む。それを消してくれたら、絶対に彼の奥さんとふざけたりしないという真剣な申し出もした。しかし……。

「俺の奥さんだよ、あれを上げたの。まあ無理にやらせたんだけど。泣きながらタイプしてたぜ。気分よかったｗｗｗｗ」

1人見つけた。サラワットよりもさらに、えげつないやつを。

いい友達がいて、いつも全力でなぐさめてくれるのはありがたい。プアクは僕の横に座り、歯にはさまったものを楊枝で取ろうとしている。でもとりあえず、僕を1人にしないでいてくれる。実はこいつが一番親切だ。フォンとオームはこのテーブルから10メートルも離れていないビュッフェ・バーの食べ物を物色している。まだスマホを握ったまま、タイが誇るブロードバンド通信用人工衛星タイコム4号を介して、アップデートし続けている。

なぜわかるかって？

ピンポン！　ピンポン！　ピンポン！

それは、音楽同好会からひっきりなしにコメントの通知を受け取っているからさ。これもみんな、フォンとオームのせいだ！

「ディム部長、写真を削除してくれないなんて信じられない。でもそれより縁切りたいのがあっちの2人だ」

隣の人間に聞こえるよう、はっきり言ってやる。プアクはちょっとの間、歯をつっつくのをやめる。同情したように僕を見ると、肩をぽんぽんと叩き、ニヤっとして言う。

「この網焼きのエビ、いらないんだったら、くれよ」

「それ、さっき床に落としたやつだよ。やめとけ」

まったく、ベストフレンドだよ。

プアクは黙った。プアクが立てている音といえば、僕の皿から取った大きなエビを食べる音だけだ。でも、本当はこいつはいい友達だ。僕がひどい目に遭っているとき、いつも問題から心をそらしてくれる。残念だが今日のところは、こいつの行動がストレスに輪をかけてるけど。

「写真見たぜ。サラワットのやつ、本当に勇気あるよな」

プアクはエビを飲み込んでから言う。僕はそっちには目をやらず、じっとスマホを見ながら、彼の話したいようにさせている。

「アンケートにもああいうふうに書いたのは、本当に気持ちがあるってことじゃん」

「あいつの気持ちなんか、僕にイヤガラセしたいってことだけだ。何に対しても真剣なんかじゃないよ、あんなやつ」

「そうか。わかったよ」

会話はとぎれ、プアクは食べ続ける。しばしの沈黙の後、口の中に物を詰めたまま、話し出す。

「恋に落ちるってきついよな、特に、一緒になると決める前の段階な」

「そんなにきついと思わない。僕は誰かを好きになったら、相手に言うよ。うまくいかなかったら、別れればいい。それだけだ」

「おまえは最初に急ぎすぎる。だから終わりも早いんだ」

「でも、だからって複雑な始まり方をしたら、終わりにするのが面倒くさいというわけでもないよね」

「サラワットはどうなんだ？　難しい始まりで、簡単な終わりになりそう？」

「うるせー」

僕は威嚇《いかく》する。プアクは僕が引っかかったのに大笑いする。横のテーブルの人たちが僕らを見るほど面白い見世物だったみたいだ。あいつの名前を聞くたびに、僕はいつも考えなしに反応してしまう。

「あいつはいいやつだよ」

「本当にそう思う？　僕はサイコパスじゃないかと疑ってるけど」

「それはおまえといるとき、おまえに対してだけだろ。他の人間にはマジで冷たい。他のやつと一緒の扱いを受けないおまえって、やっぱ特別なんじゃん」

そのとおりだ、でもやはりイヤなんだ。

プアクは鍋から箸で豚肉をとり、自分の皿に移す。目は僕のスマホをちらりとのぞき込む。画面には、僕の悩みの元となった投稿。

「正直に言えよ。おまえがこれがイヤだって、ムカつくから言ってるの？　それとも恥ずかしいから？」

「ムカついてるよ。みんなに誤解されるだろう」

「ふうん……それは、本気であいつが嫌いということか。おまえやあいつみたいな人気者同士って、相性が悪いよな」

「……」そうさ！

「サラワットには、大学のプリンセスみたいな女子か、あるいはキュート系の男子が合うんじゃね。おまえもかなり背が高い、きっとあいつのタイプじゃないな。おまえたちがうまくいくとは思えない」

それはちょっと飛躍しすぎじゃないか、おい。

「そうだな。僕はあいつには似合わない。それにさ、僕のタイプは歯の矯正器具をつけた、ちっちゃい女子だし」

でも、恥をかきたくなくて、何か言い返さないといけなかった。本当のことを友達に明かしたくない、だから気にしていないフリをしてる。僕には特定の好きなタイプなんてない、みんなが好きなような、美しい人たちが好きなんだ。

「そうだよな。グリーンにはボーイフレンドができたんだってな。しばらく邪魔しに来てない。じゃあサラワットがわずらわしいなら、もうやめろって俺から言ってやっていいぜ。どうだ？」

「……」

なんと答えていいのか。そういうのは、気が進まないんだ。ただ……。

「おいオーム、フォン、仕事があるぞ」

そう。集合を呼びかけてしまったぞ。あとの2人がテーブルに着くとすぐに、サラワットにお役御免を伝えるミッションは始まった。2人も僕からサラワットを引き離してくれることに同意してる。いや、それは頼んでないんだ。本当は、あいつに僕の前から消えてほしくなんかない。でもプライドが許さず、仕方なくうなずいてしまう。

「おまえは何もするな。俺たちが片をつけるから」

友達が言っているのは目の前の料理を片づける、という意味だ。壮大な計画を練り上げると、みんなは料理を食べ尽くし、炭酸飲料を2リットル全部飲みきった。払ったお金の元を取ろうとしているんだ。一方僕はほとんど手をつけない。どうしよう、あいつを失うことになりそうだ。

「行こうぜ」

「フォン、車で送るよ」

「当たりめえだ」

フォンの寮は僕の寮から遠くないから、乗せてやれば時間もエネルギーも節約になる。

車内では楽しく過ごす。僕はスクラブの曲をかけ、ときどき曲に合わせて歌う。フォンは指をトントン打って、体も動かしている。あんまりノリノリで、ちょっとムっとするくらいだ。

「マンとテームに会ったぜ、おまえがギターの練習をしていたとき」いきなり言ってくる。

「で？」そっちをちらっと見てから、また道路に目を戻す。

「サラワットはおまえのことが相当好きだってさ。そろそろ行動を起こしたいみたいだよ」

「そ、そう？」

「おまえどう思う？」

「僕らは、友達だ」

「そうか。ただの友達ならいいけど」

「なんだボケ！　なんでそういうことを言ってくるんだよ」

「え？　今おまえが友達だって言ったんじゃないか。なんでそれ以上になりたいみたいな態度とってんの？　友達は友達、恋人は恋人。全然別物だろ！」

「僕らは友達。そんな混乱するようなことか？」

「そうか。わかった。なんで言ったかっていうと、経営学部のある人が、あいつに恋してるんだ。おまえがあいつを好きじゃないなら、おまえのことは諦めろって言ってやるよ」

「そんなん、どうやってできる？」

「え？」疑わしそうにこっちを見る。

「何も」

「これ、例のギター？」

　しまった。「厄介もん」をバックシートに置いておくんじゃなかった。フォンに見つかるのは時間の問題だった。微妙な話題を持ち出さないように祈るしかない。

「うん」

「俺から返してやるよ。おまえには新しいのを買おうぜ」

　泣きたくなってきた……。

「でもこれはサラワットがくれたんだ」

「だからさ。誰かを自分の人生から切り離したいときは、そいつからもらったものは全部処分するんだ。ただのギターだろ。新しいの、簡単に買えるじゃん」

フォン、言ってなかったけど、このギターには僕の名が入っているんだよ。つまりこれは僕のだ、返したりしない。僕は頭の中で考えるが、怖くて言い出せなかった。僕は途方にくれる。

「サラワットの番号、今出る？」

「な、なんで？」

「話つけてやる」

「しなくていい。ぼ、僕が自分でする」

「おまえトロいからさ」

僕は必死にスピード出してますけど。なんとかおまえを早く降ろしたいんだよ、フォン。もうあいつに疑われたくないんだ。ああ！　自分の気持ちを偽るのは、親知らずを抜くより痛い。時速140キロ出しても、どうにもならない。

「着いたよ。フォン、おまえの寮だよ。降りろ」

僕の声は神経質に響いた。フォンのバッグをひっ掴んで、震える手で投げてやる。

「待てよ！　ギターを忘れてるぞ。よこせよ。サラワットに返してやる」

「自分でやるって」

「よこせよ。たいしたことじゃないから」

フォンがギターのネックを掴むが、僕は厄介もんを離すまいとする。僕は頭をふった。負けそう。こいつ、決して諦めないやつだ。

「サラワットがくれたんだ、だから自分で返さないといけないんだ」

「そうか？」

「ああ」

「じゃいいよ。お休み、タイン。ブチュー！」

フォンはこっちに投げキスして、寮へと向かった。息が乱れている僕を残して。フォンの姿が見えなくなると、酸素をなるべく胸いっぱいに吸おうとする。頬に手を触れると、濡れていた。ええ。泣いてた……なんで僕は泣いている？


翌朝、くたくたの体にムチ打って大学まで行く。講義は10時からだが、宿題をコピーし合う集まりがある。スター・ギャングの講義前の習慣だ。

「僕アイスクリームが食べたい。一緒に来てよ」

僕がさっさとコピーを終えて、ヒマつぶしに指の関節を鳴らしていると、オームが言ってきた。

「他の2人は？　何かいる？」

「いや。もう食った」

そこでオームと2人だけで、中央カフェテリアまで歩く。ここを選んだのは、一番近いから。僕はチョコレートチップのアイスをオーダーした。オームは4つのコーンに別々のフレーバーを注文。それを全部舐めている様子を眺めているだけで、恥ずかしい。

「おおー！　彼女だ。経営のプリンセス」

というオームの声に、集中力を全部持っていかれる。顔を向けると、それほど遠くないところで髪の長い女の子が友達と話しているのが見える。

なるほど。けっこうキュートじゃないか。きれいで、プロポーション完璧だ。

「あれが、例の人？」

「ああ。友達にも、サラワットとつき合えって応援されてる」

「……」

僕は答えない。まばたきもせず、ゴージャスな彼女を見つめている。すると「あの人」が登場したぞというオームの言葉にさえぎられる。

「よっ！　サラワットもいるじゃん。完璧だぞ」

オームが続ける。その言葉がナイフみたいに胸に刺さる。僕は崩壊しかけ。まるで拷問だ。日焼けした彼が経営のプリンセスに近づくのを見守っている。いつもの無表情で、彼が何を思っているかはわからない。でも、ツーショットを見ているだけでめまいに襲われる。

「お似合いだよな」

「……」

「あの2人がつき合うようになっても、おまえ何も感じないんだよね？」

僕は顔をゆがめずにいられない。

「だってさ、向こうはおまえを好きでも、おまえは好きじゃないんだろう。だったら自分のためにあいつをキープしておくのはやめてあげなよ」

チョコアイスがぽとっと床に落ちた。僕の手の中に、コーンだけが残る。これが、何かを失ったときの気持ち、ということか。新しいのを買ったとしても、それはこれとは違う。

「落としちゃったのか。新しく買う？」

「それは同じものじゃない。チョコチップのフレーバーじゃない」

「まだ冷凍庫にいっぱいあるだろ」

「代わりにはならないんだ」

「床から拾って食いたいの？」

「……」

「そんなに好きなものなら、落とすなよ」

「……」もう遅い。

「地面に落ちたら、取り戻すのは難しいよ。もう溶けてるし。コーンしか残ってない。それ、食べたい？」

オームが言い終わらないうちに、僕はコーンを一口かじる。甘いはずなのに、なぜか苦く感じる。僕はまだ、あのプリンセスと話しているサラワットを見ている。

「そんなん、うまいか？　アイスクリームのコーンだけ、って」

「……」

「もし欲しいものがあるなら、しっかり捕まえとけ」

「……」

「でないと落っことして、拾い上げることになる。ただし元どおりじゃない」


僕は頭が爆発しそうになるほど考え続ける。もしサラワットが女の子とデートしているのを見ていなければならないなら、死ぬほど苦痛だろう。他のことがまったく手につかない。スター・ギャングの連中が、サラワットを探せとせっついてくる。僕はメンタル・ブレイク寸前だ。

そんな日々が続いてやっと、サラワットが電話してきた。夕食をとって映画を見ようという。声がいつもと違う。冷たかった。それを聞いて絶望的な気分になる。これが別れの前の最後の食事、最後の映画になるのだろうか。ごめん。母が好きなメロドラマを見すぎたかも。

サラワットの顔を見るのは本当にしばらくぶりだ。僕は男っぽく見えるかもしれないが、ネズミの心臓なんだ。食事中、彼はすごく細かく気を遣ってくれた。食後、映画を待つまでの間に僕は、一緒にスクラブの新曲を聴いてくれるようにもっていった。でも、フィナーレは映画が終わった後だ。

映画はというと、シックなタインの人生で史上最悪のバッドエンドだった。あんまりがっくりして、本当に泣き出しそうだったほどだ。なんとかこらえることはできたが。悲しくて、これが自分の将来に起こったらと考えると怖かった。

僕がヘンな芝居がかった態度をとり続けていると、サラワットがこう言ってきたんだ。

「俺の彼氏になってくれよ」

……顔から火が出るかと思った。映画館が暗くてラッキーだった。

あまりにうろたえて、どう答えればいいかわからない。彼が答えを待っているのを見て、さらにパニクった。どうすればいい、と何度も自分に聞く。そのとき、あのアイスクリームのことを思い出したんだ。

目の前でアイスは床に落ちていった。拾って食べることはできず、溶けていくのを見ているしかなかった。なんとも言えずつらい感じ。サラワットをあのチョコチップ・アイスみたいにしたくない。もし彼を失ったら、恐ろしい気分を味わうだろう。

だから、答えはひとつしかない。

「おまえの彼氏になるよ」

つまり、チョコアイスを床に落としたくなかった、それだけの理由だ。以上。

ここ数か月、カレンダーなどたいして見なかったけど、僕はその日の欄に印をつけた。ということで、僕らが正式に交際することになって今日で3日だ。

映画の後、僕たちはそれぞれの寮に帰った。それから彼とは電話でもインスタのメッセージでも話していない。彼は週末、バンコクに弟の誕生日祝いのために帰ることになり、邪魔したくなかったのだ。

今日は、あの日以来初めてサラワットに会うことになるかも。そう思うと、教室に踏み込んだとたんにそわそわした気分になる。正しくは、きまりが悪かった。彼の顔を見たらどうしていいのかわからない。

僕の友達は3人とも、何があったか知らない。照れくさすぎて言えなかった。あれだけ傲慢にふるまっていたのに、ついに落ちてしまったんだから。さんざんイジられると思うと身の毛がよだつ。

スター・ギャングはそのへんの普通のグループとは違うんだ。何かするとなると、必ずや最大にド派手にやる。僕が「国民的夫」とつき合っているとバレたら、こいつら絶対にキャンパスのどこまでも追いかけてきて、僕をからかってくるに違いない。

「おまえ、何食う？　ずっとここに座ってるじゃん。いいかげん何かオーダーしようぜ」

「まかせる」プアクが答える。

僕らが座っているのは、キャンパス内のとある寮の前にあるカフェだ。午後は講義がないから、たくさんの学生が休み時間にここに来て、きれいな人を眺めたりしている。

「自分で考えな。おまえのために考えるのはもうなしだ」

「じゃ、そういう気分になったらオーダーする。腹が減ったなら、自分で動いてカウンター行け。赤ん坊じゃないんだから」

プアクの態度にイラっとして、僕はオーダーするため1人でカウンターへ行く。ちょうど立ちあがったときにまた新たな客の一群が入ってきた。その足音でそっちを見る。新しいお客のざわつきで、店内の雰囲気が活気づく。

彼らがこちらに向かってきたとき、僕の目はその中の1人を追った。座る場所を探している。誰もこっちを見ず、一番手近な席を取った。

最初に僕に気づいたのはマン・オー・ハムだ。彼がサラワットのひじをしつこくつつき、とうとう彼がこっちを見た。その瞬間、世界がぴたっと停止したように感じた。心臓が暴走してる。鼓動がロック・コンサートより大音量で鳴ってる。まずい。

どうしていいのかわからず、ただかすかに彼に微笑んだ。

サラワットはそれには反応せず、僕を見ているだけ。笑いもしなければ、まばたきもしない。なんにもしない！　ただこっちを見ている。なんだよ！　僕の初カレは病気みたいです。デリカシーがないったら。

「……さん、お客さん、ご注文は？」

カウンターの女性バリスタの声で、僕は考えごとから意識を戻す。ばつが悪くて少し笑みをうかべてから、頭を上げて何か注文しようとする。

「モカブレンドください」

「サイズは？」

「ミディアムで」

「お名前は？」

僕はちょっと片眉を上げる。このカフェ、スタバみたいに客の名前を書くようになったのか？　でもカフェの大きさと混み合ったお客を見て納得、すぐに答えた。

「タインです」

「少々お待ちくださいね」

僕はうなずく。自分の席に戻ろうとすると、LINEの通知が続けて届き、ポケットの中でブルブルしている。スマホを出してみると、スター・ギャングからだ。3人の親友が、ドリンクを注文しろと言ってきている。また召使い役か。

まったく、僕って友達に愛されてるなぁ。オームはストロベリー・スムージー、プアクは冷たいミルク、フォンはクッキー&クリーム・アイスクリームをご所望だ。彼らのメッセージを読んで、またカウンターに戻り、さっきのバリスタさんにドリンクを注文した。

そのときだ。ホワイト・ライオンたちが大声で話し始めたのが、こっちの耳に否応なく入ってくる。

「ワット、俺、ダルくて注文したくない。アイス・エスプレッソ頼んでくれよ、頼む」

「俺も。いつものやつ」

「俺もそれがいい。急げ。彼が注文しちゃったら、チャンスを逃すぞ」

「はよ！　加勢してやってんだ」

聞かないわけにはいかない。「彼」っていうのは僕のことだ、カウンターにいるのは僕しかいないから。サラワットの友達が、サラワットをこっちに来させようとしている、こっちがどのくらい神経を尖らせているかも知らずに。

背の高い彼の姿がすっと立ちあがってカウンターに近づいてくる。心臓をバクバクさせながら、ちらっと見た。僕、死ぬかも。正式に恋人同士になってから会うのはこれが初めてだ。どうすればいいか、なんと言えばいいか、皆目わからないぞ。うわわ。

「と、友達と来てるの？」

「うん」

なんとも短い答え。短すぎだろ。そしてまた、どうしていいかわからなくなる。この気まずい状況を解決するには……。

「僕、席に戻らないと」

「待てよ。ドリンクを待たなくていいのか？」

「あ、後でまた取りに来る」

「時間の無駄だ。ここで一緒に待とう」彼は言って、バリスタのほうを向く。

「すみません、アメリカーノひとつ、エスプレッソ2つでそのうちひとつがエクストラショット、それからレモンティーください」

「サイズはどうするの？」

「全部ラージでお願いします」

「はい」えっ。バリスタまで彼の名前を知っているとは。妬ける。

「講義、終わったの？」

ぎこちなく尋ねる。今は午後2時、僕の知る限り、彼は今日、午後の講義はない。もうキャンパスにはいないかと思った。

「うん」

「……」

「おまえ、今日チアリーディングのリハーサルある？」

「ないよ。おまえは？　サッカーの練習あるの？」

「ああ。最後の試合に備えてな。試合の日は、応援に来るのを忘れるなよ」

「わかってる」

どっちにしろフィールドサイドにいるんだし。代表チームのチアリーダーはかなり疲れる。でも、僕の気分は、なんでもないことで簡単に上がってしまう。

たとえばサラワットが低く、「何を言えばいいかわからない」とコソっと言ってきたりすること。彼を責められない、僕だって同様だ。

「うん」

「恥ずかしい」

「……！」

「俺の彼氏はなんてキュートなんだ」

「……」

「どうしたらいいんだ」

ドカン！　心臓も体も爆発したようだ。僕は混乱して、ただつっ立って彼の冷静そうな顔を見ている。こんなヘンなやつの彼氏でいると、エネルギー消耗がハンパない。むちゃくちゃ疲れて、制御不能で。まるで、たえず電気ショックを受け続けているみたいだ。

サラワットが僕と同じように感じているのかは知らない。今の僕にとっては、ここに立っているだけで大仕事だ。気が遠くなりそう。

「タインさん、モカブレンドできました」

その声が、僕が床に崩れ落ちるのを防いでくれる。さっきのバリスタがコーヒーのグラスをカウンターに置く。

「いくらですか?」

「55バーツです」

お金を払うために財布を出して、ふり向いたときには、そこには頭のいかれた人物がいた。カウンターに置かれた僕のモカブレンドを、この馬鹿たれは半分以上飲んでしまっていた。僕、まだグラスに手も触れてないですけど。

「それ僕のだよ」

「飲んじゃった、だから俺が払う」

「いらないよ」

「強情はやめろ」

サラワットはモカブレンドのグラスを僕の手に押しつけると、こっちの答えも待たずに去っていった。彼はすぐに自分の席に戻って、友達には自分のドリンクを自分で取りに来させる。僕もスター・ギャングに同じようにしてもらう。

互いのテーブル同士はあまり離れていない。ここにいる大勢の人がホワイト・ライオンたちに興味を持つのは不思議でもなんでもない。写真を撮っては彼らの噂話をし、キャアキャア言ってる。そんな注目を一身に集めている人物は、周りのことなど眼中にない。騒ぎに気づきもしないように、自分のアメリカーノを飲んでいる。

「サラワットが変な目つきでおまえを見てるぞ。おまえ、何か言うことあるんじゃないの？」

オームはいつものように詮索してくる。ちょっと肩をすくめただけで、何も答えなかった。その返事には満足しなかったようだ。

「おれもすっごい、モカが欲しい」

ホワイト・ライオンのテーブルからの声で、僕らの会話がさえぎられた。ボスが嬉しそうな声を上げ、仲間もすぐジョークに加わる。

「モカブレンドでなきゃ俺は飲まないぞ」

「あれを飲むやつは超絶キュートだからな」

「俺、キュート、どう？」マンがふざけてVサインをしながら言っている。

「あの人みたいにキュートにはなれないよな。そうだろ、ワット」

「よっ！　このスケベ男！」

サラワットが友達をぶっ叩く。一度に2人まとめてどついたりしている。マンがわざとらしく悲鳴を上げる。

「タイン！　助けて！　お願いー！」

僕はやつに中指を立ててやる。まるでガキみたいな僕らを、カフェの人たちが見ている。でも、すぐに静かになった。からかいも、うるさい笑い声もなしだ、その代わり……。

ピンポン！
オンラインでふざけ出す。やれやれだ。

Man_maman（マン）俺の友達がおごってくれてる。彼の夢がかなったから。ありがたい俺様に、返礼してもらわないとな。#ThanksBroWatTheLicker（ありがとうよワットのゴマすり）

それはマンが非公開のインスタに投稿した、テーブルの上のドリンクの写真だ。友達にタグ付けしている。しかしだ……なんで僕までタグ付けされているんだ？

KittiTee（ティー）神様へのお礼のお供えじゃなかったの？
Boss-pol（ボス）@Man_maman おまえらアホなジョークはやめて、失せろや。
Man_maman あっちのテーブルでやってもらいたい？　よし。あっちに座らせてって頼むわ。

「消えやがれ！」
「あう。痛ってぇな！」
サラワットの「消えやがれ！」に、あっちの仲間内で爆笑が起きた。この2つのテーブルには、僕以外に正気な人間はいないらしい。僕の3人の友達まで混ざろうとして、問題の投稿に「なんのこと?」なんてコメントしている。

僕は絶望のため息をつき、カフェの写真を撮った。インスタで位置情報を加えて、上げてみる。自分がどのくらい人気あるか見るためさ。近くにいる女の子たちがコメントをくれないかな。少なくともそれで、ぐるぐる考えるのを止められる。あまりに気恥ずかしくて……彼をまともに見ることもできない。

Tine_chic(タイン)@Milkbox1998 この店のモカ、美味しいね!

このネタ、そう簡単には消えてくれないようだ……。

Bigger330(ビッグ)この美味しいモカ、タダのやつ?
i.ohmm(オーム)何? なんの話?
Theteme11(テーム)一緒に座ろうぜ。もううんざりだ。

数分後、僕のインスタのフィードに、別の位置から撮った写真が上がってくる。すぐ近くのテーブルに座った人間の撮ったもの。その人間とは、明らかに彼だ。

Sarawatlism（サラワット）カワイイ。
Man_maman マジか。面と向かって言ってこい。
Bigger330 ブーイング！　意気地ねえな！
January_jam 何をしてるの、サラワット？
wiper.few 今このカフェにいるの？　わたしも今から行くの。
applepa あのカフェ、本当に可愛いし。１年生は必ず行かなくちゃ。
Thetheme11 ヘタレ。
Boss-pol このヘタレ。
KittiTee ヘーターレ。

「根性ないなぁ、おい！」ボスが言う。

サラワットは彼と僕のほうを交互に何度か見ている。やめて、サラワット。そういうことしないで。ダメだって！　待て！

「勇敢なところを見せろよ。ほれ。ヘタレてる場合じゃない」

サラワットが立ちあがると、僕は即座に椅子に深く沈んで、そわそわとスマホをいじり出す。こっちに来るなと祈るが、もちろん今回も、ツキには見放されている。気がつくと彼がすぐ横にいた。

目の前のあいつを見上げる。さっぱり表情のない顔だ。ホワイト・ライオンがニヤついている。低い、優しい声が耳に響く。あまりに小声で、他のテーブルの人間には誰も聞こえなかったと思う。そうだったと心から願う……。

「タイン」

「ど、どうかした？」

「あまり可愛いことするな。俺の友達がからかってくる」

「……！」僕が何をした？

「それは、そっちの友達と話し合うのをすすめるよ、サラワット」

と、フォンがわざとらしい笑みを浮かべる。僕が呆然と固まっていて、いつものように言い返せないのをわかっているんだ。

「俺は友達をコントロールできない、だから俺の男に言っている」

サラワットのセリフは棒読みっぽい。

「こいつ、いつからおまえの男になったの？」

「これは俺の彼氏だ」

「え？」

「俺の恋人だ。俺の男に決まってるだろう」

「……」

「マジ？」

　こうして僕の秘密はバレた。心臓が……。

　オームとプアク、フォンに小1時間もひやかされる。みんな僕をからかって盛り上がってる。予想どおり。知ってた、友達にバレたら面倒なことになるって。そして今、僕はサラワットがリハーサル室を探すのも手伝わないといけない。僕の仲間はニヤニヤしっぱなし、もうじき顔が引きつっちゃうんじゃない？

　彼とは、僕らの関係を秘密にしておこうと決めたんだ。僕らの愛は2人だけの――あれ、3人、4人、5人……うん、僕らの愛はけっこうな人数を巻き込んでるな。とはいえ、他の大勢に知られてしまうよりは、友達の場合は実害はないんだ。僕たちをおもちゃにしたければ、どうぞ。そのうち飽きたら黙るだろう。

「このへんで、練習用の部屋を探してるの？」

　どうも不思議だ。関係が変わって、僕の気持ちも変化したようだ。

「うん。自分たちの棟の1階で練習したい。いちいち許可をもらうのは時間の無駄だ」

「バンドの他の人は？」

「もうみんなには言った。すぐこっちに来るはずだ」

そこで、僕らは軽音部の建物の1階で待っている。僕が彼のマーティンDC‐16を抱いているそばで、サラワットは黙って座り、手にした牛乳パックからうまそうにミルクを飲んでいる。

彼氏ができたと思ったが、まるで僕の息子みたいになっちゃったよ、どうすりゃいいんですか。しかも飲んでいるのは古くさい「タイ・デンマーク」牛乳[※1]だったりする。

「何見てる？　欲しい？」

「おまえって、イカれてるわ」

「そんなにうまくないな。おまえの唇のほうが美味しそう」

「無礼もの」

「真面目に言ってる」

「いいから牛乳飲め」

やつの牛乳のパックに刺したストローを掴んで口に入れてやった。もう何も言わないでほしい。これ以上何か言われたら、恥ずかしいじゃないか。こういうのは、一緒になる前にも嫌というほど経験したと思っていたが、そうじゃなかったようだ。こいつ、5分おきにちょっかい出してくる。まったく。

「一緒に飲みたい？」

まだ言ってるのか。

「いらない」

こいつがバイヨーク・タワーみたいに背が高くなったのも無理はない。以前部屋を訪ねたとき、冷蔵庫に牛乳のパックがたくさん入っているのを見た。大好物に違いない。

「今度のコンテスト、どの曲をやろうかな」

自分のたわごとに僕が興味ないのがわかると、彼はすぐに話題を変える。

「スクラブ」

「それ言うのに、あいつらからいくらもらった？」

「ただ好きなだけだよ」

「誰か別のやつの歌にしよう」

「そんなにたくさんの曲をやるくらい勝ち進む気？　1曲用意すれば十分だろ」

「生意気な口きくな。キスでふさいでやろうか？」

「やめろ」

僕らは恋人同士なのかもしれないが、だからって優しいことを言うとは限らない。今までと同じように、乱暴なことを言い合ってる。違うのは、いつの日か彼が言ってることを本当に実行するのでは、と気が気じゃないこと。やつはすでにいろいろと特権を得ているじゃないか。

口げんかもしたくないので、耳にイヤホンを入れ、サウンドクラウドでスクラブの曲を聴いて時間をつぶす。サラワットは牛乳をさも美味しそうに飲んでいるが、僕は音楽のボリュームを上げすぎて、彼の言っていることが聞きとりづらい。正直言って、聞きたくない気持ちもある、こっ

※1 タイ・デンマークは、タイ国内でよく知られている乳製品のブランド。
※2 バイヨーク・タワーⅡは、バンコクの超高層ビル。高さ304m、85階層。

ちの心が溶けてしまいそうだから。

指で肩をつつかれる。実際の気持ちとは裏腹に、僕はちっとも気にしていないように装ってる。いくつか言葉が耳に入ってくるけど、何を言っているのか理解できない。こうやって彼をおちょくっているのが幸せなんだ。

「……」

「わかんないよ」と言って、横の人間のことに構わず、音楽を聴いている。

「……」

「うわ！」

突然、サラワットの指でそっと向こうに顔を引かれ、唇にキスされる。熱い舌が、まるで一刻を争うかのように口の中に突入する。やつの口内には甘い牛乳の味が残っている。両手で頭を掴まれて、息もできないままキスが続いた。僕は震え、コントロールが効かず、だからすべてをまかせている。こいつ、本当に舌使いがうますぎるんだ。

とほほ。これからはいい子にすると誓うよ。わかった、もう聞いてないフリはしないよ。おまえの言葉は全部聞く。

「おい、来たぜ！　待ったか？」

ありがたい。

「ヒック！」

やつがキスをやめて体を離したとたん、僕はしゃっくりをする。ぜいぜい息を切らしながら、馬鹿みたいな表情で彼の顔を見つめている。

「また俺を無視したら、唇を破壊するぞ」

今回そうされなくて、ラッキーだった。危ないところで救われた。部屋に入ってきた人、ありがとう。お陰でサラワットが嫌々ながら僕を解放してくれた。まさか、見られたかな？

「お。ここにいたのか」

僕は笑い泣きしたかった。ちらりとサラワットの顔をうかがうと、あいつは口の隅っこを舐めて僕に微笑む。このヤロー、馬鹿たれ。

「どうかしたの、タイン？　なんか顔が赤いよ」

Ctrl Sのヴォーカリスト、タームが言い、僕はあわてて手をふって否定する。

「べ、別に。大丈夫。ただみんなを待ってただけ。何もしてないよ、全然」

「ああ。そうだろう。なんでそんなにキョドってる？」

「違う。僕はクールだ」

「信じられないけど」

「……」

「牛乳、飲んでたの？　口にちょっとついてるよ」

「……！」

手で口を触り、サラワットを見ると、向こうはすっとぼけていた。こいつ、僕の評判を落とそうとしてるな。図体はでかいが子供みたいに顔をベタベタに汚すようなやつだって。

「こいつ子供なんだ。まだ成長中。カンベンしてやって」

おまえ！　ムナクソ野郎。おまえがしでかしたことなのに、その後はほったらかしか。僕は買ってもいないない「タイ・デンマーク」牛乳を飲まされて、後悔しかない。ああ、心臓が。心臓が！　クソたれが！


バンドの全員が到着した。僕はまだ絶望から立ち直れずにいたが、リハーサル室に入らないわけにいかない。Ctrl Sは前回からラインナップを変えている。ヴォーカリストがターム、ギタリストはサラワットとアン、女性ベーシストのイアーン、それにドラマーのブーム。僕はほとんどの人ともう親しい。僕はみんなのバンド内のポジションを知っているが、誰も、なぜ僕がここにいるか知らないだろう。僕はCコードさえできないアマチュアだから。

「タインは俺たちが練習するところを見たいんだ」

サラワットは僕の考えを読んだようで、彼らの質問に答える。

「ああ」

「心配しないで、邪魔しないから。静かにしてる」

僕はそう言って、みんなに気を遣わせないよう努める。

「コンテストの曲を選ぼう。前回もたくさん話し合ったけど」

「そうだな。最初のラウンドで2曲やらないといけない、スローなのとハイテンポなの」

「サラワット、どう思う?」

「なんでも。俺はなんでもオーケー」

　円になって座り、10分ほど意見を出し合っている。僕は少し離れ、部屋の隅で静かに座っている。サラワットは僕のほうを何度か見てから、自分の iPhone を渡してくれる。僕のスマホは1時間前にバッテリー切れを起こしたので、使わせてくれるというのだ。

　やはり、インスタが気になる。彼は何も投稿していないのに、「いいね!」が増え続け、受信箱は彼の顔のファンからのメッセージであふれている。仕方がないとは思う。他のSNSを使っていないから、サラワットにコンタクトを取るにはインスタを使うしかない。しかし、彼の打ち間違いがひどくて、たとえ答えが来たって言いたいことを理解するのは不可能だろうけど。

　受信箱をいろいろ見ていると、2、3日前のチャットに気づいた。相手は僕も知っている人物。軽音部の部長、ディッサタート。僕の宿敵だ。

Sarawatlism タイムの写真を決してください。
DimDis（ディム）嫌だよ、これはおまえが書いたんだろ、あいつじゃなく。
Sarawatlism 彼におこらるると駒る。

DimDis 何が怖い？　お、向こうも俺にメッセよこした。おまえたち2人、本当にお似合いだな。
Sarawatlism けぢてくれ。仲レタら駒る。
DimDis ほんとか？　何がそんなに心配？　そんなにあいつのことが大事なのか？　真剣なのか？
Sarawatlism 隙になてからもう長い。今失いた区内。ディム先輩、コンドは新券なんだ。
DimDis でもおまえが書いたんだからなあ。
Sarawatlism ……。

僕はサラワットの顔を見上げる。急に、手がブルブル震え出した。サラワットがすっと立ちあがる、こちらの顔を見たのだ。僕の前にしゃがみ、小声で聞いてくる。

「どうした？　退屈？」

「……」

僕は答えられない。真剣な気持ちをあらためて目にして、なんと言えばいいのか、わからない。

「もう帰りたい？」

僕は首をふり、彼のシャツをぎゅっと握る。

「本当に、僕のことが好きなの？」

「そうでなければ彼氏になってくれと頼むか。おまえ、何馬鹿言ってる」

「慣れないから」

「赤ちゃんみたいな態度だな。ミルク飲みたいか？」

僕は首をふる。今、ちょっとロマンティックになりそうだったのに。こいつ、こっぱずかしいものにしてくれた。おまえなんか嫌いだ、うましか野郎。

「早くみんなのところに戻りなよ。脅かすな」

彼の思わせぶりなふるまいから解放され、またディムとのチャットをスクロールする。念のため何か……面白いことがないか。

DimDis わかったよ。消すよ。でもまず、ちょっとあいつをからかってからな。
Sarawatlism ありふぁと。
DimDis おい、俺は善人だぜ。タインの回答用紙を見つけてやる。わざとおまえの名前入りの紙を渡してやったんだ。
Sarawatlism ありふぁと。
DimDis おまえの打ち間違い、気がおかしくなりそう。「ありふぁと」はもういらん。お、あったあった！

この1文の後、サラワットのインスタの受信箱には僕の回答の写真があった。

サラワット＝発情期

あ……。

まだ曲は決まらないが、みんなは練習用の部屋を予約し、解散となる。サラワットが、今夜これからサッカーの練習があるからだ。リーグの最終となる試合が近づいているから、真剣に練習しなくてはならない。

僕も同じくらい忙しい。チアリーダーの先輩も、僕が暇して「ブラブラする」のを許さない。僕がまた顔に負傷して、叱りつけなくてはならない事態になることを怖れているのだ。あのときのことを思い出しただけで、痛みがリアルによみがえる。僕を殴った男のパンチは強烈で、もう少しであごの骨が折れるところだったし、口も数日間膨れ上がっていた。あんなふうに怖れ知らずになるのはもう絶対やめる。ケンカを見かけたら、全力でその場から逃げるぞ。

このサッカーのイベントは、大学の期末試験前にある。そのため、みんなも気が急いているようだ。

「今日は俺、サッカーの練習。家に帰りたい？」

「うん」

「車で送ろうか」

「いいよ」

他の人はもう帰ってしまい、残った僕ら2人が明かりとエアコンを消して帰ることになった。

やっと部屋から出ると、待っていたらしい上級生のグループに出くわした。

クソ。僕の顔を殴ったやつらだ。僕はぶるっと震え、とっさに、またあごに負傷するはめになるのかとゾッとする。サラワットが僕をかばうように前に出て、中の1人をまっすぐにらみつける。知った顔だ。前回は手下に働かせておいて、今回とうとう前に出てきたのか。

ミルだ。イケメンなのに。なぜこんなにゲスなんだ。

「お互い近くの練習室でやってるんだな。ベストを尽くせよ」

ミルは作り笑いを浮かべてサラワットの肩を軽く叩く。

「ありがとう」

「どうも俺たちはよく出会うみたいだな。最後の試合は来週だ。頑張れよ」

「……」

「じゃ」

この日は、早朝からカオスだった。キャンパスの課外活動があるため、講義はない。大学の各スポーツの選手権がいよいよ大詰めだ。バスケットボールとバレーボールの試合が朝10時からあって、当然僕もチアリーディングで忙しい。

　上級生に命じられ、1年生は社会学部の建物の1階でずっと振り付けをさらっている。たくさんの歌をこなし、みんな汗びっしょりになり、休憩というとごく短時間。メイクのために着替えるまで数分しかないほどだ。僕は最初にメイクする予定だったので、昼食の時間すらとれなかった。

　今日はついてなくて、寝坊して朝食も食べる時間がなかった。腹が、上級生たちの声よりうるさく鳴っている。メイクが終わるとそれを崩したくなくて、水だけ飲んで再び練習に戻る。愚痴なんか言わないつもりだ。こんなにバタバタするのも今日が最後だろうから。

　サラワットが僕の様子を見に現れる。チームの白いTシャツ姿で、靴下もサッカーシューズも履いていない。チャンダオ※をつっかけていた。相変わらずのファッションアイコンぶりだ。そう、もちろん皮肉だよ。

「5分休憩。その後また、もう一度全部通してやるからね」

　僕は近づいていって、ツナサンドを持った日焼けした男の横に座る。

「おまえのメイクアップ顔、ほんとイヤだ」

と言って僕を全身じろじろ点検する。その目つきがあまり鋭くて、シャツに穴が開くかと思った。

「僕も、おまえのチャンダオ姿にはうんざりだけどね」

「俺はカッコいい」

「僕だって」

「なんか食った？　ほら。サンドイッチ」

「サンキュ」

素直に受け取る。丁寧に包装をはがしてから、がぶっと噛みついた。リップだけ、また塗り直してもらわなければならないな。でも僕が使っているのはナチュラルな色なので、たいしたことでもない。心配ごとはわきへ置いておこう。

「具合悪いのか？　なんでそう青い顔してる？」

「そう？　メイクが足りないからじゃないかな」

実際は練習で消耗しきっていたからだ。お腹が痛くて、食べられない。これ以上何もいらないと体が拒否しているみたいだ。

「いつ試合始まる？」

「3時だ」

「僕のショーもそのくらいの時間だな」

チアリーダーたちはサッカーの試合前にパフォーマンスしなければならない。自分たちのゾーンに立って、フィールドのわきでたっぷりダンスするのだ。

「俺のこと応援してくれる？」

サラワットが穏やかな声で言う。手を伸ばしてきて僕の手を握り、表情でうったえてくる。

「うん。この試合、勝ってほしい」

※ ゴム製のビーチサンダル。

「勝ったら何をくれる？」

来た来た。こいつ、またスケベ霊にとり憑かれましたよ、みなさん。

「何もあげるものがないな。もし勝ったら大学から賞金も出るじゃん」

「それは別問題だ。金はチームで分けるものだし。でもこれは、俺だけに欲しいんだ」

「どうしてほしい？」

「おまえのゴールに、シュート決めちゃっていい？」

「それはやめとけ。蹴り飛ばすぞ」

「蹴ってくれてもいい。ゴールできたらなんでもオーケーだ」

「おい」

「楽しいし、いい運動になるぜ」

「もうやめろ」

「おまえ、その後で歩けなくなっちゃうかもしれないけど」

「やめろって言ってるだろ」

でないと今ここで顔に一発食らわせるぞ、まったく。僕がサラワットのセクハラに耐えていると、上級生がやって来てみんなを練習に呼び戻し、彼も戻る時間になる。ついに開始の時間となり、僕たちは屋外スタジアムへと移る。スタンドの両サイドとも人でいっぱいだ。

建築学部チームがフィールドの真ん中でウォーミングアップしていて、サラワットと友人たちはその周りに座っている。彼は一瞬こっちを見てから、再びコーチやチームメイトに注意を戻す。建築学部がウォームアップを終えるまであと5分、それからチアリーダーたちがフィールドに出ることになる。選手権の最終戦の前にはいつも、開会式のパフォーマンスをしなくてはならない。大学の行進曲と、同系統の2曲に合わせて。

この時間帯、日差しは特に強い。みんなが汗をかいていて、フィールドに出る前にすでに嗅ぎ薬《ヤードム》とうちわを使わないと耐えられないほどだ。始まる前からすでに疲れ果てていた――腕を上げた直後からすでに震えが来る。しかし僕は男だ、たやすく降参するわけにいかない。この困難を乗り切るつもりだ。

演技を終え、フィールドのわきに戻ってくるやいなや、僕はへたばって地面に座り込んだ。イメージを保つとか言ってる場合じゃない。

ホイッスルの音が鳴ると、キックオフだ。スタンドの観客が選手を応援し、叫び続ける。多くの人が大きな横断幕を持参し、どちらのチームのファンも、選手のために大声で歌う。政治学部と建築学部だけではなく、ほとんどの学部から学生が集まっている。

「12番から7番へパス」

「きゃあ！　サラワット、頑張れ！　あなたならできるわー！」

「ホワイト・ライオン！　ホワイト・ライオン！　ホワイト・ライオン！」

「建築学部、ファイトだ！　頑張れ建築！」

「政治学部がボールを奪取。ミッドフィールダーに繋ぐ。背番号4番が右翼から受けた。ためて。ああっ！　ゴールポスト直撃！」

コメンテーターも、ファン並みにゲームにのめり込んでる。

「準備はいい？　位置について！」

上級生の声がかかる。うう。一瞬休んだと思ったら、また位置につくの？

「タイン、あなた大丈夫？」先輩が心配そうに言うが、僕はすばやく立ちあがって首をふる。

「平気です」

「具合が悪いんなら言ってね」

「はい」

実際、だいぶ気分がよくなったので、大丈夫なんだと自分に言い聞かせる。ひとつ応援歌が終わると、すぐに次が続く。最初の歌が終わり、その次、3番目に4番目。もう20分間も続いている。サッカーのほうはクライマックスに近づいてる。あらゆる方角から声援が湧き起こって、太陽と同じくらい強烈だ。

ピーッ！

審判が長いホイッスルを吹き、何か起きたのがわかる。政治学部の誰かが地面に転がっている。フィールドのわきに運ばれることになった。ボスだ……。このゲーム、シリアスなものになってきた。

ピーッ！

４分後、ホワイト・ライオンの上級生がもう１人、フィールドから運び出される。２人とも同じ人物からタックルを受けたのだ。ミルだ。意図的にファウルを２回したということで、やつはレッドカードを食らう。その顔を見ると、別に後悔していないのじゃないかと思う。

「建築学部の選手が１人退場となります。また、背番号21番が23番と交代です」

がっしり体型のタフそうな上級生が真剣な顔つきでフィールドに入り、試合が再開される。あっちのチームはずいぶん乱暴だな。

サラワットがフィールドの真ん中を走っていくのが見えた。ちょっとつまずくが、すぐに立ち直って走り続ける。

何かが僕の耳の中で鳴り始める。正面の太陽の光が、強すぎる。ほとんど何も見えない。腕が震える。わきに降ろしてしまいたかったが、できない。演奏中の歌さえ聞こえない。自分がどんなポーズを取っているのかも、わからない。顔をつたう汗が、鋭いナイフのように感じる。おい！　しっかりしろ！　僕の体はもう限界だ……。

バタッ！

ピーッ！

サラワットがフィールド中央で転倒したと同時に、僕の脚も体を支えられなくなる。視界が暗くなり、一瞬の後にクリアになった。立ちあがろうとするが、できない。先輩が1人走ってきて僕の名を呼ぶ。

「タインくん……タインくん」

「……」

「スタッフさん！　体調が悪いようです。どこか日陰に連れていって」

何本かの太い腕で、助け起こされた。フィールドの隣の、選手たちのエリアに運ばれる。目がはっきり見えないが、目の前にいるのが誰かはわかる。

ミルだ。ミルが僕のシャツのボタンを外し始めた。と思ったら、そのうちいなくなる。代わって荒い息をしている人間が現れ、僕の顔を両手で優しく包む。

「タイン……」

「サラワット？」

「どけよ。おまえはまだ試合中だろう。なんでここにいる？」

別の誰かの声だ。冷たい濡れタオルが顔に当てられた。

「おまえに関係ない」

「タインを離せよ。俺が面倒みてやるぜ」

「こいつは俺の恋人だ。消えろ！」

おまえのお陰で、なんだか14歳の初恋当時に戻ったみたいな気分だ。

第19章

秘密の部屋で2人きり

「怪我したいのか？」

「おい落ち着け、普通に話せ」

「こいつの口の聞き方、ありえないいな」

「ミル、頼む。お願いだ。2人にしてくれ」

混沌の中で頭がくらくらするのを感じていると、この騒ぎに誰かが入ってきた。姿をはっきりと見ることはできなかったが、その人が止めてくれなかったら、サラワットは建築学部の4年生たちにやられてしまっただろう。もしバトルになっていたら、意識を失っていたのは僕だけじゃ済まなかっただろう。

頬に冷たいタオルが当てられた。僕は動けなかった。顔をのぞき込んでいる人を見ようと、一生懸命、目を開けようとしたけれど、まぶたが重すぎる。手も足も動かせない。

こんなのは初めてだ。意識があるまま倒れるなんて。せめてちゃんと気絶できていればいいのに。こんな記憶、いらない。

「あぁ……」思わずうめき声を漏らすと、サラワットに優しく顔を包み込まれる。

「タイン。タイン……大丈夫か？」

全然大丈夫なんかじゃない、と伝えたくても、言葉を絞り出す力がない。4年生の1人が嗅ぎ薬《ヤードム》を使って呼吸を助けてくれ、ようやく意識がはっきりする。死にそうな状態からやっと抜け出せた気がした。

救護テントに運ばれた僕は、ボスの近くの白い救急用ストレッチャーに移された。何人もの上級生に取り囲まれたが、僕に見えているのはサラワットだけだった。

「周りに集まるな。彼が息できないだろ」

「……」

「お願いだから下がってくれ」

ありがたいことに、上級生たちはそれを聞き入れ、下がっていった。サラワットが僕のシャツのボタンを留め直し、冷たいタオルを首に当ててくれている間、チアリーディング部の4年生の1人があおいでくれた。

「サラワット、タインはもう大丈夫よ。あなたもその傷を処置してもらってきたら？」

「……」

サラワットは何も答えず、僕に同じ質問を繰り返す。「大丈夫か？」

「うぅ」

「大丈夫じゃないなら言わなくていい」

がさがさした両手で僕の手を握ると、落ち着かせようと優しくマッサージを始める。僕は自分のことはもうどうでもよかった。さっき4年生が言っていたことが心配だった。

サラワットの顔を見る代わりに、彼の体に視線を走らせる。片膝が血まみれだ。あざになって腫れ上がり、ぞっとするほどすり傷だらけだった。

のど元まで出かかる何かを感じながら、彼のTシャツの裾を掴む。声をかけたい。傷の手当てをしてきてほしいと伝えたいのに、言葉が出てこない。4年生は、もう大丈夫だから自分の手当てをしてもらって、としきりに説得していたけれど、彼は動こうとしない。怪我をしているのに、どうしてあげたらいいのかわからない。

「サラワット、タインのことはもうまかせて。あなたも自分の傷を処置してもらわなきゃ」

「こんなの、ただの脱臼だ」

「うわぁぁぁぁ！」

彼が治療を拒んだ瞬間、初めて大きな声が出た。僕は、彼がここを動かないのなら死んでやるくらいの勢いで泣いた。彼の膝からはまだ血が流れていて、血の匂いが漂っている。僕はありったけの力をふりしぼり、彼のTシャツを引っ張った。

「タイン」

「うわぁぁぁぁぁ！」彼に離れてほしくてわざと泣き叫ぶ。

「言うことを聞いて、サラワット！　あなたの血で、友達のシャツも汚れてるわ」

「ワット、処置してもらってきたほうがいい」

隣のベッドから、真剣に心配している様子のボスが声をかける。ボスも痛みで話しにくそうだが、4年生に向かって言った。

「すみません、友達が膝を脱臼しました。急いで手当が必要なんで、病院に連れていってください」

サラワットの膝は転んで傷ができただけのようにも見えるが、彼が言うほど負傷の程度が軽くないのは明らかだ。

「タイン、なんで泣いてる？　どこか痛むのか？」

「……」

「タインはおまえのことが心配で泣いてるんだよ。おまえは自分の彼氏を泣かせたいのか？」

どこからかマンが現れた。マンはすばやくサラワットの身体を引き上げ、彼を立たせた。

「すみません、誰か彼を運ぶのを手伝ってくれませんか」

サラワットが1人ではちゃんと歩けないのがわかると、マンはサラワットに肩を貸し、心配そうな表情を浮かべながら歩き出す。

ピーーーッ！

負傷した選手の退場とともに、審判の笛の音がフィールドにこだまする。前半が終わったようだが、試合なんてもうどうでもいい。応急処置を終えてから、ゆっくりと僕のすぐそばのストレッチャーに寝かされる彼の、広い背中を見つめることしかできなかった。

タオルと嗅ぎ薬《ヤードム》と、あおいでくれた先輩のお陰で、めまいもだいぶ治まった。もう1人で身体を起こせる。すると急にテントじゅうの人たちに見られていることに気づき、恥ずかしくなって顔の涙をぬぐう。

「ほら。水だ」

「ありがとう」

ミルが水のボトルをさし出してきた。親切だなと思いながら、受け取って礼を言う。すると、すぐ近くにいる彼からの鋭い視線を感じる。首すじに鳥肌が立つ。うっ、こいつ、怒ってるのか。

「ちゃんと何か食べてきたのか？」

「食べてない」

「こいつに彼氏がいるのを知っているくせに、ちょっかいかけやがって。くたばれよ」

サラワットがそう言うと、みんなが彼のほうを見る。上級生の1人がむりやり彼を仰向けに寝かせた。膝の痛みを和らげるために冷湿布を貼り、冷却スプレーで冷やしている。

「おまえの彼氏、たいした態度だな。上級生に、失礼だろ」

「そろそろ1人にしてくれないか」僕はきっぱりと言った。

「1人にしとくのはもったいないけどな。狂犬を見るためには、罠に仕掛ける肉の餌が必要なんだよ」

ミルは僕の髪に指を入れると、くしゃっとさせて去っていった。

クソ野郎。馬鹿にしやがって。

ようやく僕はなんとか力をふりしぼり、すぐ近くのストレッチャーまで歩いていくことができた。サラワットとボスの間に置かれた小さな椅子に腰かける。ボスのことはあんまり心配していない。ここに運ばれてくるまで大きな悲鳴を上げていたが、実際のところ、巻き爪よりも軽い傷だ。転んだとき、彼は大げさに騒いでいた。あれはミルにイエローカードを出してもらうための、ただの演技だったのか？

けれど、サラワットの負傷は深刻だった。4年生のスタッフやコーチたちが脱臼した膝の血を拭き取ると、目に飛び込んできたのは、小さなかすり傷よりも、腫れ上がった内出血のあざだった。

「何か食べたのか？」

僕が座ったとたん、サラワットは聞いてきた。

「自分のことをまず心配しろよ。なんで僕のところに走ってきたりした？　自分が怪我してるのに、これ以上問題を増やすなんて」

「問題を増やしたのは、おまえが先だろ。どうして気分が悪いことを俺に言わなかった？」

「わからなかったから。すぐによくなると思ったんだ」

「どうしておまえはそんなふうに我慢する？」

「おまえはどうなんだよ？　おまえこそ、どうしてそんなふうに我慢するんだよ？」

「俺は我慢なんかしていない。転んだだけだ。ただのアクシデントだよ」

「僕だって気絶するほど我慢していたわけじゃないさ。こんなことになるなんて思ってなかっただけだ」

「だったらどうして泣いた？」

「はあ？」

「どうして泣いたんだ？　俺の水牛ちゃん」

　サラワットの片手が伸びてきて、僕の頭を優しく撫でる。ふと気づくと、視界がぼやけ出した。僕はまた泣いていた。

「おまえのせいだよ。おまえが膝の治療を受けようとしないから。僕は……僕は怖かったんだ」

　そのとき僕は気づいた。彼氏ができたせいで、自分の心臓が弱くなっていることに。彼に頭を撫でられれば撫でられるほど、泣けて泣けて仕方がなかった。サラワットは僕を落ち着かせようとしながら、笑ったりからかったりしてくれた。

　僕の涙を止めたのは、結局、割り込んできたマンだった。

「『チャオプラヤー川の夕陽』※を見てるみたいだな。あの映画でも男が膝を脱臼するんだ、M79

に撃たれて」

「……」

「タイン、おまえも早く何か食べに行きな。いちゃいちゃしてるんじゃねえよ。イライラするぜ。おい、そこの人！　こいつを車に運ぶの手伝ってくれないか？」

こうして僕たちの悲劇はエンディングを迎えた。何人かの上級生はサラワットのストレッチャーを押して車に乗せに行き、僕は他の上級生の世話になる。水、食べ物、お菓子、薬をもらった。完璧なおもてなしだ。

そのうち、スター・ギャングとホワイト・ライオンの全員が集まってきて、僕の面倒をみてくれた。けれど、今や大きな問題となってしまったのは、僕が倒れたことでも、サラワットの膝の怪我でもない。噂がさっそく広まり始めていることだった。

上級生が何人かでやって来て、僕にサラワットの彼氏なのかと聞いてくる。サラワットとミルが交わした言葉を聞いていたのはほんの数人なのに、すでにその言葉は山火事のように広がっている。今できることは、何も言わず、またもめまいを起こしたフリをすることぐらいだった。結局、仲間たちは、僕を家まで送ることになった。

KittiTee（ティー）ウィー・アー・ザ・チャンピオン!!　我がホワイト・ライオンの優勝を祝おう！

※『Sunset at Chaophraya』。タイの人気映画。

来たれ、「モーニング・コーヒー&イブニング・リカー」に！　キス！

2時間後、ようやくちゃんと部屋でくつろげたころ、インスタグラムのタイムラインに新しい情報が流れてきた。こまごまとキャプションの付いたティーの投稿だ。その投稿は、今年彼らが新チャンピオンの座に輝いたことをみんなに知らせていた。

政治学部サッカーチームの選手たちが白いユニフォーム姿で肩を組み合い、トロフィーを高く掲げている。小さなリーグでの優勝なのに、その嬉しそうな表情は、まるでチャンピオンズ・リーグで優勝したみたいだった。

KittiTee（ティー）みんなにタグ付け、よろしく。以下の人はキャプテンのおごり。@Man_maman（マン）@Sarawatlism（サラワット）@Boss-pol（ボス）@Bigger330（ビッグ）@Thetheme11（テーム）@Tine_chic（タイン）@i.ohomm（オーム）@I.amFong（フォン）@iamPuek（プアク）

Tine_chic なんで僕らまで入ってるの？

Man_maman @Tine_chic いいだろ、一緒に祝ってほしいんだから。我らの勝利に貢献したのはおまえだから。

Bigger330 あいつが必死に練習してたからな。勝ったらおまえと2人きりのサッカーを楽しみたいって言ってたぜ。

げげ。つまりサラワットは、いわゆる2人きりのサッカーを、僕と楽しむつもりでずっと前から計画していたってことか。僕はあいつの彼氏という地位を降りるべきだろうか？　日に日にあいつの行動がサイコじみて見えてくる。あいつとずっと一緒にいたら、あいつの目に体中を貪られて、骨だけになりそうだ。

I.amFong サラワットは来られる？
Sarawatlism タイン、でんあに出ろ

リリリリリーン！

インスタグラムをチェックし終えて1時間近く経ったころ、最後のコメントを書いた男からの電話が鳴った。不機嫌な顔になってしまう。何度か出られなかったとはいえ、僕がどれだけ電話を待っていたと思ってるんだ。目が覚めてから、ずっとアプリをチェックしていたのに。

「もしもし……」

ゆっくりそう言うと、電話の向こうから重苦しいトーンの声が聞こえる。

「どうして電話に出なかった？」

「電話くれたんだ？　寝てたよ」

「ものすごく心配したんだぞ。事故か何かに遭ったんじゃないかって。おまえの友達に電話したくても番号もわからない。ボスに聞いたら、何時間も前に帰ったって言う。おまえは、俺の気を狂わせるつもりか？」

まったく、本気でご苦労様と言うしかない。すっかり自分が最低の男になった気がした。

「ごめん」

「許さない。次にこういうことをしたら、ひどい目に遭わせるからな」

「怖いこと言うな」

なんという恐ろしい業《カルマ》。まるで息子のようにふるまう彼氏を持ってしまうとは。タイ・デンマーク牛乳が大好きな息子よ。

「あいつらが俺たちをパーティに招待したいって言ってる。おまえはどうしたい？」

「おまえは痛くないの？　膝、脱臼したんだろ？　どうやって歩くつもり？」

「少しなら歩ける。試合に勝ったんだ。俺は行かないわけにはいかない。おまえも行くか？」

「行かないって言ったら？」

「いいさ。家でゆっくりしとけよ」

「気が変わったら？」

「俺が迎えに行く」

「おまえには来てほしくなかったら？」

「ウザいやつだな。唇が腫れ上がるまでキスしてほしいのか？」

「サラワット、うるせーよ」

「で、招待はどうするんだ？」

「迎えには来るな。今、運転なんかできないだろ。おまえの友達にでも乗せていってもらえ。僕もスター・ギャングのやつらに電話して来てもらうから。向こうで会おう、ね？」

「……」

電話の向こうであまりにも長く黙り込まれ、思わずもう一度声をかけた。

「サラワット」

「ふん？」

「僕は友達と行くから。向こうで会おう。いいね？」

「いいよ」

ズキューン！　最後のひと言は、他の人には普通に聞こえるかもしれないが、僕にとっては彼から聞いた、これまでで一番優しい「いいよ」だった。ああ、心臓が。

モーニング・コーヒー&イブニング・リカーに着いた。

夕方の数時間、睡眠をとった僕をここまで連れてきてくれたのは、残念ながら僕の仲間たち

——プアク、フォン、オームだ。体力は100%充電完了！　ホワイト・ライオンのパーティのためにシャワーも浴びた。政治学部設立以来、初の優勝を祝うんだから。

試合の最終スコアを尋ねると、2対1で政治学部が勝ったという。かなりの接戦で、政治学部の上級生の1人がラスト3分、最後のゴールを決めたらしい。

「おまえら、ここに座れ。おい、みんな、こいつらは俺の友達だから。タイン、フォン、オーム、そしてプアクだ」

ビッグは僕たちをウッドチェアに座らせると、上級生たちに向かって紹介した。

ウッドテーブルにはお酒とビールがずらりと揃っている。テーブルにやって来た上級生の1人が煙草の匂いを漂わせていた。テーブルに並ぶ数皿のサイドディッシュを眺める。どうやらひたすら飲んで帰ることがホワイト・ライオンの目的らしい。サラワットとマンはまだ姿が見えない。サラワットの友人たち以外に、知った顔はいなかった。

モーニング・コーヒー&イブニング・リカーのオーナーはコミュニケーション学部の出身者で、卒業後、バーを持ちたいと思ったようだ。リラックス感のあるこぢんまりした空間。この間フォンが失恋をしたとき、つき合わされたママオ・バーに似ている。

店内のインテリアはレトロ調。リラックスできるアコースティックミュージックが流れているが、上級生たちの騒ぐ声で何も聞こえてこなかった。

「あの2人はまだ来てないのか？」

1人の上級生が尋ねる。よく見ると僕たちのテーブルは3台がくっつけてあった。店の一角をほぼ占領しているといっていいこのテーブルで、空いているのはあと2席だけだ。

「まだだけど、電話はした。今、こっちに向かってるよ」

「ワットの具合はどうなんだ？」

「膝の怪我だけであとは大丈夫なんだが、これ以上悪くしないためには、ある程度活動を制限しないといけない状態だな」

質問した上級生は答えにうなずきながら、僕たちにグラスを渡し、僕にはアルコール強めのブレンドで作ってくれた。本当はあまり飲みたくない。ここへ来たのは、病院へ運ばれたきり姿を見ていないサラワットに会うためだったから。

「こいつがワットの恋人？」

「そうです」

酒を口に含んでいた僕はびくっとなった。どうしてまた僕のことを話題にする？　上級生の質問に答えたテームを真顔で見る。どうしたらいいのかわからない。

「きみら、どうやってそういう関係に落ち着いたわけ？」

「おいおい、どうやって、って？　お2人はスタンダードな体位でしかやってないに決まってるだろ。最近のあいつは変態ポルノも見てないようだからな」

最っ低だ！　頭の中で隣に座っている男を罵った。でも実際は恥ずかしさでうつむいたまま、黙ってグラスの中の四角い氷を指でかき混ぜる。マジでこんなの、恥ずかしすぎる。ここまで晒し者にされるなんて生まれて初めてだ。汗がにじみ出る。体温がぐんぐん上がって、乳首から火が出そうだった。

「名前はタインだっけ？」

「は、はい」

「ワットはきみのことすごく心配してたぜ。あいつ、転んだのにきみのところに行こうとするから引き止めたんだけど、フィールドのど真ん中で殴られそうになったよ」

「あいつは先輩のことを大切にするやつだけど、先輩より奥さんのほうがずっと大切ってことじゃないですか？」と、2年生の先輩まで会話に入ってきた。

「写真部もきみたちの写真をいっぱい撮ってたぜ」

「あいつのファンは今ごろみんな絶対死んでるな」

上級生たちが笑う。黙って話を聞きながら、僕はあのときのことを考える。何が起きたか一番正確に語れるのは、実際あの場にいた人だろう。飲み始めてしばらくして、僕が一番会いたかった人が到着した。間に合ってくれてよかった。これ以上、自分が晒されるのはまっぴらだった。

彼らの登場に、店中の人たちが息を飲む。

サラワットはチャンダオを履き、片わきに松葉杖を抱えていた。膝には包帯ががっちりと巻かれている。あまりに哀れな姿に、そばへ行って家に帰るように説得したくなった。どうして来たりした？

「おお、座れ座れ。なんだってこんなに遅くなった？」

「原因はワット。這ってるくらいの速度でしか歩けないから。たどり着いたのは奇跡だね」

サラワットが僕の隣に座ると、マンはサラワットの横に腰を下ろした。上級生たちが2人のためにドリンクを作り出したが、サラワットは深く日焼けした顔を俺に向け、飲んでいいかどうかを目で聞いてきた。もう目配せだけで通じ合えるのか？

「アルコールは妻の許しが出ないらしい」

サラワットは不機嫌そうな顔で言った。マンは「しょうがねえ」みたいな顔になったが、物わかりよく、すぐにグラスを戻してくれた。

「ペプシはどうかな？」僕はサラワットに聞いた。

「ああ。おまえは……あんまり飲みすぎるな」

「ひと口だけだよ」

「今日はどうして体からそんなにいい匂いをさせてるのかな？」

サラワットがまた僕をからかい始めた。

「いつもと変わらないだろ。普通だってば」

「バーに来るだけなのに、どうしてこんなにカッコつけてきた？」

「シャツにジーンズはいただけだろ。大げさなこと言わないでくれよ」

そう言って俺はサラワットを見た。彼はこれっぽちもドレスアップしていない――〝輝く白さ〟と書かれたサッカー用のシャツと白い短パン、チャンダオ。松葉杖までついている。これこそがスーパー・スタイリッシュ。ああ、僕まで皮肉屋になってきたかもしれない。

「ホワイト・ライオン優勝祝賀会のために当店をご利用いただき、ありがとうございます。私たちからのお祝いとして、ボトル1本を贈らせていただきます」

「イエーイ！」テーブルじゅうから歓喜の声が上がった。この連中にたった1本で、どうやったら足りるというんだろう？

「リクエストしていいか？」チームのキャプテンらしき上級生が言った。

「ああ、いいぞ」

「今日、試合の最後までいられなかったサラワットに、俺たちのために1曲歌ってもらいたい」

「イエーイ！」

そういうことか！　隣では、名前を出された男がうんざりした表情を浮かべている。でも、ホワイト・ライオンのメンバーや他の客たちからの歓声に抵抗できなかった。

「サラワット！」

「サラワット！　サラワット！　サラワット！」

「行きなよ」

みんなの要求をはねのけるわけにもいかない彼を手伝い、ステージに向かわせる。自業自得なんだから、仕方ないだろ？

「おまえはなんの歌が聴きたい？」

「スクラブの歌」

たとえ100回聞かれたとしても、僕はそうとしか答えないと思う。

サラワットはそのときステージで演奏していた上級生からギターを受け取り、ステージの裏に松葉杖を置いた。僕は友達がいる席へ戻る。うねるような歓声と拍手が大きく響く。こんな、かなりイケてない状態でも、スポットライトを浴びたサラワットはかっこよかった。

サラワットは何も言わず、ギターに手を置くなり弾き始めた。店内が静まり返る。誰もがステージの中央に置かれた椅子に座る彼を見つめていた。

「寂しい歌を聴いて
悲しくなったり　苦しくなったりすることもあるだろう
でも音楽がきみに　元気をくれることもある
歌を聴けば　きみは笑い　きみは微笑む
物語がある歌は　すべて僕の心の中に流れる
音楽に感謝を　僕らを結びつけてくれた……」
――スクラブ『Our Song（僕らの歌）』

『Our Song』だ。と言っても、ずっと前の歌だからそんなに聴く機会はない。でも、誰かがこの歌を歌うたび、僕は懐かしさについ微笑んでしまう。

去年のシラパコーン大学でのコンサートが僕たちに教えてくれたのは、悲しい歌も楽しい歌も、すべての歌が僕たちの歌だということ。僕たちがこれから一緒に歌っていく歌なのだ。

誰かと恋に落ちれば、いいときもあれば悪いときもある。でも、愛する人は、いつでも僕たちの歌であり、僕たちの魂であり続けるだろう。

「本当はこの歌をきみと歌いたい
この最高な気分を失いたくない
一緒に歌おう
今日も　明日も　ずっと
夜が来て　朝が来ても
この最高な時を失いたくない
僕らは一緒に歌える
これは　僕らの心が寄り添って歌う歌」

歌が終わり、大きな拍手と歓声が響き渡る。ステージから降りようとしていたサラワットに、1人の女性が歩み寄った。彼に身をかがめるように手招きをする。

「あっ！」

「え？」

「……！」

耳をつんざくような叫び声があちこちで上がる。彼女がサラワットの頬にキスをするのが見えた。サラワットは断っているのに、バーじゅうの人が酒をおごると言って聞かなかった。動揺している僕に気づいたマンは、すばやく立ち上がり、サラワットを舞台から降ろしに行った。

思ってたとおりだ！　だから僕はサラワットには来てほしくなかった。みんなが彼の気を引こうとする。僕を一番傷つけたのは、その女性が美しかったということだった。胸はメロンくらいありそうだ。別に彼女に興味があるわけじゃない。動揺しているだけだ。サラワットだって、彼女にその手の感情を抱いているわけではないはずなのに。

「この野郎！　すげえイイ女だったな」

「彼女がキスした場所、見せろよ。触らせろ！」

サラワットの仲間たちは大盛り上がりで、みんな楽しそうにサラワットに触りまくっている。

僕はただ座ったまま、何も言えずにいた。

「サラワット」

「おいおい！」

彼女が僕たちのテーブルに近づいてくる。離れた位置からでも、彼女が本気なのがよくわかる。

「やあ、ゴージャスなお嬢さん、俺の友達に何か用かな？」

マンはみんなに調子を合わせながら、とびっきりの色男めいた視線を彼女に送る。彼女は僕の恋人を見つめ続けている。誰も彼女に僕らの関係を教えていないのだ。

「ＬＩＮＥのＩＤ、教えてもらえる？」

「こいつはＬＩＮＥをやってないんだ」

「じゃあ電話番号は？」

「ヒュー！　やったな！　おまえ、彼女に教えてあげるよな？　教えてやれよ」

マンはワットの腕をさすりながら、ニヤニヤと僕の顔を見る。なんなんだ？　マン、僕を困らせようって魂胆か？

サラワットは無表情でちらっと僕を見ると、目の前の女性に顔を向けた。僕はすぐに殴りかかれるように、ぎゅっと拳を握りしめる。そうだよ、イヤだ！　こんなのはホントにイヤだ！

「俺のインスタグラムの写真、見たことある？」

「ええ、あるわ」

「俺のインスタグラムには、１人の人物の写真しか写ってない。きみも、その人がどういう人か、わかってくれると思うけど」

「……」

「それでも、俺のことが好きってこと?」

彼女はショックを受けているようだった。

「俺には恋人がいるんだ。悪いね」

テーブルの下で、彼の大きな手が僕の手を探り当てて包み込む。こんなささやかな行為だけで、僕は理解ある人間になれる。心が温かくなる。泣きそうだった。


まもなく、ありとあらゆるアルコールを飲み干すミッションがスタートした。僕がちょっとトイレに行って帰ってくると、サラワットがつぶれていた。仲間にたっぷり飲まされて、目は潤み、酒臭かった。

「みんな、もうやめてくれよ。サラワットにこれ以上は無理だ。怪我をしてるんだから」

食べさせているものも、ろくなもんじゃない。

「シックな男・タイン、きみも1杯どうだ?」

「ぼ、僕はもうかなり飲んだので」

「ワットの妻はもう飲めないらしい。このグラスはおまえが飲め。ほら!」

その人は僕の口元に持ってきたハイボールのグラスを、そのままサラワットの口元へさし出す。

サラワットはもう1杯飲むはめになった。サラワットの体がゆらりと揺れる。

「いいぞ！　ワット！」

マンはまだ完全には酔いつぶれていない。政治学部の学生たちは飲みすぎだ。驚くほどみんなまだまだ元気で、ダウンしているのはサラワットだけだった。たぶん、みんな彼にひたすら飲ませていたんだろう。僕の仲間もけっこう飲んでいたが、今は上級生たちにお酌をしているところだった。おいおい、おまえら、もう十分飲んだだろ？　みんな明日授業があるんですけど？

「ワット！　酔っぱらったか？　ええ？」

上級生たちが笑って、サラワットの肩を小突く。彼は朦朧《もうろう》としたまま目を開き、上級生たちの顔を見た。

「俺は酔ってない」

「ワット、次の試合、いくら賭ける？」

「マンチェスター・シティに全部」

この人たちは、たとえこんなに酔わなくても、サッカーの試合で賭けをすることばかり考えている。やれやれ。

「俺がリバプールを選んだのを知っててケンカ売ってるのか？」

「あそこはクズだ」

「ずいぶん酔っぱらってきてるな。こいつ、飲むとなんでもしゃべるんだよ。俺にまかせとけ」

マンがサラワットの肩を叩く。ようやくみんなの前で友達をからかう段取りが整ったのを喜んでいるようだ。上級生やチームメイトが、サラワットからあれこれ聞き出そうとする。サラワットの友人が言ったとおり、ぼうっとしたままのサラワットはすべての秘密を明かし始めた。

「ワット、初めてタインに会ったとき、どんな気持ちだった？　彼のこと、可愛いって思ったか？」

おい！　また僕のことか。

「なぜそんなことを聞くんですか？」

飲んだ彼はすごくおかしい。言葉遣いがやけに丁寧になっている。

「知りたいからだよ」

「可愛くはなかったけれど、魅力的でした」

「よく聞いたな、お手柄だ！」

「さっき、電話番号を聞いてきた女はどう思う？　彼女のほうが魅力的じゃなかったか？」

「ずいぶん胸が大きかったけど、好きではないです」

「じゃあ、おまえは誰が好きなんだ？」

テーブルにいる全員が彼の答えを待っている。誰より僕が待っている。

「ズラタン・イブラヒモビッチ」

「ふざけんなよー」

聞き耳を立てていた全員が首をふり、席に戻って再び飲み始めた。1人隣に残った僕は、サラワットの頭を抱き寄せる。しばらくすると彼は僕の肩に頭を乗せ、そのまま眠ってしまった。

これがみんなの人気者の現実の姿だ。お酒の飲み方を知らない子供みたいだ。飲むと眠ってしまうなんて。ああ……マジでホントに可愛いすぎる。

「タイン」

「何？」

「タイン」

「寝てなよ。それとも帰りたい？」

「俺はすごく幸せだ」

「なんで幸せなんだよ？」

「おまえを愛してるから」

「……」

「そしておまえも俺を愛してくれてるから」

「それはよかった」

「最高だ……」

そしてサラワットは僕に語り始めた。これまで隠していた些細なことまで、僕に吐き出した。始めに口に出したのは、グリーンが僕にどれだけ激しく言い寄っていたかという話だった。あのときは、ディムが自分の妻を自分でなんとかするつもりでいたから、サラワットは何もしなかったのだと言う。それでも、どれだけ嫉妬をしていたかを、くどくどと僕にしつこいほどに語って聞かせた。ミルとのことも怒っていると言う。

サラワットは、彼を家に送るため仲間がやって来るまで、ずっとくだを巻いていた。ビッグ、ボス、ティー、テームが車に乗り込む。僕が酔っぱらった怪我人を介抱しながらなんとかマンの車に押し込んでいるあいだ、僕の3人の友達はオームの車で帰っていった。サラワットの恋人だという理由だけで、僕はサラワットと帰ることになった。

マンは僕と一緒にサラワットを部屋まで運んでくれたが、すぐに帰っていった。残された僕は1人でサラワットの体を拭き、服を着替えさせなくてはならない。男が女を介抱する映画なら見たことがあるが。ちょっと待て。こいつはなんなんだ？　水牛みたいに重たい。その上、脚を怪我している。ううっ！　とにかくやらねば。

すべてやり終わったのは午前3時近くだった。でもなんとか僕は途中で気絶することなくやり遂げた。

顔に当たる太陽の光で目が覚めた。もぞもぞと体を動かす。目の前のものに焦点を合わせる。僕の隣で死んだように眠るサラワットだと気づくのに時間はかからなかった。起き上がり、目をこすった瞬間、ぎょっとする。ベッドの端に誰かがいる。

「うわっ！」

この少年は誰だ？　どうしてそんなふうに僕を見ている？　なんとか冷静さを取り戻し、見知らぬ人間をまじまじと見る。長身でハンサムで、鼻梁《びりょう》がきれいに高い。なじみのある顔立ちは、以前会ったことがあるような気もしてくる。もしかして前世で会ったとか？　２人の前世の結びつきが強すぎて、現世でも脳が彼の顔を覚えているのか？

彼は瞬きもせず、僕をずっと見つめている。僕はごくりとつばを飲む。すると彼は冷ややかに僕を見つめながら、せき払いをした。

きっと前世から復讐しにやって来た幽霊だ！

「サ、サラワット、サラワット！」

隣で眠る彼を揺さぶった。サラワットは寝返りを打つと目を開けた。

「そいつはプーコン。俺の弟だよ」

そう言って起き上がり、弟のところまで歩いていった。僕はわけがわからず、驚きのあまりベッドからも出られなかった。彼は物音ひとつ立てずに入ってきたのだ。壁を通り抜けられるのか？

「誰と一緒に来た？」

「父さんと母さん」

「なんで教えてくれなかった？」

「教えたらサプライズにならないだろ。兄貴が隠してたその人は誰？」

おお。この子の言葉遣いといい、言い方といい、声のトーンといい、お兄さんそっくりだな。

「母さんはどこに？」

「下で何か買ってるよ。母さんもさっきまでここにいたけど、兄貴が寝ているのを見て、起こすのをやめたんだ」

サラワットの弟はソファに腰をおろすと、僕を見た。彼に見つめられると、火あぶりにされているような気がする。

いたたまれなくなった僕は、すぐさま立ち上がり、サラワットのところへ歩いていった。汗がふき出す。

「僕、もう行かなきゃ。午後は授業があるんだ」

「母と父がまだ行かせないと思うよ。まだ居てくれ」

クソ！　どうしろっていうんだ？　サラワットの父親について知っているのは、地位の高い警察官ということだけだ。長男が男とデートをしているのを知って、心臓発作でも起こしたらどうすればいい？

「タイン、シャワー浴びてこい。クローゼットから俺のシャツを出して着てくれていいから」

僕はうなずくと、この居心地の悪い場所から逃げるようにバスルームに駆け込んだ。いったいどうなるのか、あれこれ思い浮かべる。でもシャワーを終えたら、向き合わなくてはならない。

サラワットは、両親と一緒にじっと座っていた。プーコンは真剣な様子でスマホのゲームをしている。不安に駆られているのは僕だけのようだ。何をしたらいいのか、どこに立ったらいいのかもわからない。正直に言えば、手もどこに置いたらいいのかわからない。何もわからないよ！

「こっちへ来て座れよ」

サラワットに呼ばれ、しぶしぶ彼の隣に腰をおろす。

「私、何かフルーツを買ってくるわね」

サラワットのお母さんはこの場から逃げることにしたようだ。彼女が去り、僕と彼女の息子は落ち着きはらった父親に向き合うことになった。

この一家の男性はみんなそっくりだ。かっこいいけれど、全員、感情が読みにくく、とっつきにくい顔をしている。

「どうして来るって教えてくれなかったの？」サラワットが口を開く。

「緊急の仕事で、その暇がなかった。ところで、この人は誰かな？」

「あの、僕はサラワットの友人です。タインといいます」と僕は答えた。

僕たちの関係について、父親には本当のことを言わないでおこうと思った。僕自身、真実を受け入れるにも、拒絶されるにも、心の準備ができていない。ぶっちゃけて言えば、その真実がこれからどうなるのか見当もつかないけれど、どうとでもコントロールできる状態にしておきたいし、傷つくリスクを冒したくない。

僕の心……それはすべて彼のものだ。彼の家族がこのことを受け入れられず、僕が身を引かなくてはならなくなったら、どうしたらいいかわからない。彼の家族が僕らを友人だと思っていてくれれば、2人で会って話すこともできる。それだけでも今は十分だ。僕たちの未来のことまでは考えられなかった。

「友人？」

お父さんが僕の言葉を繰り返す。その目は、長男を見つめている。

「違う」

「じゃあなんだ？」

「恋人」

世界が止まる。サラワットは顔に感情を出すことなく、父親に真実を告げた。その横で、僕は顔にすべての感情を丸出しにして座っていた。

「いつからつき合っている？」

「最近」

「私にはいつ言うつもりだったんだ？」

「特に考えてなかった」

「昨夜はどこにいた？　体中から酒の匂いがするぞ」

「友達と祝勝会をしてた」

沈黙が怖い……。まるで音を鳴らしていいときと、いけないときをわきまえているかのように、プーコンのゲームの音もやむ。

サラワットのお母さんには以前会っている。優しい人だと思った。でも、お父さんは……。

「一緒に住んでもう長いのか？」

「い、いいいえ、まだそんな。ぼ、僕たちはまだ同棲なんかしていません。昨夜はサラワットが酔っていたので、世話しに来たんです。それだけなんです」

サラワットは僕の手を握り、優しく言った。

「落ち着け。パニックにならなくていいから」

クソ。緊張しすぎて泣きそうだ。

「ねえ、父さん」

「……」

「父さんが失望しているのはわかってる」

「どうして私が失望していると言える？」

「そう思っただけだよ」

「私がこれまでおまえに何かしろと強制したことがあったか？　中学へ進学するときも、私はおまえの好きな学校で勉強していいと言った。9年生[※1]のとき、おまえが王国警察士官学校には行きたくないと言ったときも、むりやり行かせることはしなかった。大学に入っても、おまえはたいして人気のない学問を専攻した。おまえには、自分で自分の進路を選んでもらいたいと思っている」

「……」

「おまえが愛するものを自分で選んでいることに、私は失望したことはないよ」

「俺が普通の男と違ってもかまわないのか？　俺が守るのは女性じゃないんだ」

「男だからって女性を守る必要はない。愛する人を守ればいいんだ。どうしておまえはそんなことを気にする？」

その瞬間、僕はサラワットについて、あるひとつのことを知った――彼には優しい家族がいる。

「彼、兄貴が言ってたとおり、ホントに可愛い人だね」

「……」

「それに兄貴が言ってたとおり、ホントに面白そうな人だ」

そうなんだ。プーコンの言葉に口元がゆるむ。

サラワットの両親は、部屋に大きな荷物を置いていった。荷物というのはつまりサラワットの弟のことで、彼はもう数日泊まっていきたいと言ったのだ。兄と同じ大学で学ぶかどうかを決めるため、キャンパスを見学したいらしい。

現在12年生[※2]の彼は来月高校を卒業する。でも、ちょっと言わせてほしい。12年生にしては背が高すぎないか？　プーコンは兄と同じくらいの背の高さだ。さらに下にいるという弟についても想像がふくらんでしまう。そろそろプーコンと過ごして1時間が経つが、その間、彼は兄譲りのポーカーフェイスで僕をからかうことに執心していた。

「おしゃべりはやめて準備しろ。1時きっかりから授業があるんだからな」

※1 日本の中学3年生にあたる。
※2 日本の高校3年生にあたる。

僕はとりあえずサラワットの服を借りた。彼の弟もここに来たときから同じような服を着ている――白いシャツにアンクルパンツ。彼は同い年の子たちよりずっと大人びて見える。とにかく僕が言いたいのは、彼は兄によく似ているということだ。同じ大学に来ることになったら、どれだけ混乱を引き起こすだろう。

「兄貴、今インスタグラムやってるの？　驚いたな」

プーコンはまだ動こうともせず、兄のスマホを掴むと、許可をもらうでもなくチェックし始めた。サラワットがバスルームから出てくる。

「おまえもやってみたいか？　けっこう楽しいぞ」

「いいや。時間取られて他のことができなそうだし」

「ゲームが、だろ？」

「言っとくけど、俺はプログラマーになってゲームを作りたいんだよ」

「おまえだって誰かを好きになったら、彼に近づくために変化も怖れなければ新しいことにもチャレンジするよ」

「恋人の画像をスクショするとか？　ヘンだよ。勇気ある男はこういうことはしないぜ」

「勇気ある男は何をするんだ？」

「セックスだろ」

「面白い答えだ」

ちょっと待て。やめろ。どうして僕のことを見る?

「ぶっちゃけ、兄貴たちは……口でしたりした?」

「プーコン、きみ、どうかしてる!」

僕はすかさず叱りつける。プーコンはニヤニヤ笑ってこっちを見るだけだ。邪悪な態度を取る彼の尻を蹴り上げてやりたくなる。ああ、彼はサラワット並みの変態だった。

11時になって、サラワットは3人分のインスタント食品を電子レンジで温めてくれた。12時数分過ぎ、12年生を連れて、僕らはサラワットの運転で大学に向かう。

サラワットは一日中授業が入っていたが、僕は午後に1クラスしかなかったので、授業が終わった後、僕がプーコンに大学構内を案内することになった。僕ら2人がキャンパスを歩いているときのみんなの反応は、わざわざ言う必要もないだろう。

「あそこの彼、誰? すっごく可愛い」

「すっごいハンサム!」

そんな感じだ。女の子が多すぎて頭が痛くなる。プーコンも、ぜんぜん普通の人のような行動を取ってくれない。彼は僕の手をずっと握っている。

「何か欲しいものは?」

「タイ・デンマーク牛乳かな」

まったく。兄弟で好みが一緒か。

「あの店に売ってるよ。行ってきな」

「えー」プーコンが行きたくなさそうに僕を見る。

「僕とケンカしたいのか？」

「タインさんさ、どうして兄貴にしたの？　サラワットって普段、あらゆることに興味がない人だろ」

「どうしてそんなことを聞くんだ？」

「いつか捨てられるかもって怖くならない？」

　プーコンの言葉にドキッとする。そんなこと考えたこともなかった。もし、いつか僕たちの愛が今と同じではなくなるとしたら、どんなふうになるのだろう？　僕はどうする？　いつものように、去る者追わずで次に進もうとするだろうか？　それとも他の失恋した人たちのように泣くのだろうか？

「もし彼に捨てられたら、他の人を探すだけだよ……たぶんね」

「ホント？」

「わかんないけど」

「サラワットのほうは、もし捨てられたら、また笑えるようになるかどうかわからないって言ってたよ」

「……！」

「昔の兄貴は全然笑わなかった。氷の壁を作ってみんなをシャットアウトしていたのに、ある日、笑顔で帰ってきたんだ。これからの人生を笑顔にしてくれる人を見つけたんだって、ぼそっと言ってた。あれはけっこうな衝撃だったな」

「ほ、本当に？」

「その人のために歌も作ってたよ。兄貴はラブソングなんて絶対聴かないんだ。兄貴の友達に聞いても、兄貴は哲学的な歌やそういう感じの歌をよく聴くって言うと思う。ラブソングを聴かない人間が誰かのためにラブソングを作るなんて、簡単にはできないよね？」

プーコンはフラットな声と感情が読めない顔でそう言った。

「……」

「兄貴はスマホとＭａｃＢｏｏｋにスクラブの歌をたくさんダウンロードしていた。この間、実家に帰ってきたとき、母は、息子がやっと愛を見つけてくれたわ、なんて冗談言うぐらいだった。でもサラワットは相手が誰かは教えてくれなかったから、どんな感じの女の子なのかな、って想像してたけど」

「実は、僕、スクラブが好きなんだ」

「知ってる。兄貴が歌を完成させたのは知ってた？」

「ううん。そんな話は聞いたことがないよ」

「ホントに？　とりあえず、歌にタイトルがついてなかったんだけど、ようやくついたって」

「なんていうタイトル？」

「タイン」

「……！」

「あなたは、感情なんか出さなかった人間を笑顔に変えちゃったんだよ、すごいね。だから兄貴の笑顔を壊さないで。愛している人を悲しませないで」

「僕だって、彼なしで笑顔でいられると思うかい？　だからきみへの答えは……」

「……」

「僕にそんなことはできないってことだよ」


「俺の手を握るのはやめてくれないかな」

「僕は握ってない。きみが僕の手を握ってるんじゃないか」

「離してほしい？」

こいつ！　兄貴そっくりの態度だ――誰の言うことも聞かず、自分の想像力で物事を見ている。

プーコンは何も言わず、僕を連れて涼しくて気持ちのいいコーヒーショップに入った。

店内の人たちが彼を見ている。サラワットと彼の弟は、こういう場所で注目の的になってしまう点でも似ているようだ。

「何飲むの？　きみのお兄さんの授業が終わるのは5時。それまでお腹が減りそうだね」

「アメリカーノを。何がいい？　注文してくるよ」

「じゃあアイスラテを」

「了解」

背の高い彼がカウンターへ歩いていく。誰もが視線をそらすことなく、彼を見つめている。服装と髪型を見ただけで、多くの人が喜んで彼におごりたがるだろう。

ふと、1人の女性が彼に近寄っていくのが見えた。2人は何やら話し始め、席にいる僕のほうを見た。するとプーコンが笑って僕を指さした。

僕たちのドリンクができあがり、プーコンが席に戻ってくると、ぼそりと言った。

「さっきの人に電話番号を聞かれた」

「そっか！」きみは魅力的すぎるからね。「で……彼女になんて答えたの？」

「もう恋人がいるって答えた」

「そっか」

「そうだよ。恋人はあそこに座ってます、って」

「そっか」

「今日1日、俺につき合ってほしいんだけど」

「そっか」

「『そっか』をやめてもらってもいい？」

「僕はきみのお兄さんの恋人だよ」

「兄貴のことは口にしないで」

まるで彼氏の弟と浮気しているみたいじゃないか。ありえないだろ。マジで！　彼と弟はほんとにそっくりだ――冷たくて打ち解けず、でも実はとっても人たらし。もしかして2人はクローン人間？

「ちょっと写真、撮っていい？」

カシャ！

僕が了解するのも待たず、プーコンはスマホを取り出し、写真を撮った。ひどい顔で写ってるに違いない。

ピンポン！

5分後、インスタグラムの通知が鳴った。プーコンと僕の自撮りだった。何よりも驚いたのは、そのアカウントとキャプションだ。

Sarawatlism　彼氏 @Tine_chic

「おい、プーコン、いったいどうやってサラワットのパスワードを手に入れたんだよ？」

僕はわざと乱暴な言い方で怒りを表す。

「兄貴のだもん、わからないわけないだろう?」

「削除しろ」

「どうして?」

「僕はきみの彼氏じゃないだろ」

「ちょっと楽しんでみようと思って投稿しただけだよ。俺はインスタグラムもツイッターもやってないけど、SNSで顔を売ってみたくてさ」

「別のところで顔を売れよ」

ピンポン!

ああ神様、事件です……。たくさんのコメントと「いいね!」が次から次へと表示されていく。チーム・サラワットの妻たちから、ホワイト・ライオンたちから、そして僕の仲間たちから。集まってくる様子はカオスだった。

Milkyway サラワットとつき合ってるの? えー!
Man_maman ありっ? プーコン?
Boss-pol これ、ワットの弟だよ。どうやって兄ちゃんのパスワードわかった?
yellowgam サラワットの弟!
holly.illy タインがサラワットの弟とつき合ってる? まだ希望あり。#TeamSarawatsWives

（チーム・サラワットの妻）

opal1994 #PhukongsWife（プーコンの妻）

Thetheme11 弟に彼を取られちゃったぞ。LOL

Bigger330 ははっ、おまえの負け、オワタ。

Man_maman ご愁傷様。

KittiTee 兄ちゃんは勉強で忙しいから、弟は好きにしていいぞ。ご愁傷様です。

そして僕は地獄が待っていたことに気づいた。

Sarawatlism @Sarawatlism おまどこにいろ？

Sarawatlism @Sarawatlism 何言ってんだよ、わかんないよ。

Sarawatlism @Sarawatlism そいつはおでの枯れ氏だ。

Sarawatlism @Sarawatlism 知ってる。1日借りていい？ 全部舐め終わってから返却する。彼を舐めたいって何か月も言ってたのに、まだしてなかったんだ。代わりにやってやるよ。いいね？ じゃあね〜兄貴。

「なんで僕のこと見るんだよ」

「タイン、舐めさせてもらっていい？　兄貴が自分の代わりに舐めておいてくれって言ってるからさ」

プーコン、おまえはゲス野郎だ。最低だ！　これはなんの業《カルマ》なんだ？

第20章

冷酷な心から始まる大事件

僕は今ここに、兄弟であるご両名に〝変態賞〟を授与いたします！

もう言葉も出てこない。プーコンはしつこく言い寄ってきて、飢えたまなざしで僕を見つめ続けている。居心地が悪くてたまらないし、ここにいる人たちもひそひそ話を始めている——たぶんサラワットがインスタに上げた、カタコトのコメントのせいだろう。

「どうしてそんなふうに俺を見る？」

プーコンが言う。感情を見せないことで僕をイラ立たせようとしているに違いない。

「僕に対してよこしまな考えを抱いてるんだろ？」

「ただからかってるだけだよ。何を真剣になってるの？」

でも、彼は真剣そのものにしか見えない。おっぱいを触らせてくれと言ったサラワットよりたちが悪いし、兄に頼まれたからと言って僕を舐めさせてくれとまで言ってきた。最低だ！　そんなことを言われて、こっちは平気でいられるか！

「ああ、僕は真剣だよ。きみだって顔が真剣だよ」

「そんなにわかりやすいのかな？」

彼は何を言ってるんだ……？

「ひとまず座って落ち着かないか」

「よそ見しないでねー」

「え、なんのこと？」

「俺は恋人なんだから。サラワットも認めてくれた」

「いつ？」

「兄弟だもん。言葉がなくてもわかり合えるんだよ」

プーコンに新しいニックネームを思いついた。想像で思い込むのがお好きなようなので〝プーコン4D〟と呼ばせてもらおう。

「正直に聞きたいんだけど、きみは恋をしたことがあるのかな？　それとも、誰にでもこういういやらしいことを言ってるのか」

プーコンがストローを吸う動きを止め、僕を見た。

「いいや。俺も恋すればいいのかな？」

僕の動きが一瞬止まる。まるで人間はなぜ食べることが必要なのかという問いに答えるような言い方だった。人がやるべきことではなく、そうしないと生きていけないことについての話し方だった。

「そうだよ、大事なことだよ。きみ、今まで誰かのことを好きになったことが一度もないとか?」

「そういうわけではないけどね。俺はちゃんと誰かと話したり、友達になったりしないから。誰かに合わせるなんてつまらないし、なんでわざわざ恋をして、もっと疲れる人生を送りたいなんて思えるんだ?」

聞き覚えのある言い方。彼の答えは、彼の兄の答えにそっくりだった。

「誰かを好きになると人生が鮮やかになるよ」

「鮮やか? 頭痛がしそうだろ。今のままの人生がいい。サラワットは平和に暮らせない人だし、トラブルを求めて生きているタイプだけど」

「……」

彼の言う〝トラブル〟ってのは僕のことか? 実に可愛いやつだよ、このクソ弟くん。

「あれ、泣きそうになってる? ひどい顔だ」

「もうやめてくれ。僕は傷ついてるんだから」

「俺は正直に言ってるだけだよ。どうして傷つく? そんなの最初からわかってたでしょ?」

「僕がひどい顔をしているっていうなら、どうしてきみのお兄さんは僕のことが好きなんだよ? おい?」

僕は勝ち組だぞ。大学を代表するチアリーダーだ。イケメンだ。サラワットは別格としても、僕だって人気があるんだ。

「問題なのは見た目じゃないだろ。サラワットが重視しているのはもっと別のことだ。口が悪くなくて、もっと見た目がいい人はたくさんいるんだし」

ううっ！　胸のど真ん中を突き刺されたみたいだ。傷は深い。

「じゃあ、どうしてサラワットは僕が好きなんだよ？」

「それは俺が言う必要ないだろ。自分でサラワットに聞きなよ」

「どうして秘密にするんだよ？」

「秘密？　俺は知らないだけだよ」

「……！」

なるほど。プーコンを過大評価していたようだ。兄のことならなんでも知っているんだと僕は思い込んでいた。

「でも、考えられる理由はそんなにたくさんあるわけじゃない。ちょっと聞いていいかな。バラを育てようと思ったら、まず、何を確認する？」

「色と品種かな」

「なぜ？」

「育ったとき、きれいかなと思って」

「つまり将来、きれいになるだろうと期待しているってことだよね？」

「もちろんだよ。薔薇を育てるなら、きれいに咲いてほしいって期待するものだろ？」

「それがほとんどの人の考え方だ。でも兄貴は……そういうふうには考えないんだよ。兄貴はきれいな品種より、根の強い品種を選ぶ。ある日、嵐が来たとしても、強い根があれば花を支えられるし、生き延びられる。花が咲けば、長く楽しむこともできる。でも強い品種でなければ、嵐で散って枯れてしまう。そこが違うんだ」

「つまり僕はその根っこだっていうこと？」

「そうだ。まさに根っこだ」

「クソっ」

「口が悪いな」

「きみだって失礼だろ」

ほんとに兄貴そっくりだ。マジでむかつく。

もやもやした気持ちもかき消すような、誰かの声が聞こえてきた。

「ここにいたのねー！　ずーっと探してたのよぉ、タイーーーーン！」

ふり向くと、大男グリーンが満面の笑みを浮かべて、入り口から僕をめがけて走ってくるところだった。いったいどうしてこんなやつに、今ここで出会わなきゃならないんだ？　うんざりだよ。

「どうしてここに？」

思わず出た言葉にグリーンは答えることもなく、僕の隣に腰をおろす。グリーンは前世の業《カルマ》よりもきつく僕の腕にからみついてくる。

グリーンと話すのは久しぶりだった。ディム部長からのソッコー強烈攻撃で、彼の妻には関わらないように警告を受けてから、グリーンのジャングルには足を踏み入れないようにしてきたのだ。今日グリーンを檻から放ったのは誰なんだ？

「あなたがいたのが見えたからぁ、追っかけてきちゃった！」

グリーンは僕の腕に頬ずりしながらそう言った。浮きまくっているファンデーションが僕のシャツを染めていく。ここから逃れるにはどうしたらいい？

「シャツから顔を離してくれないか？」

「あー会いたかったぁ」

「ウザいんだってば。向こうに行って座れよ」

グリーンは唇をとがらせ、上目遣いで僕を見つめていたが、ふとそのとき僕の目の前に座るプーコンに気づいたらしい。プーコンを捉えたグリーンの瞳の中に、炎が宿ったのが見えた。キタぞ。

グリーンが僕のシャツからバッと顔を上げる。

「ウッソぉーーーー！　嘘でしょ！？　なんで？　超美味しそう！　超カワイイ！」

ついに見つけた。やった。僕の後継者だ。

「あんたは誰？」

「あたしはあなたのソウルメイト。やだもう！　あなた、なんでそんなにいい匂いなのよー？」

　グリーンはプーコンの隣の席に移動する。僕を征服するためのグリーンの旅がついに終わり、彼は新たなる使命に向かってスタートを切った。今、別の男に激しくまとわりついている。できるものならプーコンを丸呑みしていただろう。僕は座ったまま静かに2人を見つめていた。誰であれ、先に死んだ者が敗者になる。

「あなた、タインのお友達？」

「そうだよ」

　1秒前まで狙われてたのは僕だった。

「頼む？　注文するけど」

「ううん、大丈夫。自分でするわ。あたし、グリーンって言うの」

「そう」

「あなたの名前は？」

「プーコン※」

「そうなんだぁ。警察の宝に手を出したら、怒られそうね」

「……」

「あなた、生命保険入ってるの？」

「……」

「お金に困ったら、制服で会いに来てね。あたしがなんとかしてあげる」

「じゃあ、おまえが困ることがあったら、俺のとこまで這ってこい。点滴してやる」

おおっと！　血の匂いをかぎつけた〝ヴォルデモート〟の声だ。グリーンはビクッとして、プーコンから手を離す。そして突然現れた男に向かって微笑んだ。グリーン、死んだな。ディム部長は厳格な男なのだ。

「ハイ、ディム。どうしてここにいるの？　全然気がつかなかったわ」

「嬉しそうに股を広げてるやつは見たくないって言ってあるよな？」

「ちょっと彼をからかってただけよ」

「さっきのみたいなのを、からかうって言うのか？」

グリーンの顔から笑みが消え、目には涙が浮かんでいる。伝説の夫婦ゲンカのスタートだ。プーコンはずっと無表情のまま、何も言わずに2人のメロドラマを見守っている。

「あたしは何もしてないってば。ワットくんにタインを見張っておいて、って言われただけよ」

「それがなんだ？　おまえはあいつの番犬か？」

意地が悪い。本気で意地が悪すぎる。こんな恋人がいたら、僕なら自殺するか、地獄にでも脱走するに違いない。

グリーンもそうしようとしたこともあるんじゃないかな。でも、ヴォルデモートの魔法が強すぎてできなかったのだろう。どこにいようと、ヴォルデモートは必ず相手を引き戻し、自分の奴

※ プーコンは警部補の意味。

隷にしてしまうのだから。

「だってワットくんが、弟がタインを口説くかもしれないって心配してたんだもの」

「あいつが自分でどうにもできないなら、ほっとけばいい。どうしておまえが首を突っ込む？」

「ワットくんにお願いされたのよ」

「あいつがお願いしたのか？　それともおまえから買って出たのか？」

「……」

沈黙。僕は次の展開を待っていた。行け。戦え。僕はそういうのが好きなんだ。

「そろそろ行くか？　俺は腹が減ってるんだ」

「わかったわよ」

「よし、いい子だ。タイン、俺たち行くから」

僕は小さくディム部長にうなずいた。グリーンはソファから引きずり下ろされ、部長と店を出ていった。プーコンは２人を目で追っていたけれど、何やら難しそうな顔をして、眉をひそめている。

「兄貴もあんなふうに横暴なの？」

「どうして？」

「自分で来られないからって、別の人を送り込んで俺の邪魔をさせたんだろ。独占欲強すぎておかしくないか」

プーコンの一言ひとことに、僕は眉根を寄せてしまう。彼がどうしてそんなに偉そうなのか、よくわからなかった。自分の兄のことを話しているのに。

「サラワットにケンカは売るな」

僕はプーコンに注意した。サラワットが怒ったらどうなるか、僕は知っている。工学部の上級生を徹底的にぶちのめし、病院送りにしたときのことは忘れられない。

「楽しいじゃん。こんなサラワットは初めて見たね」

「きみとはもうしゃべりたくない」

プーコンは肩をすくめてみせると、目の前に置かれたアメリカーノを飲んだ。彼はスマホの画面に現れるインスタグラムの通知には目もくれない。僕のスマホにも同じ通知が来るから、僕も別に気にならなかった。

Green_kiki（グリーン）ワットちゃん、ゴメン、ディムに連れ戻されちゃった。ごめんなさーい　T^T

Sarawatlism（サラワット）@Sarawatlism プーォン、答えろ

Sarawatlism @Sarawatlism ちっくじょう、広義に羞恥できない

Sarawatlism @Sarawatlism ピコンこのくそたｒｗ

リリリリリーン

プーコンのスマホが突然鳴る。彼は悪党みたいな笑みを浮かべて顔を上げると、すばやく着信を拒否した。

Sarawatlism @Sarawatlism 出んわに出ろ

Man_maman（マン）おいプーコン、頼むよ。おまえの兄ちゃん、教室の席でずっとマジギレしてるぞ。

サラワットの行動が怖すぎる。かなり本気のようだ。写真へのコメントをやめてくれと僕から直接書き込むしかない。

Tine_chic（タイン）@Sarawatlism　馬鹿やってないで、講義ちゃんと聞け。

その後、サラワットからのコメントはぴたりとなくなった。

2時間後、タイムラインに新しい投稿があがってきた。マンからだった。マンがアップしたのは、大笑いする友人に助けられながら、校舎の通路をよろよろと歩くサラワットの動画だった。そのキャプションにはこうあった――。

Man_maman こいつがフィールドの硬さをテストしたかったとは知らなかったよ。ちゃんとそのための道具があるんだから、膝は使っちゃダメだ。でも心配するな、みんな。サラワットは歩き続けるぜ。じっとしちゃいられないんだ、妻を他のやつに食われそうなんだから。

追伸　ワットにはもう妻がいる。
追々伸　ワットの妻はシックな男子。
追々々伸　マンはいまだにフリー。笑

ばぁぁぁっっっかやろぉぉぉぉ！　読み終わった瞬間、もうこれ以外の言葉が出てこなかった。泣きたい。僕のフェイスブックにはチーム・サラワットの妻たちからメッセージが狂ったように届いている。

サラワットとの関係をみんなに知らせる必要はないと思っていた。聞かれたら教えるけれど、投稿でつき合っていることを宣言するのは……僕としてはイヤだった。サラワットのような人ならわかってくれるはずと思っていたのに、この投稿はホワイト・ライオンのメンバーたちからだ。これからの僕の人生がどうなるか、もう予想もつかなかった。今だってそうだ。

僕は自分に必死で催眠術をかける。やめろ、受信ボックスを見てはいけない。さもなければ、おまえは眠れなくなる。そんなことはやめるんだ、タイン。やめろ、やめろ。

ピッ！

衝動を止められなかった僕が見たのは、４０００人からのメッセージがなだれ込んでくる衝撃的な光景だった。数件読んだだけで、全部同じ内容だろうと想像がつく。


「あなたがデートしているのはサラワット？　それとも弟のほう？」

「タイン、私、今、初めて知ったわ［AT］」

「新しい写真アップして！　あなたがほんとにサラワットとデートしてるのか、みんな知りたいの」

「私の夢がこなごなに砕け散りました。彼とはただの友達だ、ってあなたはずっと言っていましたよね。ちょっと怪しいとは思っていましたが、まさかこんな日が来るなんて……」


みなさん、見て！　この僕が返せるメッセージは「ｗｗｗｗｗｗｗｗ」しかない！　この状況では、それが一番ふさわしい返信だと思う。

どういう反応をすればいいのかわからない僕は、同じ返信をコピー＆ペーストで全員に送り続ける。

それから10分も経たないうちに、マンとその仲間たちがトラブルの原因を連れて店に現れた。

サラワットは脚を引きずりながらやって来て、一言も言わず、僕の隣に腰を下ろす。

「膝、痛むのか？　何か薬はある？」僕は心配になって尋ねる。

「すげえ痛い」

「見せて」

「俺の部屋へ行こう。見せてやる」

「それより、弟を送ってきなよ。僕は友達に迎えに来てもらうから。だから今見せて」

「膝は痛くない。嘘だ」

はぁ？　店中の人たちの視線が集まっている。サラワットとプーコンは、確かに生き写しだ。今、2人は同じテーブルに座っている。スマホを取り出し、写真を撮り始める人たちまで現れた。

「兄貴の彼氏、可愛いね」

プーコンが火に油を注ぐためだけのような発言で、沈黙を破る。サラワットは首をバキッと鳴らしかねない勢いで弟に顔を向けた。

「タインを預けたのはちゃんと面倒みろって意味だ。ヘンタイみたいなマネをするな」

「兄貴が言ってたよ、タインさんがあんまり可愛くて、難しい体位でしたくなるって」

「……！」

「ヤりたいって」

「……」

「究極のゴールは、もう立ちあがれなくなるくらい、めちゃくちゃにしちゃうことだってよ。気をつけな」

「いいかげん黙れ」サラワットは怒鳴り、弟の頭をはたいた。

「なんだよ？　本当のこと言っちゃいけない？」

僕は後ずさり、恐怖のまなざしで2人を見る。サラワット。彼はモンスターだ。この家族は神から美しいビジュアルをあたえられているのに、美徳はまるっきり持ち合わせていない。

サラワットは僕に対して本気でそんな妄想をしているのか？　〝難しい体位〟ってどういう意味？

「おまえも本当に誰かを好きになったらわかるさ」

うわああああ！　マジで泣きそうなんだけど！　僕への愛で精神を病むというなら、これ以上もう愛さないでほしい。おまえのためなら、僕は喜んで姿を消すから。

「わかりたくもないね。兄貴の変わりようを見てたらゾッとする」

「俺は変わってない。友達や上級生や家族と、ずっと変わらずにいる。違いは恋人ができたことだけだ」

「それを言ってるんだよ！　たった1人の人間に、どうして自分のほとんどを捧げてるんだよ」

「いつかおまえもわかる」

「……」

「おまえにも、誰かと一緒にいるだけですべてを捧げたくなるときが来るよ」

「……」

「口数が多くなる、本当にいろいろ頑張るようになる。他の人からアドバイスをもらったり、しかも言われたとおりにしてみたりする。以前は絶対にしなかったことを始める。なのに恥ずかしいとも思わない」

「……」

「その人を愛することを考えただけで、すでに価値があるんだ、わかるか？」

そう言うと、サラワットは僕のほうを向いた。その表情からは何も読み取れなかったけれど、それでも僕の心は急に音を立て出した。

「わかんないけど」僕は聞き取れないほど小さな声で返事をした。

「以前は自分が誰かを愛することになろうとは思っていなかった。でも今、それこそが価値あることなんじゃないかと考えてる」

だからきみは自分の心を捧げるんだね――。


サラワットが言うには、プーコンは彼に似ているらしい。いったん親しくなれば、見かけほど無口な人間じゃない。僕がサラワットと深く関わるようになったことで、その弟にも近しくなった。

プーコンは、自分のことをよく知らない人に対しては、高い壁を張りめぐらせて身を守り、簡単に恋に落ちないように気をつけている。

　プーコンはしょちゅう兄をヘタレ呼ばわりしている、好きな人に言い寄ることもできないって。でも、プーコンも誰かと恋に落ちれば、理解できるようになるだろう。

　実際、プーコンはサラワットとそれほど違いがあるように思えなかった。彼がどれほど勇敢なのかは知らないが、好きな人を見つけても、サラワットと同じで、積極的に話しかける勇気はないように思う。臆病者に成り下がり、好きな人の周りを負け犬のようにうろつく気がする。その人の人生の一部になるために、結局、彼はきっと誰かの助けを必要とするに違いない。

　そんなことを考えながら、僕はスープをごくりと飲む。僕はそんな問題を抱えたことはなかった。寡黙でもなければ、人見知りでもなかったから。高校では、機会があれば逃さなかった。いつもつき合っている人がいた。恋人と別れたとしても、すぐに新しい相手が見つかった。心を遣うよりもお金を使い、彼女たちを理解したいというよりも、楽しませてあげようとするつき合い方だった。

　だからこそ、こんなふうに心で感じるままにつき合うことが、今とても難しく感じてしまう。

「そのクリスピーポーク、うまそうだな」

「やめろよ。欲しいなら自分で頼めよ」

「おまえから奪って食べるからうまいんだ。ほら、代わりに野菜をやるよ」

「それっぽっちのバジルなんていらないよ」

「美味しいぞ。シェアしようぜ」

つき合い始めてから、サラワットの口から〝シェア〟という言葉が出るたびにうんざりするようになってしまった。一緒に美味しいものにありつけるのはすごく嬉しいけれど、サラワットにゲテモノを食べてみろよと言われたのはトラウマだ。

ある日、2人で夜市を歩いているときだった。サラワットは昆虫フライを買い、もしまずかったら一緒に乗り越えようぜ、と僕にも無理やり試食させたのだ。今では虫を見るだけで吐き気がする。サラワットみたいなやつを恋人にするのはやめたほうがいい。頭が完全にどうかしてしまう。残念なことに、僕にはもうこの状況に慣れるという選択肢しか残されていないけれど。


「一緒に図書館へ勉強しに行かないか？」サラワットが言う。

「そっちの友達と行くんじゃないの？」

「行くけど、おまえにも一緒に来てほしい」

「僕は僕の友達と行くよ」

「おまえと一緒の席に座るのは俺だからな」

サラワットをじっとさせておくのはもう無理だ。この2週間、松葉杖で脚を引きずりながら歩き続け、ようやく3日前に松葉杖を手放せたと思ったら、今度は軽々と歩く彼はやたらと偉そうになった。あんなにおぼつかない足どりだったのに。

勉強とサッカーにいそしむサラワットの友人たちの足には、サッカーシューズが輝いていた。サラワットが得意げに履いていたのは、バンコクのお母さんから送られてきた新品のチャンダオだ。僕の分まで送ってきてくれて、僕は泣きそうになった。お揃いで履いたら可愛いわよ、と言ってくれた。お母さん、僕たち、ゴムで結ばれたカップルってことですね？

このサンダルを履いていると、足の裏に10トンの岩をくっつけて歩いているような気がしてくる。とにかく足が重すぎる！　その上、1歩ごとにサンダルがかかとにペチペチと当たる。たったひとつだけいいところがあるとすると、滑らないという点だ——何しろビーチサンダルは、ぎりぎり引き上げられるくらいの深さまでしっかり地面にめり込んでくれるのだから。普通なら僕の寮から食堂まで3分もあれば着くところだが、サンダルのせいでたっぷり10分かかってたどり着いた。


「今夜8時半に迎えに行くから、シャワー浴びとけよ」

「わかってるよ。おまえこそ忘れるなよ」

「セーターも持ってこい。エアコンで寒いから」

「うん」

「サンドウィッチも持ってこい。腹が減るかもしれないから」

「減ったらそのとき買えばいいじゃん」

「ツナはあるかな？」

「あるよ」

「じゃあ俺はムーヨン（豚肉のでんぶ）のサンドウィッチにする」

「……」

だったらなんでツナのことを聞く？

「何か聴きたい音楽はあるか？　あるならスマホにダウンロードしておく」

「スクラブの曲ならなんでもいいよ」

「スクラブなら、もう全部入れてある」

「じゃあ、どのバンドの曲でもいい」

「おまえにはよさがわからないだろうけどな」

「わかろうとしてるんだよ」

「ギターも持っていったらいいかもな？」

「練習するの？　新人アーティストとしてデビューするつもり？」

サラワットはじっと僕を見つめた後、頭をポンポンと撫でると、髪をぐしゃぐしゃにかき回した。ムカつくやつ。

少し長めの食事を終えて、僕らはいったんそれぞれの寮に戻る。僕は持ち物を用意し、シャワーを浴び、Tシャツと短パン姿になると、お気に入りのビーチサンダルを履く。チェンマイに住み始め、そろそろここの暮らしにも、肩の凝らないやり方にもだいぶ慣れた。つまりミニマムこそがベストってこと。

サラワットは、8時にやって来た。約束の時間より早めに来て、僕の部屋に上がり込もうという魂胆らしい。サラワットはサッカー用の青いジャージの上下に、愛用中のビーチサンダルを履いている。準備は万端、すぐに出かけることになった。食べ物も飲み物も用意してある。

本来、図書館には食べ物を持ち込んではいけないのだが、ルールを超越するのがサラワットだ。彼はいつもこっそり食べているし、今日は僕までを悪の道に引きずり込もうとしている。お腹が空きすぎて、おまえが勉強に集中できなくなるのが心配だから、と彼は言う。でもね、サラワット、正直、お腹いっぱいのほうが集中できなくなるんだよ。

「試験が終わったら、実家に帰るの？」

静かに音楽が流れる車の中で、僕はサラワットに聞いた。

「ああ、1週間くらいね。コンペに向けてバンドの練習があるから、すぐに戻ってこないと」

「なるほどね」僕はうなずく。

「おまえも一緒に来るか？　母さんが会いたがってる。もちろんプーコンも」

その名前を聞いたとたん、思わずしかめっ面になってしまう。お願いだから、そんなふうに誘うのはやめてくれ。

「僕も一緒にバンコクに帰省するよ。でも空港まで。そこから別々に帰ればいい」

「おまえの家族には紹介してくれないんだ」

「ちょっとまだね。僕の心の準備ができてない。家族が受け入れてくれるか不安なんだ」

一瞬、サラワットは沈黙したが、怯まずに踏み込んできた。

「おまえが男を好きだってことを受け入れてくれなそうなのか？」

「違うよ、うちの家族がおまえを嫌ったら、それを自分が受け入れられないかもって、不安なんだ」

「なるようになるさ、チビ水牛。何がおまえの幸せなのか、家族はきっと理解してくれる」

「でも最近、おまえといて幸せどころか、頭が痛いことばっかりだよ」

「なんだって？」

「そっちこそなんか言ってみろよ」

「それが恋人の言うセリフか？　ケンカしたいのか？」

「なんだよ、おまえがしたいことってそれかよ？」

「おまえがしたいことをしたいだけ、たっぷりしてくれればいい」

「サラワット！　変態か」

いつもこんな調子だった。僕が何かを気にするたび、サラワットはわざと僕を怒らせようとする。でも、お陰で僕は悩みすぎずに済むんだ。

僕の母は心が広い人だ。以前から、他とはちょっと違った人とデートしてもいいと言ってくれた。僕の父親は、サラワットのお父さんとは違って、高い身分にあるわけではない。でも、ただ1人、心配な人がいるんだ、それは――。

試験期間中、図書館は24時間オープンになり、いつも満員状態だ。何人もの人たちがサラワットと僕のほうを見ると、さっと顔を背け、こそこそと噂話を楽しんでいる。あれっきり、僕らはつき合っていることを宣言したわけではないけれど、噂や僕らの行動で、ほとんどの人には知れ渡っているようだった。

僕はつき合っている相手とべったり一緒にいるタイプではないし、サラワットもそうだ。一緒に過ごすこともあるけれど、食事を一緒に食べたり、映画に行ったり、散歩したりするぐらいで、あとはずっと友達といる。サラワットのほうもサッカーをしたり、友達とゲームをしたり、パーティに出かけたりして自分の時間を過ごしているし、僕はスター・ギャングの仲間とつるんでいる。そういう意味では、本当に今までと何も変わらないし、僕はこれがベストだと思っている。

でも、サラワットがお酒を飲むとなると……。ああ、考えたくもない。僕はいつも彼を見張っておかなくてはならなかった。ご存じのとおり、サラワットは飲むとひどい状態になる。僕としては、彼を放っておくわけにはいかないのだ。

「おまえの友達はもう来てるのか?」図書館に入ると、サラワットが言った。

「まだ。オームからさっきシャワーを浴びてるって連絡が来た。後から合流するって。そっちの友達は?」

「まだ夕食中。テーブルを取っておいてくれって頼まれてる」

図書館には貸し切りの自習室もあるが、予約が必要なので、僕らは共有スペースで席を見つけなければならない。しばらく館内を歩き回り、3階に全員分の席がある場所を見つけた。よかったけど、ここって……。僕の頭を直撃したのはエアコンの冷たすぎる風だった。

僕は隅っこの席に座る。サラワットは僕の隣に腰を下ろし、テーブルにバッグを置くと中を引っかき回して課題の紙を探し出す。サラワットが持っているのは、青と赤の2本のペンと、鉛筆1本だけだった。他の人みたいに、カラーペンのセットなんて持っていない。この男は、そういうのを持ち歩くほどマメではないのだ。

前に、僕はサラワットに12色のペンセットを買ってあげた。でも、たぶん、12色のうち黒しか使ってないと思う。けれど、サラワットはなんだかんだでいつもいい成績を取っていて、彼の記憶力にペンの色はあまり関係ないんだなと僕は思っている。

「月曜の試験は何？」サラワットが聞いてくる。

「英語と専門科目」

「おまえ、セーター持ってきたのか？」

「あ、忘れた」

「じゃあ凍え死ぬんだな」

クソ、こいつちっとも優しくない。全然変わらない。こいつと一緒にエベレストに登るという試練に耐えなくてはいけない。エアコンの風は情け容赦なく、ハンサムな僕の肌を直撃している。

「そうだよ、忘れたのは僕の責任だ」

「俺は言ってあったよな。出かける直前にも聞いた」

「聞かれなかったよ」

「おまえはずっとスマホで遊んでた」

「だって、またインスタで僕らにタグ付けした人がいたから、ちょっと見ておきたかったんだよ」

「なぜおまえはそんなに他人を気にする？」

「気にしてないよ、でも僕がどんな顔で写ってるのかは気になるだろう」

僕は写真写りがよくないのだ。

「そんなにケンカしたいのか？　試験が終わったら、腰砕けにしてやるから覚えておけ」

「おまえこそだな……」

サラワットはいつも会話を全部、スケベな方向に持っていってしまう。まぁ、だいたい逃げられない。２人きりになれれば必ず僕の唇と舌をめちゃくちゃにしようとしてくる。彼は自分本位でドSだ。そして恋人ができたのはこれが初めて。だから何度も僕が主導権を握ろうとしたが、いつも結局、彼が僕をリードすることになる。

ただ、これはキスの話。僕は別に、他のことを言っているわけではない。

「ねえ、車のキー貸してくれないかな？　車の中に本を何冊か忘れてきた」

図書館に入る前にバッグにつめるのを忘れた本があるはずだ。

「俺が下まで行って取ってきてやる」

「運転席と助手席の間にあると思う。わかる？」

「ああ」

すっと立ち上がると、サラワットはテーブルの上のキーを掴んで行ってしまった。彼が戻ってくるまで、講義ノートを取り出して復習することにする。そのとき、誰かが近づいてきた。

「ずいぶん早かったたな……」

僕は一瞬動けなかった。サラワットだと思って目を上げると、そこには別の人物がいた。

「やあ、タイン」

「ミルさん」と僕は口ごもる。

あの建築学部の上級生とその仲間たちが僕の目の前に立っていた。ミルが引き連れているのはホワイト・ライオンの長年の敵、工学部の不良たちだ。お願いだからやめてほしい。図書館で大バトルだけはやめてくれ。

「おい、おまえら全員座ってろ。俺はこいつにちょっと話がある」

そう言うと、ミルは僕の真向かいの席に腰を下ろす。彼は僕に笑顔を向けるが、あまり友好的でもない。

「なんでしょう？」

「おまえが誰とここに来たのか聞きたいんだ」

「友達とです」

「俺らの席に来ないか？」

「いいえ、けっこうです」

「寒いのか？　鳥肌立ってるぜ」

「いいえ、全然、大丈夫です。他には何か？　勉強しなきゃならないし、友達も戻ってくるので」

「だったら友達が来るまでここにいてやるよ」

ミルはずいぶん頑固だった。いいからもうさっさと行ってくれ。ミルが僕に文句があるわけではないのはわかってる。でも運の悪いことに、今、僕はサラワットとデートの真っ最中だ。これでは戦争が始まってしまう。

「大丈夫です。僕なら1人で待ってますから」

「そうか、おまえも気が散るだろうからな。じゃあ行くよ」

ミルの〝行く〟は遠くへ行くということではないらしい。彼は僕の後ろ側のテーブルに移動した。席を移る前に、彼は建築学部伝統の作業シャツを僕の頭にパサッとかぶせてきた。

「おまえ、寒いんだろ。これでも着とけ」

なんだよ、この優しさは！　こいつ、ドラマの見すぎだろ。こんなシャツで暖まれだと？

残念ながら、不運から逃れられない人もいる。僕がシャツを持ち主に投げ返すより先に、あの無表情な男が戻ってきた。

そして、僕の頭に乗っているシャツに気がつくと、サラワットの顔がみるみるうちに険しくなる。彼はつかつかと近寄ってくると、僕の隣に座り、怒りのこもった声で聞いてきた。

「それ、誰のシャツなんだ？」

ヤバい。サラワットが怒ってしまった。

SARAWATLISM Side

車に本を取りに行って10分も経たない間に、トラブルが勃発していた。論文が並ぶコーナーを通りすぎたとき、誰かがタインと話しているのが見えたような気がした。近づいていくと、すぐにそいつが俺の宿敵だとわかった。そして最悪なことに、やつはわざわざ俺の彼氏に自分のシャツを着せようとしていた。これは明らかな攻撃だ。

「ああ、これはその……建築学部の上級生のだよ」

「どいつだ？」

「ミル」

「なぜ受け取った？」

「別に受け取ったわけじゃ……」

目の前にいるタインが言い終わるのを待てなかった。彼の手からグレーの作業シャツを奪い、代わりに俺の紺の長袖シャツを投げつけると、後ろのテーブルに座っているあいつのところへ突き進む。俺は何も言わず、シャツを持ち主の真ん前に置いた。

今ここでトラブルは起こしたくないし、図書館は身体を使って戦う場所ではない。

「おまえの恋人が寒がってたから、シャツを貸したんだよ。何も悪いことはしてないだろ？」

相手が先にしゃべり出したせいで、会話を避けられなくなった。

「俺がシャツを取ってきたから、もういい」

「それはよかった。恋人を大事にしろよ。彼を狙ってるやつはごまんといるからな」

「ごまんと、か……。それは他のやつらのことか？　自分のことか？」

俺はケンカ腰だ。こいつの目つきが気に入らない。こいつがタインにちょっかいを出しているのが発覚したときから、こいつのすべてが気にくわなかった。それに厄介もんを殴って傷つけたのは、こいつの手下たちだ。

「落ち着けよ。紳士らしく話をつけようぜ。紳士的な解決ってやつだ」

「集団で俺を襲ったのは紳士的だったのかよ」

「この野郎！」

テーブルにいた上級生の１人がそう叫んで立ち上がると、周りの全員がこちらを向いた。タインが俺の手首を掴み、席へ連れ戻してくれた。イライラしていたのは否定しない。あいつらがタインにちょっかいを出さなければ、俺だってこんなに怒ったりしない。

「カッカするなよ」タインがなだめてくる。

「シャツを渡された以外に、何かされたか？」

「されてないってば。考えすぎだよ」

タインはそう言って、俺の手をきつく握る。2人でじっとしていると、気が鎮まっていく。

まもなく、俺の仲間とタインの仲間が全員到着した。俺たちは勉強にとりかかり、静かに本を読み始めた。俺たちのグループは人数も多く、ときどき誰かが声を上げた。明らかに一番うるさいのはマンだ。後ろのテーブルから伝わってくる殺気だった気配に気づくと、足で俺を小突いてきた。

「超イライラする。集中できねーよ」

強気な発言をしたマンだが、これが自分の首を絞めることになった。

「馬鹿がいくら読んでも頭に入らないよ。時間の無駄だな！」

「うるせーよ、ボス。この本、投げつけるぞ！　黙れ！」

「あれ？　幻聴かな？　近くで犬がワンワン吠えてないか？」

「なあ、ワット、あそこに犬みたいな上級生がいるなー」

「……」

「はぁー。あんなのが上級生だなんて気が滅入るなー。あんなに惨めな人生を送るなんて信じられないよなー」

「てめえ殺されたいのか？」

「あなたたち！　そんなに騒いで他の人の邪魔をしたいなら、出ていきなさい」

そばに来た図書館員が大声で怒鳴り、大きな音を立てて机を叩く。

そのとき一斉に立ち上がっていた工学部と建築学部の上級生たちは、静かに腰を下ろすしかなかった。俺の友達——マンだけが、他の誰よりも嬉しそうだった。

「やってやったぜ」マンは眉を上げてみせた。

「俺たち全員、図書館から追い出されるところだったんだぞ」

「俺がビビってるって思っただろ？　あいつらは別の学部だからいいんだよ。それより、タインに何かあったのか？　泣きそうな顔してるけど」

ふり向くと、確かにタインの目に涙が浮かんでいた。

「どうした？」俺はタインの頭をぽんぽんと叩く。

「ケンカが始まるんじゃないかと思って怖かったんだ。もしまた顔を……」

一瞬、頭が真っ白になる。タインは俺のことを心配してくれていたわけじゃない。自分の顔のことだけだ。

「俺たちはそんなことしない。ここは図書館だ。勉強しに来てるんだから」

「うん」

「何か音楽、聴くか？」

タインはうなずいた。最近気づいたことだが、タインは勉強するとき音楽を聴くほうが集中できるみたいだった。俺が思うに、そうすれば周りの人に気を遣うこともなく、友達のくだらないおしゃべりに時間を無駄にされることもないから、ということもあるのだろう。

俺はコードのからまったイヤホンをバッグから掘り当てると、スマホのプレイリストを検索し、タインが聴けるようにセットしてやった。

「スクラブがいい」

「ちゃんと選んであるよ」

タインは俺からスマホを受け取り、自分のすぐそばに置く。そして鉛筆を握ると、再び机の上の紙に向かった。俺の仲間とスター・ギャングたちは楽しそうにしゃべっている。話題と言えば、女の子、コミック、ポルノ、試験後のパーティといったところか。

「試験が終わったら、学期の終わりを祝おうぜ」

言い出したのはプアクだ。全員が一斉に机から顔を上げる。まったく、意味のないことが大好きなやつらだ。

「どこでやる？」ビッグが嬉しそうな顔で聞く。

「タ・チャンはどう？」

「ダメだ、混んでるよ。ブラザー・ティー・バーのほうがいいだろ。俺、やつと友達だからさ」

あらゆるバーのあらゆるオーナーと友達だと言うのがビッグなのだ。

「もしタインが酔っぱらったら、イケそうだな、ワット」

そう言ってマンは俺の足を蹴る。マジでウザい。俺の恋人が音楽に集中しているのを知っているから、いくらでも話し続けるつもりだろう。

「イケるって何するんだよ？　フ◯ックか？」

「寮まで車で送っていけるって意味だよ。おまえ、心が汚れてるな」

「汚れてなんかないさ、おまえだって似たようなもんだろ」

「マジで？　俺の顔にそう書いてあるか？」

「……」

「やっちゃうか！　エッチ、エッチ、一晩中！」

「ヒュー！ーーーッ」

テーブルが盛り上がりだし、図書館員から2度目の注意を食らった。ずっと音楽を聴いていたタインはぽかんとしたまま、何が起きたのかを聞きたそうに俺を見上げる。マンはタインを小突きながら、同じ言葉を繰り返した。

「タイン、分かるか？　ズッコン……って」

「何？　もう1回言ってくれない？」

タインはたぶんちゃんと聞き取れていないのだろう。イヤホンを外して、耳をすました。

「食べ物の話だよ。美味しいのか？」

「ああ、ディナーはイケるんじゃないかな」

それだけ言うと、タインはイヤホンを耳に戻した。俺の仲間に囲まれているタインが急にとても無邪気な存在に見えてくる。タインの仲間も実際、どんな話題にもついていく。馬鹿なやつらだ。でも馬鹿だとしても、彼らのような友人を持てたことが嬉しかった。もしこいつらがいなかったら、タインの人生に関われていたのかどうか、わからない。


やっと再会できたあのとき――。

「マン、彼がいた。やっと見つけた！」

「誰を見つけたって？　ダミーじゃないのか？　今ここにいるだろ？　ティーも、ビッグも」

「違うって、俺が夢に見ていた彼のことだよ」

「うっそだろ。どこにいた？」

「学部棟。でもうっかり、ぶっ倒れるまでキスしたいって口走っちまった。どうしたらいいんだ？」

「おまえ、アホだな！　なんでそのとき口説いておかなかった？　でも大丈夫だ、俺にまかせとけ」


初めてタインの名前を知ったとき――。

「やっと名前がわかったよ」

「マジか？　でかしたな。どうやってわかった？」

「彼からメールをもらったんだ。名前はタイン。めちゃくちゃ可愛い名前だろ。クソぉ、可愛すぎて死ぬ。登録するぞ、タイン……タイン……タイン……」

「おまえはタイプが下手クソすぎる。俺が入れてやる」

俺の iPhone を奪い取ったマンが入力を終えた直後、俺は送り返されていた嫌味なメールを読んだ。

Sarawat_Guntithanon@gmail.com
To: Tine_ChicChic@gmail.com
おまえ、どうかしたのか？　俺の手を貸せ？　やらしいな。セックス頼むのに、わざわざメールか。どこでもいいだ？　犬とでもしてろ！

心臓がこなごなに砕けそうだ。両手の震えが止まらず、一生このままのような気がした。

「ちきしょう！　ダメだ！　もうダメだ！」


俺がタインのスマホを預かることになったとき——。

「スマホを手に入れるなんてすげーじゃん。いろいろ見ちゃえよ」

「本当にそんなことしていいと思うか？」

「そりゃあ、当然だろ。パスワード覚えてるか？」

「ああ、見てた」

「上出来だ。さ、どうやって誘うか計画を練ろうぜ」

　こうしてティーからのアドバイスによって、タインに「すごいイケメンだ。もうサラワットじゃなきゃダメだ」と言わせるための下準備を整えた。


　タインが軽音部に入部できなかったとき――。

「ディム部長、ちょっと助けてくれませんか？」

「助けるって何を？」

「もう1人、入部を許可してもらえないですか？」

「どんなやつだ？　おまえが入れたがるんだから、よっぽどうまいんだろうな？」

「いや、ギターは弾けない」

「じゃあどうして入部させる必要がある？　もう十分人数は足りてるんだよ、ワット」

「だけど、俺が好きな子なんです。お願いです、助けて」

「おまえに好きなやつがいる？　マジかよ！　おまえ、霊にでもとり憑かれたか？　とにかくそいつを連れてこい」

「わかりました。すぐに連れてきます。でも、今の話は聞いてないってことで」

「はあ？」

「頼みます」


俺がプライドを捨てて助けを求めに戻ったときも――。

「タインにつき合ってほしいって頼まれた。ある人につきまとわれてるらしい」

「誰だ、そいつは？」

「部長の奥さん」

「クソったれ！　あいつ殺してやる。あの浮気野郎め。あいつは俺がなんとかする」


俺のＳＮＳデビューのときも――。

「ボス、インスタグラムってどうやるんだ？」

「おまえ、何にとり憑かれたんだ？　突然インスタがやりたくなるって、どうした？」

「タインに近づくために、始めたいんだ」

「まずはアカウントの名前を考えないと」

「一緒に考えてくれ。そんな名前わかんないからさ」

「love_Tine_forever はどうだ？」

「ちょっとそれはやばくないか？　マン、いいアイデア考えろよ」

「俺が？　yedTine2016※はどうだ？　期待が持てそうだろ？　今年中にやれそうじゃないか」

「ふざけんな」

「Sarawatlism なんてどうかな？　みんな、おまえのこと好きなわけだし」

「いい名前だな、ティー。おまえも異論はないだろ？　ワット」

「うん、いい。じゃあその名前にする」


俺がやたらとタインを守りたくて頭に血が上っていたときも――。

「タインには化粧をさせたくない。タインは俺のものだ！」

「化粧がおまえとなんの関係がある？　彼はチアリーダーなんだ、化粧するのは当たり前だろ。可愛いじゃないか」

「それはわかってる。可愛いから問題なんだ」

「可愛いならいいだろ」

「俺はイヤだ。たくさんの人に見られる。ああ、マジでウザい」


アンのことでお互い誤解していたときも――。

「タインのやつ、別れたいって言ってきた。俺がアンのことを好きだと思ってるんだ」

「そりゃそうだ、俺だってそう思ったよ」

※ yed はタイ語で「ファック」に相当する下品な言葉。

「でも、アンにはつき合ってる人もいるんだぜ」

「でも、タインは何も知らないんだろ？　そりゃあ怒るさ。俺が思うに、タインはもうおまえに夢中だよ」

「夢中ってなんだよ？　あんなに冷たくなっちまってるのに」

「ほんと、友達っていうのはいいよな。恋人同士みたいに相手を捨てることも何もないもんな」

「俺はつき合った相手だって、捨てる気はない。当然だろ？」

「……」


ああ、そうだ。これまで俺は仲間にも先輩にもさんざん助けてもらってきた。全部が偶然だったわけではない。偶然だったのは、俺たちの再会だけ。あとは全部、計画があった。タインにはこのことを言うつもりはない。跳び蹴りを顔に食らいたくはない。

隣から伸びてきた手が俺の手をそっと握り、俺は我に返る。横を見ると、こちらを見ているタインと目が合い、しばらく見つめ合う。と、そのとき、彼が視線を落とし、スマホの画面に表示された歌のタイトルを確認した。

タイトルは『Smile《スマイル》』。いつかタインに聴いてもらえることを願いながら、俺が自分でギターを弾き、歌ったスクラブの曲だ。録音したのは去年、スクラブのコンサートでタインと出会った2日後だった。まるで日記のように、初めて出会ったときの記憶はしっかりと頭に残っている。

俺はタインの片耳からイヤホンを抜くと、自分の耳に押し込み、あの日へとタイムスリップした。


「プーコン、録音してる？」

「もうボタンは押したよ。しゃべって」

「おまえに……。俺の名前はサラワット。ニックネームはない。そう、俺は……スクラブのコンサートでおまえを見た」

「……」

「知り合いになりたいけれど、たぶんそんなチャンスはなさそうだ。だから今日、俺はおまえのために1曲歌おうと思う。おまえの笑顔を思い出させてくれる歌。それで、その……何を言うかメモしたのに、わかんなくなったから、もう歌う……」


ぎくしゃくしたメッセージが流れた後、俺のお気に入りのギター、タカミネ・プロシリーズの音が聴こえてくる。よくわからないけれど、この曲をビデオで録らずに、音声だけで録ったのは正解だった。絶対俺は変な顔して歌っているから。

「たった一度のきみの笑顔が
これまでのすべてを忘れさせてくれた

かけがえのない
大切なことを教えてくれた」

「たった一度のきみの声が
僕を遠くへ羽ばたかせてくれた
言葉に表せないような
見たことのない世界を見せてくれた

目を閉じれば今も　同じ景色が見える」

「時よ止まれ
少しの間でいいから
そんなのは無理だと言われるかもしれない
僕はきみのこの笑顔を忘れたくないだけ
きっと意味がある
2人でただこの瞬間を味わおう」
——スクラブ『Smile』

歌が終わり、一瞬、静けさが訪れたが、スマホの画面はまだ再生時間が残っていることを示している。やがて俺の声が聞こえてきた。

「その……あまりいい出来じゃないかも。……こんなの、したことないし」

「……」

「これをおまえが聴く機会があるかどうかわからない、俺がこのスマホでできることは……ただ、こう言うだけ」

「……」

「俺は……おまえが好きだ」

タインが俺を見て笑った。そして俺の肩に頭を乗せ、2人にしか聞こえないくらいの優しい声で言った。

「もう知ってる」

「……」

「僕もおまえのことが好きだよ」

期末に向けた試験勉強の期間は何事もなく過ぎた。俺と仲間たちは毎回タインと彼の友人たちを誘い、一緒に勉強した。時間が遅くなれば、それを理由にすかさずタインのところに泊まることにした。面倒くさくなって、タインを俺の家に連れてきて泊まらせたことも何日かあった。その間、ハグやキスくらいならできた。2人ともぐったり疲れていたから、数えるほどだが。試験中は試験中で、日程がつまっているせいで必死に勉強せざるをえず、それだけで精一杯だ。試験が終わると、俺たちは予定どおりに打ち上げを行い、それぞれ帰省のためにバンコクへ向かった。

俺は実家で1週間過ごし、コンペに向けたバンド練習のために戻ってきた。タインには毎日電話した。

新学期はタインと同じ授業を登録することになった。嬉しすぎてあやうく登録の締切を過ぎてしまいそうだったが、プーコンのお陰でなんとか済ますことができた。プーコンは、俺みたいなパソコン音痴が50人の学生を勝ち抜いてタインの隣の席を確保するなんて絶対無理だから、と言って、代わりに登録の手続きをやってくれたのだ。

チェンマイに戻ると同時に、家族にも、まだバンコクの実家に残っているタインにも電話をかけまくった。2人で住むのに十分な広さのマンションに引っ越したかった。タインと俺の寮は遠すぎて、お互いに行き来を続けるのはもう疲れるというのが俺たちの意見だった。

俺はホワイト・ライオンのメンバーや弟に手伝ってもらいながら荷造りを始めた。タインの家のスペアキーも持っていたからタインの分の荷造りもし、2人同時に引っ越す手はずを整えた。キングサイズのベッドも買ったし、妻との幸せな時間にきっと使えるぞ、というマンのアドバイスに従い、ジャグジー付きのマンションにもした。

そしてついに迎えた今日。大学が始まる1週間前、やっとタインが戻ってきた。

「うわあー。この部屋、すっごく広いね」

「好き？」

「もちろんだよ」

「俺が聞いたのは俺のことだよ。好きなんだ？」

「ふざけんなよ」

タインは目をキラキラさせながら部屋中を歩き回り、隅々まで見ている。家賃は半分ずつと決めてあったから、どちらかの立場が上ということもない。1人がお金の面倒をみるのではなく、お互いに協力し合って一緒に住もうということで意見が一致していた。

それが平等でいいと思っている。一緒に暮らし、喜びも悲しみも分かち合う。お互いのさまざまな問題を助け合って解決する。すばらしい。

タインは寝室に入ると、やわらかなベッドに身を投げ出し、目を閉じた。なんてキュートなんだ。俺は床に跪き、タインの靴下を脱がしてやる。すると、このわがまま坊主はウザいのかなんなのか抵抗し、それが逆に俺をイラつかせる。俺はベッドに這い上がり、キスをした。

「あぁ」

タインがいない間、俺は死にそうだった。でも今、チャンスが目の前にある。こいつを好きなだけいたぶらせてくれ。

「動くな。でないとうつぶせにして押しつぶすぞ」

そう言いながらタインの全身を押さえ込む。僕の下で、タインは眠そうな目で俺を見上げる。俺は動きを止めた。

「眠い。僕、もう寝る」

「寝るのかよ。どうしておまえはそんなにへそ曲がりなんだ？」

「だってすっごく疲れてるんだ。飛行機が1時間遅れてお腹は減るし。ほんと、ニマンのお粥食べたかったな」

「おまえは眠いのか？　それとも腹が減ってるのか？」

「両方だよ」

「タイン」

「何？」

「タイン」

休みの間、俺は恋人とのケンカを終わらせる方法をマンに叩き込まれた。でも、どうやって切り出せばいい？　問題はそこだ。

「なんだよ？」

「してみないか？」

「してみるって何を？」

タインが動きを止めた。急に気乗りしない様子で俺を押しのける。身体を起こし、ベッドの上に座ったタインの顔からは感情が読み取れなかった。つき合い始めて以来、タインが見せた一番怖い顔だった。

だけど、このままでは俺もかわいそうだ。

「セックスだよ」

俺はもう一度言う。タインの顔がこわばっている。ああ、ダメだ。このセリフ、マンには最高に優しい声で言えと言われていた。でも、それって言われる側の人間がどう反応するかはまったく考慮に入ってなくないか？　それより体当たりでぶつかって、舌をからめるべきなのでは？

そうすれば彼も抵抗できないだろう。

「ちゃんと考えたの？　そんなに簡単じゃないよ」

「2人で一緒にやってみるんだ」

「僕だって考えてないわけじゃないけど、でも怖いんだよ」

「わかるよ」

自分の身体の下でうめくタインのことを想像すると、俺も冷静ではいられなかったから。俺は何度も死にそうになりながら、何度も生き返るのだろう。本当の崖っぷちを味わうのだろう。

「バンコクに帰ってから、僕もそのことが頭から離れなかった」

「毎日おまえのこと考えて抜いてる」

「変態かっ」

「……」

「まずいろいろ調べてみないか？」

「俺はもうマンに手ほどきしてもらった」

「ひえ！　ずいぶん急いでるな」

１人でいる間は、本当に孤独だった。ホワイト・ライオンの連中もいつも俺を盛り上げてくれた。けれど俺が飲みすぎたら、誰が世話してくれるんだ？　孤独すぎて、あらゆることを考えてしまった。そのことを夢想してしまうこともあった。バンドの練習に参加したり、友達とサッカーをしたりする時間も必要だったが、それ以外の時間はずっとその考えにとり憑かれていた。

「冗談だよ。そんな深刻に考えるな」

でも今は、この話題を終わらせたかった。タインを傷つけたくはない。彼を愛しているし、彼を守りたいと思っているのに、彼を泣かせたいと思っている自分もいる。どうかしてるとしか言いようがない。自分自身がわからない。

「サラワット、明日、一緒にショッピングモールに行ってみようよ」

「なんで？」

「コンドームとか潤滑ゼリー、洗浄キット、軟膏とか、薬とか。買う物はいっぱいあるだろ。あ、もうやめよう」

「本気？」

俺は混乱した。

「僕がグズグズしてるだけなんだ。いろいろ、ややこしいじゃん」

「どうして俺に期待を持たせるようなことを言うんだ？」

「誰かを愛するってそんなに簡単なことじゃない。これまで好きだったのは女の子で、今になって突然おまえとつき合うようになって。人生ががらっと変わっちゃって、これは大事件なんだよ。どうやって説明をつければいいかわからないんだ」

俺はタインに近づき、両手を彼の両肩に置く。

「タイン、俺を信じてくれないか？　とにかくやってみよう。ダメならそれでいいんだ、すぐにやめればいい」

「どうしてそんな子犬みたいな顔で悲しそうに僕を見るんだよ？」

「……」

「いいよ、やってみよう。でもちゃんと調べておいてよ、たとえば……優しくする方法とか」

優しくする方法?

優しくする方法?

優しくする方法、だと?

うおおおおおおおおお! 俺はとっくに、とびきり優しくする準備はできている。でも待て! ほんとに俺たち、やってみるってことか? 聞き返すのが怖すぎて、頭の中をひたすら疑問がぐるぐる回る。つまり、これはイエスということか。

「やあ、マン、今どこだ? サッカーしよう!」

そして、優しい時間を過ごすための試練の時が待っていた。

「コンドーム、この種類でいいか?」

俺は箱を掴み、1メートル離れたところに立つ男に見せた。みるみるうちにタインの顔が赤くなる。タインの気を悪くさせているのか、笑わせているのか、俺にはちっともわからない。みんなに見られているせいで、タインは気に留めないフリをしているけれど、俺はタインの返事を待った。

「よくないよ、つぶつぶタイプは好きじゃない」

「これは好き?」

俺は違う種類を手に取った。

「その香りはイヤだ」

「どれが好きなんだよ？　こっちへ来て自分で選べ」

「わかんないよ。わかんない。わかんない。恥ずかしくて死にそうだよ」

「わかったよ、コンドームは後で俺が選ぶ。一緒に潤滑ゼリーを見よう。インターネットで調べたら、このブランドがいいってさ」

「まかせるよ」

「どうして俺にまかせる？　俺が使う相手はおまえなんだぞ」

「馬鹿、大きい声出すなって！」

赤かったタインの顔は、今や血のような色になっていた。いたたまれなくなったらしく、突然違う売り場へ歩き出す。

運悪く、そこで出くわしたのは俺の危ない仲間、マンとティーだ。タインの悲しげな表情が一変、バツの悪そうな顔へと変わる。何も悪いことはしていないのに。

「タインとワットじゃないか。2人でここで何してるんですかーっ？」

マンがふざけて聞いてくる。

「ランチに来たんだ」

俺が返事をすると、マンたちはうなずき、ウインクをしてきやがった。ときどきマジでこいつらがイヤになる。

「じゃあ、せっかくランチに来たんだし、きみたち、コンドーム売り場もぶらぶらしてきたら？」

「ぼ、ぼ、僕、もう行ってもいいかな？」

ようやく口を開いたタインは、口ごもりながら言った。気分が悪い。俺以外の人間にタインをからかってほしくない。

「大丈夫、ランチだって信じてるって。おい、ワット、おまえに話があるんだけど」

「なんだ？」

「タインがいるけど、言っていいのか？」

「なんの秘密の話だ？」

マンとティーはすかさず俺の腕を取り、離れた場所へ連れていく。アヤシイ。タインはすっかり気になっている様子で、当然、後をついてくる。

すると、マンは本格的にどうかしてしまったらしい。後ろにいるタインに全部聞こえるくらいの大きな声でしゃべり出した。タインに対して急に申し訳ない気持ちになった。どうやらマンたちは何かトリックを仕掛けようとしているらしいが、俺にはどういうつもりか全然わからない。

「ワット、最近はましになってきたか？」

「なんのことだ？」俺はささやくような小声で聞いた。

「まあ、俺は全面的に理解してるよ。男はそういう気持ちになるもんだ。タインだってよくわかってるさ、あいつだって男なんだから。でももし耐えられそうになかったら、俺に言えよ」

なんだ、このおしゃべり野郎は！　ティーのほうは、タインを引き離すというくだらない作戦に取りかかっている。

「わかったよ」

「前さ、サッカーしたり音楽やったりして発散しても、何も効かなくなかったか？　医者に相談するか？」

「ふざけんな。俺は病気じゃねーよ」

「おまえの恋人、タインだもんな！　いいか、もし彼が断ってきても、怒ったりするなよ」

「……」

「わかる。俺は全部わかってる」

マンはそう言って自分の胸を叩いている。こいつのわざとらしい仕草に1億ポイントやろう。

「……」

「今夜、バーに行かないか？」

そう言うと、マンは俺の耳元で何かささやくフリをしたが、何も言ってこなかった。

「おい、マン、もう行くぞ。ワット、またな」

「じゃあ、今夜、バーで。忘れるなよ。おまえに色っぽい女を見つけてやる。絶対好きになる女をな」

2人が行ってしまうと、すねたような顔で俺を見つめるタインが立ち尽くしていた。そして彼はさっき通ったコンドーム売り場に引き返し、潤滑ゼリー、クリーム、薬……あらゆるものをものすごい勢いでかき集める。「おまえは誰かと浮気するんだろうけど」と小さな声でずっとつぶやきながら。


ようやくすべての任務が終わった。マンとティーのせいで、爆弾が残されてはいたが。

「ねえ、サラワット、もしさ……」

と、買いものと夕食を済ませて戻った部屋で、タインが小さな声で言い出した。俺はシャワーを済ませたばかりで、タインは難しい顔でベッドの上に座っている。

「なんの話だ？」

「もしおまえが耐えられなかったら、って話。おまえって……その……」

「なんだよ、言えよ」

「バーに行くつもり？」

「ああ」

いや、ほんとは行くつもりはない。待ち合わせも何も決めてないのだ。マンが吐いた出まかせで、俺の恋人はすっかり疑心暗鬼になっている。

「行かなきゃダメ？」

「どうして？」

「僕、ちょっと考えたんだけど……もしおまえがサッカーもして、音楽もやって、お酒も飲んだりして、それでもまだそういうことがしたかったら、僕にぶつけてくれていいから」

「どうしてそんなことを言う？　おまえのことを、何かをぶつける対象だなんて思ったことはない。俺はただ俺のやり方で、おまえを愛したいだけだ」

ようやくマンの計画が見えてきたが、俺の彼氏は明らかに動揺している。あまりにも悲しそうで、俺は罪悪感めいたものを感じるほどだ。

「いいんだよ、別に。僕はかまわないんだからさ。シャワー浴びてくるね」

そう言ってタインはベッドから降り、急いでバスルームへ駆けていった。正直、俺はまだタインの言葉に混乱していた。ぼそっと話し始めたと思ったら、走っていってしまったから。

タインがバスルームから出てきたのは1時間後だった。バスローブを着たタインは、上目遣いでちらっと俺を見ると、ふらふらと歩いてきてベッドの隅に腰を下ろした。俺は気にしないフリをして、テレビのチャンネルをいじり続ける。けれど、心臓は大きな音を立て、タインに嚙みつきたくてたまらなかった。こいつを押し倒したい。めちゃくちゃにしたい。

シャワージェルの香りが部屋中に広がる。タインがベッドに来て、俺を見つめる。するとタインは不意をつき、大胆に俺の唇にキスをした。温かく湿った舌が口の中に入ってくる。舌が触れ合い、からみ合い、息が止まりそうになる。

澄んだ唾液が2人の唇から滴り落ちる。俺は白いローブに包まれた彼のお尻で右手を拭いた。左手を彼のうなじに添える。俺たちはひたすらキスに没頭した。

俺の恋人はキスの名人だ。ああ。リードするのは彼だ。気持ちいい。俺はついていけばいい。タインのリードを見ているのは楽しかった。たとえキスでも、従う立場にはなりたくないと思うのだろう。俺と違い、タインには何人かとつき合った経験もある。彼を信じていくだけだ。

そうしてキスをすればするほど、俺たちは我を忘れていった。

こういうとき、頭が真っ白になるのだと聞かされていた。何も考えられなくなると言われていたのに、俺が感じているのは逆だった。頭は真っ白になんかならなかった。頭にあるのはひとつだけ——ひたすらしたいという思い。

クソっ、もうこれ以上我慢なんかしたくない。タインがベッドから起き上がれなくなるまでこの身体を酷使するときが、今夜ついにやって来たのだ。

俺の望みがかなうんだ。見てろ——おまえがぶっ倒れるまでキスしてやる。

第21章

勇猛な主夫の呼び声

誰がエアコンを消したんだ？　どっちがキスがうまいかの競争が終わって気づくと、2人とも体中に汗をかいていた。

タインの体が震え出した。息が苦しいのか向こうが先にギブ。唇を離す……が、そうはさせない。あいつのデリケートな顔をぐいと掴み、こちらのペースにもっていく。おまえにはたっぷり楽しんでもらった、チビ水牛。お遊びはここまでだ。俺はもう我慢できないんだ。

疲れていたが、残った力をすべて使い尽くしたい。舌を彼の口に忍び込ませる。好き勝手に動かして、きれいな歯並びに触れ、それから深く奥へと入る。タインはうめき、目がうるんでる。

体がぐらついてきたころ、傍若無人なキスをやめて、そっと唇を離した。

ベッドに押し倒す。きついキスに、タインの唇が赤いあざになっている。人がどう思うかなど知ったことか。

今俺を見つめ返しているあいつの目、無防備な肉体が、信じられないほど魅惑的な絵のように映る。おいワット、おまえ、きっと死ぬぞ。おまえの妻の胸の上で死んじまう。

「もう後戻りできない」

淡々と言って、手であいつの紅潮した頬に触れ、優しく撫でた。タインは泣く寸前のような顔をしている。

「うわあああ！」

クソ。泣いちまった。

「俺はやめない、痛くても」

「うあああああ！」

もう、わめいてる。心の準備をしてもらうために本当のことを口に出して言ったんだ。何が悪かったんだ？　友達が、そしてディム部長まで、痛いぞと言った。だからといってやめたら、先に行けないじゃないか。俺は強くなって、タインに最後まで一緒に来てもらわなくちゃならないのだ。

「力抜け。怖いことなんかないから。何も……」

「絶対痛い。頼む、別の日にしよう。僕……まず、用意しないと」

だったらさっきまでなぜ、あんなに大胆だったんだよ？　なのにまだ用意できてないと？　マジで？　丸1時間も風呂に入ってたくせに。

準備万端、ぬかりないのかと思った。俺たちはついさっき燃えるようなキスをした、それなのに今になって急にビビってブレーキをかけるのか。今、俺の頭の中では2つの考えがめぐってる。ひとつは、キスでまず気を落ち着けてもらって、その後でするか、もうひとつは……強引に進めてしまって、それからまたキスするか。

俺は迷う。ただし……どっちにしろ、することはしろと言ってる。そして俺の彼氏がこうして無力にベッドに横たわっている。今しなければ、俺は大馬鹿だ。

手早く彼の白いローブをはいで、色白の象牙色の肩をあらわにする。その姿を見て欲望が、いつにも増して荒れる。

うう……俺は硬化してる、めそめそ震えるタインとは違う。こいつ、もうシックな男・タインではない。見れば見るほどカワイくなる。こいつを征服したい、何がなんでも。その肌がまぶしくて、もう目が痛むほどだ。

「やめて。なんか寒い」

「すぐに熱くさせてやる」

「やめろって言ってんだ！　サラワット、おまえは……」

それ以上は言わせなかった。ウザいから、また唇をかぶせてあいつの口をふさぐ。やわらかい唇をむさぼっているうち、向こうは言葉にならないうめき声をあげ始める。キスを離さぬまま、片手で彼のすらりとした体をおおっているローブを脱がし、ベッドに押しつける。

バシッ！

俺から見ればきゃしゃな手で、力いっぱい俺の胸をぶってきた。水牛並みのパワー。なんでこいつ、他のやつらの恋人みたいにもっとちっちゃくないんだ？　それでいいけど。俺はたぶんサディストなんだな。手ごたえが強いほど、満足感も大きくなる。

「顔をビンタしてもいい、その代わり俺の妻になってもらう」

ドラマでも、それにホワイト・ライオンたちの話でも、誰かが人をひっぱたいたら、罪ほろぼしとしてキスを許さなければならない。違うのは、俺はキスだけじゃ足りないということ、だから条件を勝手に変えた。

「クソが」

「でも、おまえを愛してる」

「こっちは嫌いだ」

「うん。勝手にしろ」

「サラワット、ぼ、僕はまだ、今日はできる状態じゃない」

俺の下になっているやつの声が震えている。涙目になって。胸を締めつける姿だ。

「おまえ、すごくいい匂いがする、なのにまだできないって？」

「えっと……別の日ならもっといい匂いかも」

「今日の匂いが好きなんだ」

もう言い訳は聞きたくなくて、片手であいつの両手首を掴むと、頭の上に持ち上げた。もう一方の手で、たった1枚身に着けていた白い下着を脱がせる。こんなもの、なんのために着けているんだ？　見ろ、俺がわざわざ脱がしてやらなきゃいけない。

「サラワット、恥ずかしいよ……」

全部脱がせると、タインはようやく少しリラックスし始めたようだ。それでもまだ、今にも泣きそうな顔で、俺と取り引きできないかをうかがってる。いつからこんな泣き虫になっちまった？

俺の目には、こいつはいつだって愛らしいから、かまわないけど。

「俺たち2人きりだ。恥ずかしいことなど何もないだろう」

「そうかな……」

「全部忘れろ。不安も忘れろ。頭の中にあるもの全部、忘れろ。俺にすべてまかせてくれ」

「……」

「他のやつらの言うことなんか聞くな。信じるな。俺は他のやつらとは違う。人によっては痛い思いをするかもしれないが、俺はおまえを傷つけない……」

俺のほうが激しいけどな……それは口に出さない。タインを味わう前に、断られたら困る。

「し……信じてほしいってこと？」

「そうは言ってない」

「クソが」

俺をクソ呼ばわりするときでさえ、こいつは可愛い。何度も何度も、恋に落ちてしまう。その気持ちに打ちのめされる。これを解決する方法はただひとつ、伝説的な、勇猛なホワイト・ライオンになること、力づくででも従ってもらうことだ。

「時間があまりないぞ、チビ水牛。俺のこと、かわいそうだと思わない？」

そっとささやき、あいつの手を取り、俺の硬くなった股間に持っていった。そいつはパンツを押し上げて今にも飛び出しそうだ。この瞬間の俺の気持ちを表してる。

雄たけびをあげるぞ。うまく説得するなど無駄だ。同意ありでもなしでも、どうでもいい。あの無垢な目が見つめてくるこの瞬間、キスをせずにはいられない。何度も何度も……。

タインの唇が感覚をなくしてしまうまでキスしてやる。あいつの唇から小さなうめきがもれ、震える手で俺を抱きしめる。俺は完全に理性なんてなくなって、肉体に支配されている。

どんなにキスしても足りない。もっと欲しい。甘い甘いチョコレートみたいなこの唇に、キスし続けたい。いや、この体全体がチョコレートのようで、丸ごと食べてしまいたい。

唇から下にさがり、首にキスする。ここにキスしたことの証拠を残す。この場所が俺のだと示すために、赤い跡をつけるのを忘れない。

キスだけでは済まなくなってくる。舐めなければ。

これがスパルタだ。スパルタの勇敢な男がすることだ。彼の鎖骨を舌でなぞっていく。しばらく吸って愛《いつく》しみ、もちろんここにも赤い斑点を残す。白い体の隅々まで手で触れる。肩から腰へ、そして脚の間へと。すべてに触れたい。そのころにはタインはもう抵抗しなくなり、力ない腕で俺に抱きついている。

「サラワット、跡つけないで」

耳元で訴えてくる。俺が言われたとおりにすると、本気で思うのか？　やめろと言われると、ますますしたくなるだけだ。その唇からひとつ言葉が出るたびに、俺はさらに、おまえを欲する。キスマークをつけてほしくないっていうのか。じゃあ、ばっちりつけてやるよ。

タインの両手をベッドに押しつけると、すばやくさらに下がって胸に唇をつける。あいつはぶるっと震え、本能的なくぐもった声をあげた。乳首がひどく敏感で、俺の舌先が触れた瞬間にのけぞる。その手に強く力がこもったのが、押さえている俺の手にも伝わった。

その場所を長いこと可愛がるが、ときどきつい、そっと噛んでしまう。お楽しみだ。タインには楽しくないみたいだが。そして彼のあの部分はもう硬くなっているのに、すすり泣いていて、その声で俺はやめざるをえなくなる……つまり、左胸を舐めるのをやめて、右側に移って続けた。

やがて彼の白い体は首から鎖骨、そして胸全部が、赤い跡でおおい尽くされる。なんと甘く、誘惑的なんだ。これで自分を抑えろなんて無理な話だ。

勇敢なスパルタ人になるために、俺は続けなければならない。唇をさらに彼の体の下のほうに移動させ、お腹の青白い肌にそっと口をつけた。少しの間へそで遊んで、それから片手をタインの手首から離すと、彼の硬くなった部分を包み込んだ。

へそ下のバトル、この時を待っていた。

体を熱くしたタインが手で俺の頭を押しのけ、ヘッドボードのほうにずれて逃れようとする。

俺は目を上げて、愛情を込めて見つめる。

「大丈夫、手を貸す」あいつのうるんだ目をのぞきながら言った。

「じ、自分でする」

「おまえ、俺の目の前でマスをかく気？」

「かくかよっ！」

やっぱりか。何か変なこと言っちまった？　どうやって彼をなぐさめたらいいかさえわからない、だっていつも、からかい合ってばかりだから。この厄介もんをどうなぐさめるか、学んでないんだ。

「リラックスして。俺を信じろ」安心させるために、繰り返す。

「……」

「わかるか？」

タインは頬に涙の跡をつけたまま、うなずいた。俺は片手を彼の腹の上に置く。もう片方はあれをしっかり握ったまま、急いで唇をつける。

「サ、サラワット。あぁ。それ、やめて」

「……」

「それはやめて。汚い」

俺は聞く耳をもたず、口いっぱいにほおばる。このエロティックな体勢に慣れてもらうため、さまざまな戯れに、たっぷり時間をかける。やっと向こうの緊張が少しほどけてくると、俺は頭を上下させて、さらに可愛がり続ける。

「いや……ああ……」

抑えきれないうめき声がもれてくる。ちらりと見ると、俺の息もつかせぬ強い刺激に酔って赤くなった顔があった。

「サ、サラワット、頼む、て、手でして……」

ほっそりした手でまだ俺の頭をどかそうとして、美しい細い指を俺の髪にからませ、ときどきやめろというように、ぐいと引っ張る。俺の髪を1本でも引っこ抜いたら、仕返しにベッドにはりつけてやる。

「サラワット……お願いだ」

「……」

「イキそうだ。頼む……手でして」

口を使うのをやめると、すぐにタインも静まる。あまり長くじらして苦しめたくはない、だからすぐに手を使って助けてやった。焼けるように熱いそれを握って手をゆっくりと動かし、次第に速度を上げる。どんどん速めていくと、やがて……。

「あ、ああ！」

と震える声をはなった。全身を何度か緊張させ、歓びのすべてを俺の手の中に注ぐ。ベッドにぐったりと横たわり、荒い息をしている。俺は手を伸ばして優しく彼の髪を撫でた。あいつが脱力している間に、俺は自分の服をすべて脱ぎ、そのへんに投げ捨てた。

まだ肩で息をしている彼の位置を変えて楽な姿勢で寝てもらい、俺はその白い脚の間に座った。両ひざを押し上げ、脚を開かせる。タインは逆らわないが、その紅潮した顔に、俺の心臓が激しく揺さぶられる。

クソ！　おまえキュートすぎるだろ。どうすれば傷つけずに、愛おしんでやることができるのだろう？　心は、とにかく行けるところまで深く進めと命じているが、なんとかとどまった。

「タイン、辛抱してくれ」

準備させるために言ったが、まだ進撃のときではない。ベッドサイドテーブルから潤滑用ゼリーを掴んで、手のひらに少し絞り出した。すべての指によくのばしてから、ゆっくりと1本だけ、彼の門に押し入れる。

「サラワット……ぼ――僕……」

体が細かく震えるが、ほとんど硬直してしまっている。まだ指先が触れているだけなのに。

「目を開けろ。閉じるな」

素直に言うことを聞いてくれる。涙をためた目をうっすら開けて、懇願するように俺を見る。

不安なのはわかる、でも今を逃してしまったら、俺は馬鹿たれだ。朝まで手を繋いで寝るだけでは、俺はダメなんだ。それだけでいい人間もいるのかもしれないが、勇者サラワットはそういう「いい人」じゃないんだ。こっちの道を歩くことを決めたのなら、とことんやらねばならない。

そんなことを一瞬考えてから、俺は中指を彼の後ろの道に押し当てる。少しずつ中へと引き込まれるが、半分ほどのところで止まった。これ以上先に行けない。

「うあ……痛い。サラワット、痛いよ」

体には異物を嫌うという自然のメカニズムがある。だから無理に入れようとすれば、もっと痛むだろう。道すじを広げようとしただけで、もうへとへとだ。このままさらに続けたら、いったいどうなってしまうか、想像もつかない。

「タイン、ゆるめろ。緊張するな……」

俺の指がきつく締めつけられるのはいい兆候じゃないと気づき、かがんであいつのあざのできた唇にそっとキスする。指は同じ場所のまま、もう片方の手で優しく、彼の髪を撫でてなだめる。タインがリラックスしたのを感じるとすぐにキスをやめて、指を根元まで押し入れた。

「や……だ」

泣いている。いったい、どうしてやればいいいんだ？

「痛い？」

「う、うん。なんか、苦しいんだ。僕……僕は……」

「タイン、まだ指1本だけだぞ」

本当に敏感なやつだ。

「死ぬ、絶対死んじゃうよ」

傷ついた唇で大きな声でぐずるが、何を言っているのか、さっぱりわからない。あいつが泣いていて、かわいそうに思うが、でもやっぱり、もっと泣かせてやりたい気持ちもある。

「タイン。一緒にやってみよう。力入れずに」

「……」

「わかるか？」

彼はしばらし固まっていたが、そのうち不安そうにうなずいた。腰の下に枕を入れて、支えてやる。こうすれば楽だし、俺もやりやすくなる。タインの広げた脚はすぐに閉じるほうに動こうとするから、俺は片方の脚をベッドに押しつけ、もう片脚は自分の肩にかけて固定した。

「少し動かすよ」

それを聞いて、あいつはまたドッと泣き出した。シックな男・タインは完全に泣き虫タインになり果てている。その涙を見れば見るほど、満ち足りた気分になってくる。俺はサイコパスだ、きっとそうだ。

少しして指をいったん抜き、それからゆっくり、また中に戻す。タインは俺の指をきつく締めつけ、苦しげな呼吸を続けている。ほてった顔がますます赤みを増し、涙をためた目が痛々しい。

ちょっとの間、我慢してくれ、と俺は祈る。動きを速めた。何度か喉からうめき声をもらしてから、俺の下であいつは静かになって、唇を血が出そうなほど噛んでいる。

「叫びたければ叫べ。我慢するな」

「……」

「タイン、唇を噛むな」

「うあああ！」

言うことを聞かないから指を強く押してやると、ついにあいつの口から抑えきれない大声が出た。指を出して、すぐに今度は2本に増やして中に入れる。それを感じとった彼が深いうめきをもらす。涙がぽたぽたと枕の上にこぼれ、いくらぬぐっても止まらないのだ。

「い……痛い……すごく」

「まだ慣れないからだ。受け入れてくれ、優しく」

俺は言って、かがんで彼の額にキスする。彼はぎゅっと目をつぶって、俺の言葉を逆らわず受け入れる。ただし苦しそうな表情はそのままだ。「大丈夫」と自分自身に繰り返しつぶやいている。

また指の動きを速めると、俺のいろいろな感情が彼の中を駆け回る。タインは苦痛に体をよじらせている。いったん動きを止め、それから3本目の指を入れた。

よく慣れておいてほしいんだ、これ以上痛い思いをしてほしくない。俺に抱かれてこいつが死んでしまうじゃないか。

しばらくして肩にかついでいた脚を下ろしてやる。買っておいたコンドームの箱を手にして、包装から出す。ついに、これを使うときが来た。新しい2人の住まいに移るのを母が許してくれたときよりも、何倍もエキサイティングだ。

タインはベッドに寝たまま、俺が何をしているのかじっと見ている。コンドームをつけ、潤滑剤を手と、俺の武器にたっぷりつける。タインはすべてをまじまじと見ている。警戒心をあらわにした大きな目を開いて。それでも可愛い。

「我慢してくれ。ちょっと痛むかもしれないが、蟻に噛まれたくらいだ」

「嘘つくな。もっと痛いだろ。そんなでかいモノ」

俺の言うことを信じてもらうためには、医学部に行く必要があるみたいだ。スパルタの勇者で政治学を勉強していても、タインに俺の思うつぼにはまってもらうには、まだ信用が足りないらしい。

「まだ試してもいないだろ」

「サラワット、頼む。お願いだ……やめて」

シーツを握りしめていた白い手が俺の腕に触れ、そっと揺さぶる。子犬みたいな顔になってる。なんともいえず魅惑的だ。こいつ、絶対、俺を刺激しようとしているだろ。そう思うと混乱してくる。もう無理だ。忍耐力の限界だ。彼の脚を広げさせ、その間に体を置くと、俺の最も敏感な部分を、彼の中へと押し入れる。

「うあ、サラワット！　痛い……ああ……無理……ああ！」

まだ少し入れただけだが、内部を押し広げられて、本能的に締めてくる。

「ゆるめろ、チビ水牛、きつすぎる」

もう止めることはできない。一度の締めつけで、すぐにも発射してしまいそうだった。あまりにきつくて、この場で、こいつの胸の上で即死するのかと思った。準備をしても、中に入るのは容易ではない。それにこれは……彼にとって初めてでもある。

俺は彼の白い尻を優しく撫で、太腿まで手を降ろしてから、また、別の部分へと戻る。力を抜いてもらうために、さすってやる。赤い跡をつけるのは忘れずに。

うまくいっていると感じ、ゆっくりと根気よく、再び彼の中を進む。タインは唇をきつく噛みすぎて、血が出ている。でもついに、俺のすべてを受け入れてくれた。2人のはずむ息が混じり合う。どちらも、室温を下げてあるにもかかわらず、肌に汗を輝かせている。

この体勢をしばらく保ち、彼の体を慣らす。それから動き始めた。彼の震え声が俺を制止するのに時間はかからない。

「ダメだ痛い。こ、これ、変えられない？」

「ダメって何が？」

俺はわけがわからない。今やめろと言われたら、死んでしまう。

「この体勢じゃなくて……」

目を合わさずに、あいつが言う。タインはほとんど顔を枕の下に埋めそうで、でもその赤くなった顔を見れば、痛みがわかる。俺は従う。

「わかった。痛いんなら変えよう」

それからあいつの体の向きを変えた。繋がりをほどくことなく彼の片脚を持ち上げて肩にかける。そして再び動き始める。

「サ……サラワット……痛いっ」

「そうか？　わかった」

俺は再びうなずいて、向こう側を向かせ、膝をつかせる。この体位で行こうとしたが……。

「サラワット。もっと痛い。うあぁー！」

なんなんだよ、おまえは！　３秒ごとに体位を変えてるんじゃないか。俺、５分で１００体位できるんだぜ、みんな。すごすぎないか。

もうこいつの言うことなんて聞いてられるか。「優しく」という言葉が俺の辞書から消え失せた。俺の本能が、誰の言うことも聞かない。彼の腰を掴んで引き寄せ、一気に押し入った。これまで最深だ。今、俺の脳は何も処理できない。どうしてもこいつが欲しいという命令だけ出してくる。ためらうな、そのまま進め、夢がかなうまで、と。

あいつの腰をしっかり掴み、激しく突いた。彼の脚がぶるぶる震えたが、俺は止まる気はない。

体をさらに近くに引き寄せ、ペースを速める。タインは片手をベッドにつき、反対の手を俺の腕に置いて、まるで許してくれとすがるようだ。いつもは色白の体をしっかり支えているあいつの脚は力をなくし、ベッドの上に崩れかけている。彼の中に押し入れている部分が熱く燃え、もう俺の理性はぶっ飛んでいる。

するると突然、潤滑剤とは別の液体がしたたるのを感じた。赤い液体が俺にもついていて、脳内の熱狂が止まる。一瞬動きを止めて、彼の中から撤退した。それから彼をあおむけにベッドに寝かせる。脚を広げ、再び深く侵入する。

「俺の肩を噛め。大丈夫だ。痛かったら、俺の肩を噛め」

首を下ろして涙にまみれたまぶたにキスする。震える体を抱きしめると、向こうも抱きしめ返してきた。

タインが自分の唇を噛んでいた鋭い歯は、今俺の肩にきつく立てられている。これはすごい跡がつきそうだ。抱き合ったまま、俺は再びゆっくりと動き出す。すると彼の苦痛のうめきが徐々に、何か別の、もっといいものに変化していくのを感じた。俺は思わず微笑んだ。

「チビ水牛、なんでおまえはこう……カワイイんだ」

俺は言った。汗にまみれ、だがやめたくない。

「ア……ああ……もっと優しくして」

「優しくしてこれだ」

「ああ……。もっと優しくだよ、頼む。うあ！」

最後の悲鳴は、俺が強く突いたせいだ。あいつはまだ満足していないから、俺は体勢を変えて、起きあがって尻を落とす。タインを抱きかかえて、俺の上にまたがらせた。

「好きにしろ」

俺の人生、完結。妻が俺にまたがってる。心臓が今にも爆発しそうだ。タインはまだ抱きついていて、もう歯は俺の肩から外している。そこに顔を押しつけて、ふにゃふにゃ言っている。

「タイン」

「どうしたらいいか、わからないよ」

いじらしいやつ。からかってやりたいから、手助けせずに事態を悪化させてやる。

「じゃ、俺が激しくやるね」

「や、やめて」

「俺にさせたくなければ、自分でしろ。もうオトナなんだ。同じことを言わせるな」

赤く染まった顔が怒ったように俺を見ている、しかしそれから彼は残った力をふりしぼって、俺の首に腕をかけると、震えながら上へと動こうとする。曇った目から涙が流れていて、俺が代わりにぬぐいとった。かわいそうだと思うが、いじめてやりたくもある。ひどいな、俺。

「力抜いて、そっと座れ」

「痛いんだって。血も出てる」

「新しくできた店にパッピンス（かき氷）食べに連れていってやるから。あそこのはうまいらしいぞ」

「もう食べたよ」

「好きな店でブルー・ハワイ頼んでいいよ」

「飲まない」

尖った声で言う彼に、ニヤニヤが止まらない。俺が見守る中、あいつがゆっくりと、背の高い、キスマークだらけの体を俺の上に降ろそうとする。そのきつさに、俺の喉からかすれたうめきがもれる。彼の太腿を掴んで支えてやり、怪我をさせないよう用心した。もういいかげん、傷つきすぎているから。

「リラックスして。ゆっくりだ」

向こうがわずかに腰を落とすと、俺はその腰を支えて元の高さに戻すのを助け、彼が再び少しずつ降ろす。

「あう！　だ……ダメだ」

「もっと降ろせ。俺が全部入るまで、降りてこい」

彼は横に首をふる。無理じいはしたくなかったが、腰を掴んでグイと降ろした。

ああ！

「ああ！　てめー！」

あいつの尻が、けっこうハードにぶつかった。彼は顔をゆがめ、苦痛と快感に喘いだ。その声、吐息、そして体をつたう汗、すべてが燃料となって俺をもっと駆り立てる。これでも、まだ十分じゃない。もっと彼を満たしたい。

機会をとらえて仰向けに寝かせ、体を離してから足首を持ち、もう一度中へと突入した。

「ああ！」

「サラワット、もっとそっとやれ」

「おまえが締めてくるのに、どうやってそっとすればいい？」

「でも……でもおまえが……」

タインの可憐な2つの目が、はにかんで伏せられる。腕で彼の膝を抱えて近寄せ、しっかりと最後まで入れると、俺は愛情と、そして欲望を込めて、下にした体へ向かって激しく腰をふった。

「ああ……や……サラワット……だ……ダメだ」

ひと突きごとに、俺の目は震えるあいつの体を細かく観察する。黒髪が顔に乱れかかり、荒っぽいキスで腫れた唇が開いてうめきをもらし、ピンク色に染まった体は一面にキスマークが咲いている。

ああ夢の中にいるようだ。俺は目を閉じ、1秒1秒を味わい尽くす。透きとおるようだった彼の声が、がらがらに枯れてきた。俺は可能な限りを奪い尽くす。タインのものはなんだろうと、すべて欲しい。こいつを可愛がりたい、抱きしめたい、俺のものだということを知らしめたい。

何度も、何度もしたい、疲れてそれ以上できなくなるまで。

「サ、サラワット。もう無理」

さっきシーツを握り締めていた青ざめた手は今、俺のウエストを掴んでいる。愛らしい顔が、枕の右へ、左へとゆれる。俺は腰を浮かせる。速く、あまりに速くてこちらも耐えきれなくなってくる。

「タイン……もうすぐだ」

「うう……」

「もうすぐ」

俺は枯れた声で繰り返し、残った力をふりしぼって速度を維持する。乾いた俺の喉から、震える歓喜のうめきがもれ、トンネルの向こうの光に達すると、体から一挙にすべてが解放されていく。

コンドームのお陰で命びろいした。俺は体を引いて、使用済みコンドームをベッドの近くに捨てた。タインはただじっと横になって、息をつこうとするのに精いっぱいで、目も開けない。

2人とも、10分間ほど静かに横たわっていた。しかし俺の、言うことを聞かない体の部分がまた立ちあがり、隣で寝ている汗ばんだ体の上に手をさまよわせずにはいられない。

「んんん」

タインは目を閉じたまま、不満げな声を上げるが、俺は気にしない。今回は欲望の勝利だ。

最近俺は、自分がややSなんじゃないかと疑っているが、不思議なことにタイン以外の人間にはこんな感情は持たないんだ。ほとんど、誰にも何も感じないくらい。でもタインのことになると、体のすべての部分が覚醒する。名前だけでも刺激されるほどだ。

正直言って、今日までこいつに何もしないでこられたというのが驚きだ。俺がスパルタ式に耐えなかったら、こうはいかなかったと思う。

最初から定めていた目標は、この厄介もんを頭のてっぺんからつま先まで舐め尽くすことだった。だから今度は、一刻も無駄にせず彼の体を味わう。つま先から内腿までゆっくりとキスし、その中心を愛撫していじり始める。

「サラワット、このサル、やめろ……」

彼はほとんど聞きとれないくらいの声でつぶやき、残っているわずかな力で脚を動かす。まだ血が出ていて、シーツを汚していく。幸い、ディム部長によると、きちんと清潔にして正しいクリームを塗れば、深刻なことにはならないということだ。

でもまだ俺たちは終わってない、だから続けていい。手で彼の体を刺激する。彼に火がつき始めたと見るやすぐにペースを速めて追い込み、爆発点まで到達させる。熱いものが彼の腹の上一面に広がった。

妻が満足した。では交代だ。俺はふり向いて、あわててさっき開けたコンドームの箱を探すが、見つからない。どこに行った？　しまいに、ここから遠い、ベッドの足元に落ちているのが見える。俺が放り投げてしまったんだ。なんで投げたんだっけ？

いや、あんなところまで取りに行くなんて面倒くさいことはできない。

「生でしていい？」

「うわああ～！」

俺がそう言ったとたんに、あいつはわめき出す。あまりにうるさくて神経にさわる。なのでその瞬間を利用して、またひとつキスを盗むことにした。再びあいつをなぐさめ、同時にゼリーを塗るの繰り返しだ。

今度は俺はゆずらない。さっきタインが痛いと言った体位を強行する。まず片側を下にして寝かせ、片脚を俺の肩にかけて、脚の間に入り、はやる自身を一気に全部押し込んだ。

「うあ……ヒック……ヒック」

タインが声を上げて俺の脚をひっかく。血がにじむが、そんなことはどうでもいい。

熱に浮かされた最初の愛のシナリオが始まり、終わってしまってからも、タインは俺にしがみついている。俺の体と、下になったタインの体は一分の隙間もなく触れている。野蛮な腰の攻撃の音とかすかな泣き声が混じり合って部屋にこだまする。

幸せだ、死んでもいいくらい。どう説明したらいいか、よくわからない。組み敷いている体が痛々しくもあり、強烈に愛おしく、だが止めることだけはできない。きっと向こうも同じように感じているんだ、抵抗したらいいのか続けさせるか、決められないようだから。それにもし俺を止めようとしたって、どうせ続けるんだ。

あっという間に体中から汗が流れる。突き、後退を繰り返す。速く、強く。休みなく腰を動かす。その後スピードを落として止めると、いったん体を離す。

タインをベッドの脚のほう、マットレスの端まで移動させ、俺は床に膝をついた。そして彼の両脚を持ち上げ肩の上に担ぐと、また中への道すじをたどる。

すべてを押し込んだとたん、あいつはかすれた泣き声を上げる。血の気の失せた顔が俺に向けられる。輝く目は半開きで、苦悶と満足の両方をのぞかせている。俺が何度もキスした尻は、痛みをやわらげようと、やや開いてる。両手でシーツをきつく握りしめていて、ちょっと気の毒になる。こんなにガチガチに体を緊張させたら、後で筋肉痛がひどいことになるぞ。

それでも俺は勝手に動く体を止められない。ゆっくりと、でも、獰猛《どうもう》に。両手であいつの尻を掴んで押さえ、力まかせに彼の体を上下に動かしつつ自分でも突いた。

「おまえの体……全身真っ赤になってる」

彼の紅潮した肌に目を走らせて言う。俺の声はかすれている。

「サラワット……サ……サラワット」

「おまえ、怒るとなんでそんなにカワイイんだ？」

「……」

「もう我慢できない」

あいつの口から俺の名を聞くのが好きだ。俺たちがこうしてお互いを所有しているときに、あいつが俺の名を何度も何度も呼ぶのを見るのが好きだ。

これからも俺たちはお互いのものだ、誰にもこいつを渡さない。当然だ！　もうずっと、ずっとこいつを愛してきた。こいつを舐め尽くすこの日を、おとなしく、じっと待っていたんだ。だから、誰も彼に触れてはいけない。俺だけだ、彼に触れ、そして愛することを許されるのは。マンが言ったことがある。「誰かを愛したら、すべてを捧げろ」と。俺みたいな誠実な人間にとって、これほどの真実はない。決して引き下がらない。真に、自分のすべてを捧げるんだ。

俺はやがてその位置から移動し、彼の体を抱えたまま、放心したタインをベッドの上に運ぶ。愛と所有欲で彼を抱く。そして繰り返し、言い続けた。

「おまえは死ぬ。おまえを壊しちまう」

俺のセリフに、予想どおりタインがシクシクと泣き出す。可愛すぎる。自分でもどうにもならないんだ。俺は熱い唇でゆっくりと彼の頭にキスし、そして両方のまぶたへ移り、頬を通って、やわらかな唇に達し、それから長い首へ移る。こいつがぶっ倒れるまで舐めまわしたい。それからもう一度、すべてを最初から始めるんだ。

「一緒に行こう」

「……」

「やってみよう、俺と一緒に」

と告げて、その長身を貫いて動く。彼は両手で俺をきつく抱いていて、離す気配はない。タインの頭が俺の肩にあり、やわらかい喘ぎ声がもれてくる、その声は、いつでも俺の耳に美しく響く。人間の性質っていうのは、どんなに極端なほうに走っても、結局は基本に戻るらしい。たぶんそのためだろう、俺たちは最後、クラシックな体位へ戻った。ほとんどのポルノと同じように。

「サラワット、サラワット……」

「タイン……おまえは大丈夫だ。もう少し、もうすぐだ」

俺は自分のすべてを捧げる。滑らかに、強く速く、そしてついに到達した高みから、すべてを彼の中へと放出する。今回はコンドームをつけていない。うっかり箱を床に投げ落としてしまったから。

タインが体勢を立て直すのを助けてから体を離すと、彼の脚にそれが流れ広がる。あいつは息をつくのにさえ苦労している。

泣いて赤く腫れた目を見ると、かわいそうでつらい。でも後悔はしていない。時間を戻せたとしても、同じことをしただろうと思う。

10分ほど休んで、ゆっくりと彼の疲れきった体を抱えあげる。それに気づいて、タインがさわいだ。

「やだ……もういい。痛い。もうしたくない」

「何もしやしない。風呂に運んでやろうとしてる」

なんて愛らしいやつ。おまえがエネルギー切れだと知っているが、そうでなければ次のラウンドを始めてしまっていただろう。洗ってやろうとバスタブに入れるまでの間、あいつはわめくのをやめ、静かになった。ただうつむいて、何かボソボソ言っている。

「どうした？」

「僕……風呂なら自分で入る」

「おまえ、そんなエネルギーあるのか？　手伝うよ」

「いい。こっぱずかしい」

「もうあらゆる体位でおまえをいただいたんだよ。今さら恥ずかしいってなんだ？」

「サラワット、このクソったれ！」

来た来た来た。妻モードになったら、怖いものなしだな。タインは残されたわずかな力で俺を押す。目にはまた涙をためているのに。俺はどうすりゃいいんだ？　助けたいのに、向こうへ行けという。

「自分で入れるんだな？」

「うん」

「外で待ってる。あまり長いこと静かだったら、また戻る」

これは望みなしだ。頭で計画していたことがすべて消え去った。一緒に風呂に入ってバスタブの中で抱っこしたり……。夢は現実に勝てない。

妻に、叱られた……。信じられん！　もう俺はおまえのものになったじゃないか。さっき俺をものにして、もう捨てる？　同情に値するよね、俺。

バスルームから出なくちゃならなかった。途中でタオルを1枚掴み、無造作に腰に巻く。あいつが終わるのを待たなくてはいけない。その後やっと自分の番だ。その上、俺はあいつをベッドに寝かしつけ、ちゃんと寝入るまで確かめる必要もある。それでやっと落ち着ける。待っている間に、辛抱強くシーツの交換もした。辛抱強くって？　たった5分だが、待ちながら心配になってくる。呼ばれるのを待ち、うろうろ歩き続けた。

「タイン」

ついに待ちきれなくなった。

「……」

反応がない。

「タイン、済んだ？」

クソ、答えがない。ひょっとしてバスタブで眠っているのか、意識を失ったのか。胸騒ぎがしてじっとしていられず、バスルームのドアへと急ぐ。

カチャ。

「タイン」

「ヒック……サラワット」

彼が赤い唇で、そっと俺の名を読んだ。涙目の表情が、何か懸命に訴えているようだが、恥ずかしさに声が出せないようだ。タインは眠ってたんじゃない。何もおかしなところはない、ただ……脚を広げて座り、湯の中で右手の指を、自分の体の中に入れている。

「サラワット、手伝ってくれる……?」

俺は深呼吸して、突然湧き起こりそうな欲望を抑える。バスタブに近寄って、彼のそばにしゃがんだ。

タインはきまりが悪くて泣いているのだ。彼の頭を俺の肩に乗せて、下を見せないようにする。彼は素直に俺に頭をあずけ、指も外した。

だから外で待てと言ったのか。体内の余分なものを自分で出そうとして、でも慣れないためこうなってしまった。俺は慎重に2本の指を彼の中に入れて、残りの液体を出すが、同時にひどい金切り声を聞かされる。

「痛たたた!　もうしないぞ。二度とやらない」

「なんでそうカリカリしてるんだ?　もう出してやったろう。風呂に入ろう」

「なぜ僕を馬鹿にするのがそんなに好きなんだ」

「だっておまえが好きだから。こんなおまえが、好きだから、これからも、何度でも」

「もう僕を好きになるのは許さない」

「泣くな。もうたっぷり目が腫れてる」

彼は泣くのをやめようとする。俺はバスタブのお湯をとり替え、温かいお湯の中に一緒に浸かった。お互いに石けんを塗るが、1分もしないうちに、俺だけが働くことになる。タインが力尽きたのだ。ウトウトして、頭を俺の胸にもたせかけている。

風呂が終わると、タインを抱きかかえてバスタブから出る。風邪を引かせてはいけない。部屋に戻して換えたばかりのシーツの上に寝かせ、白いタオルで丁寧に拭いた。楽な服を着せてから、毛布をかける。

「寝ろ」

「わあああああー」

起きてほしいときに寝る。そして寝てほしいときに起きるのか。こいつは！

目をはっきり覚まして俺の顔を見るやいなや、ノンストップで泣き出した。我に返ったように、傷ついたとかなんとかゴチャゴチャ文句を言っている、かまってもらいたい子供みたいに。俺は明かりを消して、まだあいつが泣いているベッドに入った。あいつの目は白鳥の卵くらいのサイズに腫れている。これに耐えきれなくなったら、おまえの涙が枯れるまで、全部最初から繰り返すぞ。

「おまえ眠いの？　それとも泣いていたい？」

「眠い」

泣き続ける彼の髪にキスする。それで眠りに誘《いざな》おうとする。でもまだ泣きやまない。

「ずっと泣いてる気か？　またしたい？」

「ふう……痛い。全身が」

「じゃ、そうしてろ。泣いてろ。部屋が水浸しになるまで」

「ふううう……ヒック……」

「静かにしろ」

「痛いよ」

「なんで泣くんだよ。ウザ」

「ヒック……」

「静かにせー、チビ水牛。こっちの心が、耐えきれない……」

静かになった。俺が髪を撫でると、あいつの泣きやもうとする努力は、なんとか成功したようだ。やがて規則正しい呼吸に替わった。

やっと眠った、ここまでくるのに一生費やしたよ。


翌日は火曜日だが、大学はまだ休暇中だ。目覚めたときには、長年夢見てきた人と目が合うことを願っている。その人と同じベッドで眠れるなんて、俺は恵まれている。が……。

今、目の前に見えるのはタインの顔とそのほのかな香りじゃない。いったいいつ、あいつのきれいな顔は足の指に変わっちまったんだ。

「タイン」

目の前にある足の持ち主を呼んでみる。

「……」

答えは返ってこず。覚えているのは彼の全身を抱きしめたこと、泣きやむまで頭を撫でていたこと。それから10分もしないで寝入ってしまった。なんでこういう位置になっているのか、意味がわからん。

「タイン、なんでそんな格好で寝てる?」

体を起こして尋ねた。タインはベッドの脚のほうを向いて丸くなっている。俺には、ぐしゃぐしゃになった髪の可愛い一房しか見えない。

厚い毛布の下、彼にすばやく近寄ってみる。いつもは健康的な顔が青白く、乾いた唇を見るのはきつい。ふと、額を触ってみると――熱い。相当な高熱。燃えるようだ。がたがた震えていて、毛布は十分暖かいはずなのに、丸く固まっている。

病人の世話をするなんて、何年ぶりだろうか。俺は即座に彼をもっと居心地のいい場所に動かして、エアコンが寒すぎないようにリモコンを取る。セックスでちょっと具合が悪くなるかもとは思ったが、ここまでひどくなるとは想像できなかった。

「タイン、大丈夫か?」

「うう……なんで起こすんだよ、このサル」

真っ先にするのが、俺を叱りつけることかい。

「おまえ、病気だ」

「そうみたいだ……」

いや、おまえの体なんだから、わかるだろうよと思うが、体調が悪いと頭の動きもにぶるものだ。普通ならすぐ気づくことに時間がかかるのかもしれない。それは理解してやらないといけない。

正直、俺にとっては病気というものがあまり身近じゃないんだ。最後に具合が悪くなったのが11年生※のとき、雨の中でサッカーをした後のこと。勇者はこのくらいしなくちゃ。クールだろ。

「どこが痛い？」

「……」

「厄介もん、心配してるんだ」

「僕……頭も、どこもかしこも痛い」

しばらくして答えがあるが、すぐに毛布を頭からかぶった。病気のくせに、まだ生意気だ。こいつが元気になって俺をぶちのめすかと思うと、あまり楽しみじゃないな。頭が混乱して、まず何をすべきなのか決められない。そこでとっさに電話した先がディム部長だった。

わずか数回のコールで出た彼の声は眠そうだ。怒鳴りつけられる前にと、俺は急いで聞く。

「タインの具合が悪いんです。どうすればいい？　医者に連れてく？　すごい高熱で全然動かない。頭も体も全部痛むって。どうすればいいんだかわからない」

「おまえ、いったいぜんたい何を言ってるんだ？　早口すぎてわからん。落ち着け」

※日本の高校2年にあたる。

「こんなに苦しんでほしくない。助けてください」

「夜に何か難しい体位でもやったんじゃないか？」

「楽なのも難しいのも。話題変えるな」

「助けてと言っといて、俺に向かってそういう口きくのか？　よく聞けよ、ワット。お湯で濡らしたタオルで体を拭いてやれ。優しくだぞ、肌をひっかくな。その後で、何か食べさせて、薬を飲ませろ。アスピリン系ならなんでもいい、それに抗生物質は忘れるな。あそこらへんのダメージについては、局所用の薬はもうあるな？」

「と思います……」

「思いますじゃねえ。いいから取ってこい！」

その怒鳴り声がでかくて、俺は即座にベッドから飛び出て、昨日買った薬の中身を点検する。一般的な薬のほうは心配いらない。母が各種買い揃えて、薬箱に入っている。ただ、局所用の薬というやつがあるかどうかだけ、さだかでない。

「何か2種類ある」

「クリームと座薬だな？」

「そうです」

「どうすればいいかは、わかってるな。今すぐやれ、これ以上苦しませたくなかったら。お望みなら俺がやってあげてもいいが。1分で行けるぜ」

「いや、そこにいてください、面倒くさいことになりたくなかったら」

「おい。俺を脅してるのか、え？　じゃ、今すぐやれよ。タオルで拭いてやって、薬をやっても よくならないようなら、すぐに医者に見せろ。死んじまうかもしれないぞ」

「これ、どのくらい続くんですか？」

「俺が最初にしたときは、相手は1週間歩けなかった。ということでおまえのカレがどう感じているか、まあ想像しろ。もう切るぞ。ムラムラしてきた」

ディム部長が電話を切った後、俺は言われたことを全部こなすのにしばらくかかり、それから友達に電話して助けを求めた。

マンがすぐに出た。彼の主な仕事は、タインのために食料を買ってくることだ。部屋に1人で残せないから。マンを待つ間、俺はなんとか病人をタオルで拭いた。

「さ、寒い」

白いタオルが首に触れると、タインがつぶやく。

「我慢してくれ」

「雪降ってるの？」

「ああ、外は真っ白だ」

病気なのに、冗談をかますエネルギーはまだあるようだ。

「ものすごく痛いよ。僕死ぬんだよね……安らかに？」

彼のざらつく声に、俺は首をふる。こんなアホなやつ、会ったことがない。本人が死にたくても、俺がそうさせない。その前に、一緒に年をとらないといけないじゃないか。

「死にたい？」

「いや」

「そうやって文句たれるのをやめたら、すぐによくなる。うるさくするのやめろ」

「うわあああぁぁぁ」

「次泣いたら、また妻になってもらうぞ。じっとしてろ、タオルで拭いてるんだ」

彼は言い返さない。ベッドに寝て、唇を噛んでいるが、そのうち寒さで歯をかちかち鳴らし始める。俺は急いだ。これ以上つらそうなところを見たくない。こっちが死んじまう。つらい。俺も痛みを感じるんだ。

「背中を向けて。ちょっと軟膏塗るから」

タオルで拭くのが終わると、最初にシャツを着せて、買っておいた座薬を入れる。

「サ、サラワット。もうやだ。よせ」

「ただの座薬だ、心配するな」

俺は無駄口はきかない。その薬を奥まで深く入れて、腫れた場所には外用薬を塗った。手早くパンツを履かせ、首から足先まで毛布で包む。最後に自分の手を洗って、マンが食料を持ってくるのを待った。

マンは俺がタインと一緒になるのをずいぶん手伝ってくれた。今、困っているときに、また助けてくれている。あいつには感謝しかない。もしあいつが誰かを好きになったときには、俺も必ず、応援してやろうと思う。

ブブーッ！

ベルが鳴った。急いでドアに駆けつけると、マンがにっこり笑い、俺のわきをすり抜けて室内に入った。

「コンギー（タイ風お粥）にしたよ。こっちの箱がおまえの」

と言いながら、俺のほうでなく、部屋の中をきょろきょろ見回す。

「助かった、ありがとう。いくら？」

「80バーツ」

「じゃ、またな」

「なんだよ。今来たばっかりなのに、もう帰れってのか。それで……タインはどこだ？」

「寝室」

「ほんとか。夜が激しすぎて、あちらはまだお休みなんだな」

からかう表情に、口調。この顔のウザさは、みんなが知っている。

「初めてだったから」

「おおっ。童貞を奪ったんか。ちょっと会わせろ。中入って、あいさつしていい？」

「やめておけ」

「早くしろよ、彼氏にコンギー持ってけ。病気なんだろう。急げ」

背中を押され、俺は小さなキッチンのカウンターに向かう。

「この野郎！　マン」

やつは急に逆方向に歩き出した。そっちは寝室のドアだ。ちくしょう。おせっかい野郎のせいで、頭痛が起きそうだ。俺たちの邪魔をしないのなら、来てくれてまったくかまわないんだ。でもこの友には並の人間の常識はない。タインにちょっかいを出し、また泣かせそうだ。

俺はコンギーを容器から出してボウルに移し、アスピリンや抗生物質と一緒にトレーに乗せると、寝室に入る。軽くイラっとする。眠っているタインの横で、マンがベッドに寝そべっていた。

「降りろ」

「おまえがあんまりすごくて、彼、立てなくなっちゃったよ。見ろよ、俺が添い寝しても気がつかないみたいだ」

「起こすな。降りろ！」

「これ、おまえのシャツ？」

こいつと友達をやめようと思ったことは一度もなかった、今日このときまでは。毛布をめくって俺が着させたシャツまでチェックしている。ふざけんな。

「やめろって」

「首にいっぱーいキスマークついてら。おめえ、とんでもないサディストだな」

「あと数秒で、おまえの顔に足をお見舞いする。ベッドから出ろ……さっさとしろ」

マンはおとなしく出て、もう冗談もやめた。ただ、ベッドに近づく俺のそばに立っている。俺は自分の冷たい手をタインの赤く染まった頬につけて、寝ている彼の耳元に顔を近づけて言う。

「タイン、少し食べろ」

「うん」

「何か食べて、寝る前に薬を飲め」

「すげー優しいな。なんで友達にはこうじゃないの？」マンが口をはさんでくる。

「俺がみんなにこうなら、彼氏なんているか？　こいつには最大の特権がなくちゃ」

「昨日、何回やった？」

「やめろ」

「俺が彼に食べさせてあげようか」

「失せろ、頭に来る」

「食べ物買ってこいって頼んだときは、すんごい感じよかったのにな。また通常モードに戻っちまったな」

こいつの皮肉は気にしない、ただの冗談だとわかってる。やつがソファにどかっと座り、しばらく帰る気がないなとわかると、もう相手をしている暇はなくなった。

タインの状態はまだよくない。手のひらでそっと彼の右頬を撫でていると、また重そうなまぶたを開けた。

「何か食え」

と俺ははっきり言う。俺の顔はいつものように平然として見えるかもしれないが、内心ではめちゃくちゃ心配している。

「うーん……お腹空いた」

「コンギー買ってきたぞ」

「眠い」

「腹減ったのか眠いのか、どっちか選べ」

「ハンサム」

「何言ってる？　おまえ、俺の奥さんのくせに、誰かハンサムなやつが欲しいって？　起きて少し食べろ」

「コンギーは嫌いだ。激マズ」

「ちょっとだけ食べろ、それで薬飲め」

こんな交渉をしている場合じゃない。俺はタインの熱っぽい体を起こして、ヘッドボードに背をあずけさせる。下には枕を敷いた。動かしたとたんに、彼は苦痛で顔をゆがめる。下半身は動かせないようだ。この痛みはしばらく残りそうだ。

「パッピンス食べに連れてってくれるって言ったじゃん」

ボウルのコンギーを見て嫌そうに、小声で言う。

「まずはよくならないと」

「ブルー・ハワイもだよ」

「口が青くなるまで飲ませてやる。駆け引きはやめろ。口開けて」

コンギーをひとさじすくい、ちょっと吹いて冷ましてからタインの口に押し込んだ。顔色が悪いな、首の無数のキスマークは別だが。体にもついているが、それはシャツで隠れている。

「あれ、マン？」

もぐもぐ噛みながら、やっとマンの姿に気づいた。マンが手をふって言う。

「早くよくなれよタイン、また激しくやれるようにな」

「この野郎！　うぐぅ」

俺はすばやく水のグラスをひっ掴んでタインの唇に当てた。マンと口論するなんて、大砲相手に剣を抜くようなものだ。勝てっこない、どんなに頑張っても。

「まあまあ。口ゲンカなら後でできる」

「もういい」

「まだ2さじしか食ってない。あと5さじ、頼む」

「え、もうちょっとにしては多い。あと3口じゃダメ？」

「いいよ。じゃ、あと3口」

俺は幸せだ。幸せだ、愛する誰かの世話ができて。こいつのことを、実際に会って自己紹介する前から好きだった。それがずっと昔のことのように感じる。夢のようだ、覚めたくないほどのいい夢。

タインが食べ終えて薬も飲むと、よく眠れるような位置に体を移動してやった。枕をひとつ、腰の下に敷いてやる。直接当たると痛くて眠れないだろうから。すべてが整い、あとはお客に帰ってもらう時間だ。

マンはソファでニヤっとすると、立ちあがって馬鹿力で俺の肩をばんばん叩く。クソ痛い。

「おまえがとうとう誰かを愛することになって、マジ嬉しいぞ」

「……」

「俺の無表情な友達に、彼氏ができたんだよな?」

「どうもありがとう」

「ありがとうはこっちだ、もうおまえをサッカーに誘うっていう重荷から解放されるんだから」

「くたばれ」

「おまえのカレ、キュートだなあ。俺のタイプ」

「死にたいのか?」

「言ってるだけだろ」

「出てけ」

「わかったよ、もう行く、けど……」

「……」

「誓いを果たすのを忘れるなよ。みんなも待ってるからな」

「ああ」

「じゃ、行くよ。誓いを果たせ。誓いを果たせ～」

いつもと変わらず鬱陶しいマンが部屋を出ていくが、俺はその言葉に身震いする。するんじゃなかった……あいつと賭けなんか。

誓いを果たせ……。


タインは丸1日こんこんと眠って、ようやく快方に向かった。熱はほとんど下がったが、痛みのほうはまだまだだ。歩くことができず、座っていても痛みがある。寝ていてさえ、ときどき痛くて大声を上げるほどだった。初めてがここまで悲惨なことになると知っていたら、俺はしなかった……あんなに何度もは。一度だけにしておいたのに。

「退屈じゃないか？」と聞くと、彼は頭をふる。

「もうスマホあるから」

「投げ捨てていい？　なんでそんなに中毒なんだ」

「中毒じゃないよ。友達と話してるだけ」

そんなことはどうでもいいが。手の甲で額に触れ、体温をチェックする。昨日の高熱は治った。

「サラワット」

「なんだ？」

「ディムさん」

タインがそう言いながらスマホを手渡してきた。画面にインスタの投稿が見える。なんだこれは！　ディムは俺のことを心配してくれた。タインの手当てをしろと言ってくれた。それなのになぜ今日は、人を困らせるようなことをしてくるのか。写真は問題じゃなかった。ただの、部室の前に掲げた横断幕だ。問題は、その写真の下のキャプションだ。

音楽同好会

「みんな、どうしてるかな～。もうすぐ新学期が始まるな。どうせみんな、俺のすばらしさも、俺が教えたギターのレッスンも忘れちまってるんだろう。なので、全員ギターで1曲演奏したクリップを録画してもらいたい。明日の午後4時までに送ること。送らなかったら、このクラブから名前は抹消する。愛をこめて。
追伸　上級生からの票が一番少なかったやつには、罰をあたえる。だからきっちりやれ。練習して、ベストを尽くせよ。最低票が楽しみ～。投げキス！」

「クソ野郎！」

「ヤバい！」

お願い助けて、みたいな顔でタインが俺を見る。今の状態のことは置いておいても……こいつのギターの腕が前回のパフォーマンス以来、ちょっとでも上達したかどうかさえ疑問だ。

「どうすればいいかな？」

「今日、教えてやる。で、ビデオは明日録画しよう。どの曲をやりたい？」

「スクラブの」

「コードが難しいって。もっとやさしいのにしろよ」

彼はもう俺の彼氏だ、だから甘やかしてやらないといけない。コードが簡単な曲のリストを作って、好きなのを選んでもらう。

「『Answer《アンサー》』がいい」

「本気か？　難しいぞ。まだちゃんとシャープが弾けないだろう？」

「できるよ。信じて」

タインにはいろいろと自信があるんだ、ハンサムな顔とか、ギターのテクとか。お陰で俺たちは部屋にこもって曲の練習をするはめになる。俺はThe 1975の『Lost My Head《ロスト マイ ヘッド》』にする。ギターのみで歌なし、だから心配することはあまりない。

俺たちは交替で弾いた。２人のうちで歩けるのは俺だけだから、疲れてくると食べ物を確保するのは俺の役目だ。

夜になるとタインを抱えてソファに移し、俺の膝の上に寝かせた。頭を撫でながら、彼が子供のころの話をするのを聞いている。それと、歴代の元カノの性格や容姿なんかも。

「なぜスクラブが好きなんだ？」

「それ、前にも聞いたよね」

タインはゲーム中のスマホから顔を上げる。

「また答えを聞きたいんだ」

「それは、スクラブはスクラブだから」

「じゃあ、おまえはなぜ俺が好き？」

「……」

不意を突かれてあいつは答えない。だから俺は美しい２つの目をじっと見下ろして、もう一度聞く。

「なぜ俺が好き？」

「おまえがおまえだから、好きだよ」

「俺とスクラブ、どっちか選ばなくちゃならなかったら、どっちを選ぶ？」

「今それを選ぶ必要ないじゃん」

「ちょっとお遊びだ、言ってみろ」

「スクラブ」

「……」

「スクラブ、会いたいなぁ」

バタッ！

妻の反撃だ。俺は死んだ、もう2度と生まれない。クソ……。


「準備いいか？」

「ちょっと待って」

「きちんと座らないと、痛むぞ」

録音の前に、クローゼットからやわらかい小さいマットレスを見つけて、痛まずにソファに座れるようにしてやらないといけなかった。でないとあいつがグチグチ不平を言って、俺の耳が痛みそうだから。三脚にカメラを取りつける。録画ボタンを押して、そして俺の愛するあいつは……もじもじしている。

そう、タインのことだ。ちょっと座る位置を直し、タカミネを手にして。目の前の低いテーブルには楽譜が置いてある。コードを覚えられないから、演奏しながら見られるようにした。

「準備完了。録音していいよ」

「オーケー、3、2、1」

REC
「やあ、みんな！　僕はシックな男・タイン。休み中は、元気だった？」

みんなはどうか知らないが……タインと俺はベッドでの活動を済ませたぞ。

「きっと楽しく休暇を過ごせたと思う。さて今日は、シックな男・タインが、みんなが幸せになる曲を演奏するよ」

うん、きっとみんな、悲しくなると思うぞ。

「聴いてね……スクラブの『Answer』です」

いきなり出だしから音程が外れた。しかしあいつの、むきになった顔を見ると動悸がしてくる。

タインは注意深くコードを弾こうとしている。ときどき正しいリズムになり、たまに外し、そして止まってしまうことも。でもそんなにひどくはない。歌までつけた。

「大きな地球の上の2人
いつだっけ　初めて会ったのは
きみを見ると感じる　ただの知り合いじゃない
それ以上の人と
時計は刻々と刻むけど　ときどき

時間は遅くなる　遅すぎる」

タインが俺を見てにっこりする。最高に美しい笑みに、胸がいっぱいになる。

「昼と夜とが僕らを出会わせ
結びつけ　毎日に意味ができる前には
もし昼と夜とが僕らを近づけてくれたなら
心に答えを探す必要なんかない」
――スクラブ『Answer』

俺たちは考える必要はない。もう答えを知っているから。彼が俺にとって正しい人なのか、もう自分に問い続けなくていい。だって今、彼はこれからの俺の人生すべてへの答えだから。
俺たちはそれぞれの曲の録画をディム部長に送った。タインへのフィードバックを見てみる。ちょっと立ち止まって考えてみたい。俺は以前はSNSなんかまったく使わなかったし、トレンドも気にしなかった。でも今はこうして、誰かの人生を追いかけようとしてる――彼のそばにいようと、ただのSNS上の名前だとしても。

音楽同好会『Answer』　スクラブ　カバー　by @Tine_chic

曲の続きはクラブのフェイスブックページにある。クリックで見られる。このビデオについては多くは言わない。みんなのコメントを待つ。

Eam_totum（アン）まだときどきコード違うけど、よくやったじゃん。頑張れ、タイン。

Man_maman（マン）ベストを尽くした？　初心者くん。

DimDis（ディム）へったくそだな。全然上達してないじゃないか（部長のイメージを保つため、このアカウントを使用中）。

Specialcoolsussus とにかく続けようね。

あまりいい気分はしない。あんなに練習したのに、これを見たらがっかりするんじゃないだろうか。時間は限られていたし、体調もよくなかった、だから思ったよりはうまくできなかったんだ。元気づけるようなことをコメントしようとする。

Sarawatlism（サラワット）たの死くしあがてる。欲やった。

1分もしないうちに、続々とコメントがつく。

DimDis @Sarawatlism ワット、なんで無理してこいつのご機嫌とってる？　怪我した犬みたいな声だぜ、これで楽しい仕上がり？

Thetheme11（テーム）@Sarawatlism これ、タインなかなかうまいじゃないか。いい音出てるよ（なんちって）。

Boss-pol（ボス）@Sarawatlism TeamLoveWifeVeryMuch（チーム・妻大好き）

i.ohomm（オーム）おまえたちいつ寝た？　答えろや！

Bigger330（ビッグ）おお！　もうしたらしいで、マンが言ってた。

Pareygirl また失恋だわ。やだー、サラワットとタインがTT

TypeType（タイプ）タインの彼氏を名乗っているのは誰だ？　誰がうちのやつにちょっかい出してる？

俺は言葉を失う。誰だこいつは？　最後の人物のコメントを何度も読むうちに、クールだった気分がめらめら燃え上がってくる。クソ野郎！　タインを「うちのやつ」ってなんだ、なんの権利があって？　冗談じゃない。こいつに返信して、タインは俺のものだと示さないと。

Sarawatlism @TypeType 枯れは俺のももだ。 消えれ。

クソ。 自分が嫌になる。 いつになったら誤字がなくなるんだ。

TypeType @Sarawatlism おまえこそ消えろ。

そう来るか！ 俺は本格的に激怒した。誰か、頭を冷やすのを手伝ってくれないか。こいつとやり合うのは嫌だ。負けているわけじゃないが、入力が追いつかないし、誤字だらけになる。だからコメントに答えるのは諦め、ベッドで読書しているやつのところに、つかつかと近づいた。俺の声は怒ってる。

「誰だこの男？」

「ええ？」

「こいつおまえのことを、うちのやつ、なんて言ってるぞ。前に言い寄られたことでもあるのか？」

「ヤバ！」

「どうしたんだよ？」

「兄ちゃんだ！」

第22章

いい日だけの恋人

僕はただ座って、サラワットの顔をながめている。長々と。頭にあるのは、5分前に起こったことが全部夢であってくれという願いだけ。

これはまずかった。実にまずいことをしてしまったよ。彼、カッとなりすぎて、知らない人物に食ってかかってしまった。それでどうなったか——僕の兄に遭遇してしまったというわけだ。

「で、どうすればいい？」

せっぱつまった声でサラワットは言う。表情はいつものように平気そうだけど。もし兄が今の彼みたいなイラつく顔を見てしまったら、たぶん僕ら、死ぬことになる。

「僕がなんとかするよ」

「おまえの兄貴だなんて、わかるわけないじゃないか」

「顔が似ているよ、写真で気づかなかった？」

「そんなものいちいち気にしない」

「おまえ、なんにも気にしないもんね」

「なぜつまらないことに時間をとられなきゃいけないない？」

「でも今のこれ、重要だろ？」

「すごくな」

こんな事態になって、大泣きしたい気分だ。でも知らなかったんだからサラワットを責めたくない。別に悪いことをしたんじゃない。きっとこの状況全部が、避けられないことだったんだ。運命には逆らえない。

すみやかに彼の名誉を回復しなくちゃ。ただしうんと注意深くしないといけない。やり損なったら殺されちまう。僕の兄は並みの人間じゃない。兄の昔の同級生に聞いてみたらわかる。タイプくんは普通の人間ではない、燃えさかる炎を内に秘めているって。家で兄が怒ったら、両親でさえ手がつけられなかった。だから、弟である僕が怒りを抑えられるとはなおさら考えにくい。

おそらく鎮火する方法はひとつだけ。おとなしく従うことだ。オーケー、わかった、はい、と口答えせず言うこと、それで収まってくれる。突然すーっと冷めた人間に変身する――まるで悪鬼が祓われたみたいに。

「何か手伝う？」

サラワットは首をかしげ、僕が打っては消している文面をのぞき込む。

「まあ座ってて」
しばらく、どう書けば一番いいのか熟考し、とにかく頭に浮かんだ言葉を逆上している兄に送った。

Tine_chic（タイン）@TypeType なんでまた、インスタなんかしてるの？　しばらくぶりだね。

TypeType（タイプ）@Tine_chic 話題を変えるな。@Sarawatlism こいつはいったい誰だ。

おお、びっくりだな。ズバリ要点に切り込んできた。
タイプは、普段はインスタは使わない。今まで投稿した写真の少なさを見ても一目瞭然だ。時間をかけるのはフェイスブック。そっちのほうが日々の暮らしのアップデートなんかが楽だから。そこで僕の動向も把握してる。でも、なぜかこの件は全部インスタで起こってる。それがたまたま、サラワットが使っている唯一のSNSでもあったというわけだ。
タイプとはメッセージのやりとりをしていたが、誰かとつき合っているとは言ったことがない。当然、相手がどういう人かも。だからたまたま自分で見つけて驚いてしまったのだろう。どう切り抜ければいいのかわからない。なので、シンプルに――。

Tine_chic @TypeType 友達だよ。みんな遊びさ、ゲームで投稿してるんだ。

「誰が遊んでるって？」

　僕の横にいる人も、タイプと同じくらいこの答えに不満のようだ。本当は秘密にしておきたくはなかった。実は次にタイプに会ったら、ちゃんと言おうかと考えていたんだ。でも今は、この件を全部、丸くおさめないと。

「ちょっと黙ってて」

「俺、おまえの友達か？」

「恋人だよ……」

　そっと答えるが、すぐに言い返される。

「恋人同士なら、なんで友達って言った？」

「うちの兄、すごく扱いにくいんだ。機嫌がいいときに言う。ちょっと今だけ、友達のフリできない？」

「ああいうことまでしておいて、友達のフリ？」

「は？　なんのことなのかさっぱり」

　彼の言葉で心臓が震える。例の表情の読めない顔で言われてさえ、グサっとくる。特に、「ああいうこと」をしたばかりで、まだ痛みの残っている今だから。

TypeType @Tine_chic　わかった。次はもっと気をつけろ。
Tine_chic @TypeType　はい。

「兄にわびを入れて、今すぐ。それで無事に終わるから」

と顔を上げてサラワットに要求すると、彼は黙ってスマホを見つめている。しばらく打つのに集中し、それから送信を押した。

Sarawatlism（サラワット）@TypeType　ごねんなさい。

ああ、そうだった。本当にいつも、入力でやらかすんだ。

「iPadを買おうか？」と聞いてみた。

「なぜ？」

「そっちのほうが入力が楽だよ。おまえには疲れる」

「コンドーム買おっか？」

「は……はあ？」

「だって、俺に疲れるんだろ。またしたいの？」

「いや、けっこうです。クソ。うぐ」

唇にこってりキスされた。心臓が……。

これは長い苦痛の日々のうちの、最初の3日間のことだ。その3日の間はすべてがゆっくり進んで、何も動いていないように感じた。自分ではなんにもできないためだ。ベッドからほとんど出られない。

サラワットがそばにいて助けてくれるのがありがたい。行きたいところにはいつも抱えて連れて行ってくれた。トイレだろうとソファだろうと、食卓だろうと。ただしもうテーブルまで行くことはない。今では食事をベッドまで運んでくれるようになったから。

「眠そうだな」

あいつは僕に向かって言いつつ、テレビのゲーム番組から目を離さない。でも手のほうは、ずっと僕の頭を撫でている。しまいには払いのけなければいけなかった。ずっと、僕が可愛くて齧《かじ》ってやりたいと言い続けてる。もし放置していたら頭から丸呑みされていたかも。

夕方にはやっとタイプ兄さん問題も片がつき、サラワットが僕を寝かしつけてくれる。知らないうちに空は暗くなっていた。頭痛は消え、残っているのは体の痛みだけだが、それはまったくよくなっていないように感じる。

「腹減った？」と彼に聞かれ、僕は頭をふる。

「食べたくない、冷たいビールが欲しい」

「まだ体調が戻ってないだろう」

「もうかなりいいよ」

「そうか？　薬は飲めよ。何度も言わせるなよ。何が食べたい？」

「トムヤムクン味のカップ麺でいい」

「おまえ、つわりか？」

「そんなわけあるか。ちょうど思い出したんだ、戸棚にいっぱいあるじゃん」

常にカップ麺と、電子レンジで調理できるものを備えておかなくちゃいけないのだ。２人ともあまり料理はしないから。僕がやると微妙な味になるし、サラワットは料理の初歩さえ知らない。

唯一の解決策が、お湯を入れればいいものか、電子レンジで出来上がるものを買うことだ。

「よし、作ってやる。卵も入れようか？」

「うん、ひとつね、黄身は崩さないで」

「野菜は？」

「ニンジン」

「ニンジンはない」

「じゃなんでもいい」

サラワットはうなずいて、小さなキッチンへと消えていく。体裁のために一応つけました、みたいなキッチンだ。彼は10分後に戻ってきた。

「どこで食おうか」

それはこのごろよく聞かれる質問になってる。答えるのは簡単だろうと思うかもしれないが、実はけっこう面倒だ。というのも、食べる前に、僕の体を動かすという問題があるから。最初は本当に痛くて、抱き上げられて運ばれるのも嫌で、ベッドで食べた。でも今日は多少ましだ。だから気分を変えたくなる。

「バルコニーで食べられるかな。きっと気分がいいよ」

「運んでやる」

「少し支えてくれれば歩けるよ」

長身の彼に助けてもらいながら、ゆっくりとバルコニーに出た。一見ぎこちなくてよろよろしてるけど、初日に比べたら段違いにいい。やっと、ほとんどのことが自分でできるようになったんだ。

サラワットだって常に僕の世話をしなくちゃいけなくて、けっこう疲れてる。朝、僕のクローゼットにあるたくさんの真っ白いシャツとジャージから着るものを選んで、服を着せるところまでやってくれるんだ。お尻に敷いているクッションも、僕の体の一部になったみたいだ。どこへ行くにも、くっついてる。最初のころは痛みが強くて、座ったり寝たりするにはそのクッションだけが頼りだったし、今でもかなり役立ってる。いったいどうして彼の「あれ」を受け入れることを許してしまったんだろう。しかも1度ならず……。さっぱりわからない。

「外はいいなあ」

　気が晴れるし涼しいのはいいが、蚊がものすごかった。サラワットは皮肉を込めて言いつつ、カップ麺を手渡してくれる。イラつくやつ。サラワットが立ちあがって虫除けスプレーを使うと、そこら中がレモングラスの香りにまみれてしまった。

「伸びる前に食えよ」

「うん」

「気をつけろ、熱いから」

「うん。美味しい」

　スープをひと口ごくりと飲み、しばらく食べていなかった麺を噛みながら言った。オリジナルのトムヤムクン・フレーバー、やっぱりこれが最高だ。友達と外国でトムヤムクンを試したことがあったが、まるで足を洗ったお湯みたいな味がした。もう2度とそこでは食べないことにして、タイに帰ってきてから口直しした。そして今ではトムヤムクンはタイ国内に限る、という結論に達したんだ。

「俺が美味しく作ってやったんだ」

　僕はすぐに反論する。

「ただお湯を注いだだけじゃん。それがどんだけ難しいんだよ」

　本当は、黄身を崩したな、とちょっと文句を言ってやりたかったけど、それはいいや。卵がほとんどスープに混じってしまってる。

「こっちの食べてみるか」

僕が不機嫌そうな顔をしていると、向こうはすぐに話題を変えてくる。

「ポーク味って言うけど、それ、豚なんか入ってないだろ。そんなの食べたくない」

「おまえのはでっかいエビ入ってるもんな〜」

「何が欲しいんだ？」

映画のようなロマンティックな答えを期待して聞いたんだけど、彼は癪《しゃく》にさわることを言ってくれる。

「何も。ちょっとおまえを噛みかみしたい、いい？」

「ダメだ！　遊ぶな」

「おまえはもう俺のものだ、愛してる。自分のもので遊んだっていいだろ」

二の句がつげない。こんなふうに言われると普通ならイライラしてしまう。つき合う前はストレスだった。ダメになるんじゃないか、うまくいかないんじゃないかと心配だった。いろんな心配をしていた。つき合うと決めたときでさえも、サラワットとの関係が深まることは怖かった。

でも、今はもう怖くない。サラワットとの関係は、僕が今まで経験したことのないほどのレベルになった。元カノはたくさんいるが、以前はここまで深くも、真剣でもなかった。彼が初めての、そして唯一の、僕が心を捧げた人だ。サラワットさえ近くにいれば、完璧に幸せだ。まあ、あいつがあまりしつこくイラつかせなければの話だけど。

「辛すぎなら、水飲め」

横からサラワットが、僕の考えに割り込んでくる。その声を耳で受けながらも、僕は相変わらずガツガツ食べてる。

「ビールはどこ？」

「水が先だ。まだ薬飲んでいないだろう」

「ちょうだい、これ辛いから」

と言って、指をひらひらさせる。サラワットが『ONE PIECE』のコップに入った水をくれる。

「なんてカワイイんだろ、俺のちっちゃい水牛ちゃん」

「おまえがキュートぶるな」

「おまえ、俺と初めて会ったとき、どう感じた？」

どうした？　急になんかのゲームが始まったのか？

「傲慢なやつだなと思ったよ」

「はあ？　俺が感じたのとえらい違いだな」

サラワットが手を伸ばしてきて僕の唇から水滴をぬぐった。特大ロマンティックだ。

正直言うと、彼の手は荒くて気持ちよくはないけど。長年ギターを弾いている人間の手が女性のようにやわらかだと考えてはいけないだろうとは思う。それにしてもこいつの手ときたら、政治学部棟を支えてるコンクリート並みにざらざらなんだ。

「じゃ……初めて僕を見たとき、そっちはどう感じたのさ」

「クソカワイイと思った」

「それ、酔っぱらったときに言ったことと違うよ」

「マジ?」

「まったく……」

真実を知るためには、こいつを酔わせなきゃいけないのかな? とはいえ、僕らに解決していない問題なんてないだろうと思う。ただひとつを除いて……。

一度だけ彼が口にした、昔好きだったという彼女。普通、僕は過去なんて気にしない――自分のですら。なのに、何か好奇心みたいなものが自分の中で膨らんでいる。彼女が誰なのか、どんな顔なのか、どうしても知りたい。

サラワットは率直にものを言うやつだ。これがキュート、あれがカワイイ。このアホは、キュートな人たちが大好き、それって僕のようなハンサムな人間と違う。

僕はカップ麺を食べ終えて、言われたとおりに水で薬を飲んだ。それから少しビールを飲んでまったりし、サラワットからもう少し秘密を引き出すべく、彼が酔うのを待った。友達のマンやティーなんかと比べると、彼はかなり酒に弱い。アルコール耐性が低すぎて、簡単に酔ってしまう。だから秘密をあばくなんて簡単なんだ。

「飲みすぎるなよ。まだすっかり回復はしていないんだ」

僕が缶ビールを半分空けたところでサラワットが言う。僕はただグラスを上げて彼と乾杯し、やっぱり2人で飲み続ける。

僕はたくさんの女の子とつき合った。あらゆるタイプの子と。勉強のできる優秀な彼女が一番好きだったな。すべてを備えた、折り目正しいロールモデル。彼女は夜遅く電話してくると、僕を心配し、思いやりを込めた声で言うのだ。「もうご飯食べた？」とか「またお友達とパーティ？あまり遅くならないようにね。おやすみなさい」なんて。

そんな気遣いの言葉をかけてもらうのは本当に嬉しかった。でも、今、彼にもらっているのは正反対の言葉だ。サラワットは僕と一緒にビールを飲む。2人してバーの閉店時間まで音楽を聴きながら。ときどき電話をしてくるが、結局毎日会ってる。彼は僕に決して、急げとか家に帰れとか言わず、どこにでも一緒に来てくれる。気持ちを分け合い、一緒に楽しいことをし、歌い、いいとき、悪いとき両方を味わってくれる。

元カノとどっちが好きか聞かれれば、絶対にこの関係がいい。この愛情が、100万倍も好きだ。いつも僕のことを心配し電話してくれる完璧な人はいらない。普通の、幸せなときも悲しいときも、いつもそばにいてくれる人がいい。

「音楽聴きたいな」

僕は彼に何か頼むときだけ、いつも特別な声を使っているみたいだ。それって男らしい男がすることだからね、わかった？

「ギター取ってくる。待ってろ」

僕はうなずいて、彼が室内に消えるのを見ている。お気に入りのタカミネを抱えて戻ってきた。どっちのものなんだか、今はもうよくわからないや……。でも、これは僕らの部屋にある。つまり、僕らの息子ってことかな。

「どの曲がいい？」滑らかな声で彼が聞く。

「プーコンが言ってたけど、歌を作ったんだって？」

「……」

「それ、聴きたいな」

サラワットは一瞬驚いた顔になり、それからダルそうな声で答える。

「コードを思い出せない」

「自分で書いたのに、覚えてないの？」

「まだ完成してない」

「プーコンは完成したって言ってたよ」

「ちょっと修正入れてるんだ」

「へえ？」

ムカっ腹が立って、足を踏み鳴らしたくなるが、黙ってビールを飲み干すだけにしておく。また1本が空になった。完成してないって、どういう意味？　それともただ、実はその歌って僕のじゃない？　本当は、例の女の子に書いたんじゃないか。そうに違いない。

考えれば考えるほど、ストレスが増していく。いつから僕は、こんなちっぽけなことで不安を覚えるようになった？　自分で自分の扱いに困ってしまう。感情を抑えることができない、こんな変な反応、したくなんかないのに。きっと体が弱っているから、メンタルももろくなっているのかも。うう。いったい僕はどうしちゃっているんだ。これ、嫉妬か？　妬いてる？

名前も知らない女の子に嫉妬し始めているなんて。馬鹿みたいだ。もっと飲んで、ストレスを解消しなくちゃ。そうすれば、なんにも考えないようになれる。このビールを箱買いしたのはサラワットで、新学期が始まる前に友達と集まって飲もうと計画していたんだ。それを2人だけで消費してしまってる。

最初は1本だけだったが、それから延々と飲み続けてる。サラワットも僕と同じくらい飲んでしまい、とうとうトロンとした顔になってきた。もう5本目に入っていて、顔を見ると、相当酔ってきたとわかる。彼は他の人とちょっと違い、酔うとひっそり静かになってくる。怒鳴ったり、変な行動に出たりしないのだ。彼と飲んだことのある人ならほとんどが知っている。静かになればなるほど、彼は酔っているってこと。そろそろ、いいだろう……。

「サ、サラワット」と、つっかえながら話しかける。

「うん」

「酔った？」

「ちょっとな。もうやめようか」

「前言ったよね……好きだった女の子がいるって」

「で？」

「どういう人？　教えてよ」

サラワットは答えない。これ以上の質問をやめさせようと、黙ることを選んだな。でもそうなると、こっちはさらに勘ぐってしまう。このアホウは、その子と何か裏でやっていたんじゃないか？　絶対にそうだ。

「サーラーワット、その子って本当に可愛いの？」

「ああ、可愛い、だから？」

「まだ好き？」

「以前はね、もう違う」

「なぜ？」

「おまえが好きだから」

「でも、可愛いんだよね」

「可愛かったら好きにならないといけないのか？　じゃ世界のキュートな人全部、好きにならなきゃだ」

「じゃあ僕は何？」

「おまえは俺の彼氏、だからおまえが好きだ」

「うぇぇ〜」

「俺たち酔っぱらいだな」

「違〜う、なんのことしゃべってる、おまえ？」

もういいや、元カノのことは聞かない。どうせ今の僕の頭はボケボケで、何もまともに考えられないから。もっとビールを空けて、飲み続けなきゃ、ということしかわからない。それはサラワットも同じで、それぞれ半ダースを空けたが、まだ止まらない。

僕はずり下がって、彼の膝に頭を乗せる。うわのそらで手を伸ばして彼の頬を撫でた。

「音楽。なんか音楽。音楽ー！」

と要求する。サラワットがギターを僕の頭付近でかまえる。コードを押さえ、弾き始めた。

「やわらかな朝日が、またああ」

ゆっくり歌い出すが、吹き出さずにはいられない。

「音程完全に外れてるよ」

「世界の半分をあっためるぅ……」


「もう夜だから。朝日があっためるじゃねーよ」

「でも歌だろこれ」

「うた？」

了解して僕はうなずく。彼がやっているのはスクラブの『Morning《モーニング》』だ。いくらスクラブの曲だって、これ、今の時間に、僕がその気分に浸るのは完全に不可能だ。彼は笑えるくらい音痴になっていて、僕はすっかり酔いが回ってる。ソフトなギターの音は続き、僕はわずかに残った意識でリズムをとらえようとし、コーラス部分を待つ。

「一緒に歌えよ」

「ええぇ、コーラスのとこは？」


「……この時間」

彼が始めてくれ、僕が続いてがなりたてる。

「どんなに長くたっても……」

「僕らが一緒に……」

「とおってきたことおお！」

「まだ覚えてる、忘れない、いいとき、悪いとき、すべてが僕らをここに連れてきた……」

「どんなに長くてもお……」

「僕らは繋がっている……」

「僕らにはまだお互いがいてー！」

「今日という日を、よくしようとしてる」

――スクラブ『Morning』

「うぉ～、お～」

「おまえのために」

ギターを下に降ろしてから、サラワットは僕の耳元にこうささやいた。それから何かを僕の中指にはめようとして、合わないので薬指につけた。彼、見た目よりもずっと酔っているんだ、ずいぶん手こずっていた。

「買ってくれたの？」

「手作り」

「ほんと？」

嬉しくて、手を上げて見た。きらきらした反射がまぶしく、にじんで見えるほどだ。本物の指輪が僕の左手薬指にある。リングの部分はシンプルな銀の指輪だ。けど、上に木製のギターピックが飾りとしてついている。金とか、高い素材のがよかったな、後で売れるし！

「ギターのピックだ……」

「うん、文字も彫ってあるぞ」

そう言われてすぐに、目をこらして文字を読む。その2行で、会ったばかりのころのことを思い出した。

Sarawatlism

@Tine_chic

「あの日、俺はおまえに近づくためにインスタにサインアップしたって言った」

「……」

「そして今でも、おまえにもっと近づこうとしてる……毎日」

ブブーッ！

翌朝、僕はドアベルの音で起こされ、不機嫌にうなる。こんなに朝早く、誰が何の用だよ？サラワットは横で死んだみたいに眠ってる。しかもバナナの樹の幹みたいな太い脚を僕に乗っけてる。僕の腰がまた痛くなって、おまえ、ずっと世話しなきゃならなくなるぞ。

おっと、サラワットのやつ、僕が酔ったのをいいことに、勝手なことをしていたな。僕のシャツはベッドの縁まで投げられてる。2人ともアルコール臭い。吐き気もした。まだシャワーも浴びてない。いつの間に、こんなだらしない生活ぶりにすっかり満足しちゃっているのだろう？

ブブブブー！

「聞こえてるよ……」

まだ下半身に痛みがあって、完全復帰までには数日かかりそうだ。だから、あまり動きたくない。

「サラワット」

面倒だから代わりに出てほしくて、彼を呼ぶ。

「うーー」

「誰か来た、出て」

「もう音しなくなった、寝ようぜ」

それから僕のウエストに回した腕をぎゅっと締めるから、僕はさらに彼の固い胸にくっついた。やつはまた寝てしまった。僕だって眠りたいんだ、ドアの向こうの誰かを無視して。しかし……。

リリリリリーン！

最大の災いは、常にこの着信音によってもたらされる。

「……はい」

相手のＩＤも確認せず、僕は電話に出た。眠そうな声をスマホに向かってたれ流す。

「俺だ。おまえの部屋の前にいる」

「え、誰？」

「兄貴だろ。タイプだ」

「ええっ？」

「早くドア開けろ。もう待ちくたびれた」

考える間もなくベッドから飛び出た。サラワットも起き上がって、頭をかく。何ごとだ、というように僕を見ている。

「兄ちゃんだ、そこにいる！」

２秒半見つめ合ってから、僕らの調和に満ちた世界はカオスと化した。焦りまくって、シャツをベッドの縁から拾って身に着ける。僕はスポンジボブのパンツを履いているが、そのへんはタイプも突っ込まないだろう。サラワットにもシャツを着てもらわないといけない、今彼がまとっているのは、ボクサーパンツとボケっとした顔だけだ。

証拠品はすべてベッドの下に隠す。コンドームとか潤滑剤とかいろいろ「あれ」に必要なもの。全部隠して、さて、すべきことは髪の毛を整えて、できるかぎり平静を装って、ドアを開けることだ。心臓がバクバクしすぎて死ぬんじゃないかと思う。

ギイッ……

「や、やあ、兄さん。なんで来るって言ってくれなかったんだよ」

タイプにあいさつする。白いシャツに濃紺のジーンズ、全身隙のない身だしなみだ。彼は僕と違ってスタイリッシュなのだ。

「そうしたら今みたいな状態のおまえを見られないだろう。おまえ、ひどく臭いぞ」

そう言って、さっさと中に入ってくる。僕は、兄が大きなスーツケースを引いていることに気づいた。ええっ！　運び込んだものを見るに、ここに移って、僕とこれから一生暮らしていく気みたいだ。

「母さんが言ってた、友達とルームシェアしているんだろう。この人か？」

サラワットはソファのそばに緊張した様子で立っている。サッカー用のTシャツとボクサーショーツ姿で、髪はぐしゃぐしゃ。礼儀正しく、兄にあいさつした。すばらしい第一印象だな。

「そ、そうなんだ」

「おまえ、相当変わったな。家にいたときと全然違う」

「どう変わった？　僕はいつもと同じだよ」

「タイン」

「な、何さ」

「シャツが裏表逆だぞ」

ひえええ。なんで先に言ってくれないの？　僕、これ着て歩き回ってた？　サラワットは何も言ってくれないし。僕の今の状態、誰にも見せられない。

「どうぞ座って。水でも飲む？」

シャツを着替える余裕はないが、急いでタイプをソファに座らせ、サラワットに、早く水を取ってきてと合図する。

落ち着け、落ち着け。この言葉、タイプのほうに言うべきかも。彼はかなりの完璧主義者だ。そして僕の今のめちゃくちゃな姿は、彼の目には、うさん臭く映りそうだ。

「友達の名前は？」

来たぞ。

「サラワット」

「インスタでウザいことを言ったあの間抜けか？」

「すみませんでした」と彼が言う。

タイプはすばやくサラワットに敵意ある目を向ける。ああ、ヤバい。僕の兄というのは、恐ろしくカンが働く。どういう人間かを、ひと目で見抜く――いい友達になれるか、なれないか。これで本当に大学4年生なのか、実はある種のサイキックなのか、わからないくらいだ。

「次に人に冗談を言うときは、目上の人間でないか確かめることだ。ふざけるのもいいかげんにしろ」

ノックアウトだ。

「正直、なんでまた、うちの弟とマンションをシェアしているんだ？　おまえの寮に幽霊でも出るのか？」

タイプはサラワットに厳しい質問を開始する。被告側の僕らはただつっ立って、タマを押さえながら、おそるおそる答えるしかない。

僕が代わりに答えてあげることもできない。兄が恐怖の「おまえは黙ってろ」という視線をずっと寄こしているため、口を閉じていないといけないのだ。

「いえ、ただそうしたかったから」

「学部は同じなのか？」

「いいえ」

サラワット、頼むから感じよく答えて、と脳内で彼に言う。ストレス解消用のスクイーズボールが欲しい。もし自分のタマで代用できて痛くないのなら、このいたたまれない瞬間を耐えるために、実際握りつぶしていたかも。

「きみとタインの関係はなんだ？」

「タインが、友達だと言えって」

はああ。そこでなぜ、僕の名を出す？　そしてサラワットの顔ときたら……。あの無表情、この広い世界でも一番腹の立つ顔つきをしている。彼がここまでハンサムでなければ、ほとんどの人が蹴りを入れていたろう。

「じゃ、もしタインが友達だと言えと指図していなかったとしたら、タインはおまえのなんだ？」

「友達です」

ふう、助かった。危機は脱した。

「兄さん、その……今日は泊まるの？」

チャンスを見はからって口をはさんだ。もうこれ以上サラワットに質問しないでほしい。きっと僕たちの関係が通常の友人とは違うことを見抜いてしまうだろう。

「ああ」

「何日くらい？」

「約1週間」

「ええ？」

「なぜ驚くことがある？　うちの大学はおまえのところの1週間遅れで始まる。それに、おまえの素行に気をつけるために、ちょっと滞在したい。ずいぶん横道にそれているようだと聞いたぞ」

と言いつつ、僕を殺意ある顔で凝視。まるでこれからバラバラに切り分けようとしているみたいな気分だ。

「でも、どこで寝るの？　ベッドひとつしかないんだ」

「俺はベッドで寝る。おまえとな」

そう言って、再び敵を見るような目つきをサラワットに向ける。

「俺はソファで寝るから大丈夫」

僕の横のブロンズ色の男は答える。僕はうなずくと、兄に手を貸して荷物を寝室へと運んだ。

タイプは僕の兄だけど、僕らは正反対だ。

僕はお気楽で単純だが、彼は違う。プライバシーを重要視する、神経質な人間だ。子供のころですら、学校の研修などで泊まりがあるときは、自分だけの個室を予約させた。もしシングルルーム禁止なら、その旅行自体に参加しない。これに関しては本当にこだわりが強いから、今の大学で宿泊のある活動がいっさいなくて幸運だ。タイプはめったに酒を飲まないし、その友達もまた、同じような堅苦しい、人を見下す人たちだ。みんな、新しい知り合いと打ち解けることが下手だ。簡単に言って、コミュ力ゼロ。

兄への対応と荷物の片づけが全部終わると、僕はサラワットと秘密のとり決めをした。ありがたいことに彼は僕の心痛をわかってくれる。僕らは寝室の外のソファでテレビを見る。テレビは2つあるから平和は保たれる。タイプはもう1台ので好きなものを見ればいいし、サラワットと僕はソファで自分たちの番組を見られる。

「タイン、このコンドーム誰のだ」

兄の声が降ってきた。タイプは寝室のドアの枠に寄りかかってこっちを見ている。彼の手にあるのは僕がベッドの下に蹴って入れたコンドームの箱。うぎゃあ！

「それ……僕の。大学でイベントがあって、みんなに配られたんだ。それで靴磨くんなら使っていいよ。すごいピカピカになるよ」

「デュレックス※なんか配るのか」

「最近はいろいろアップグレードされてさ」

　納得したのかタイプはうなずくと、また寝室へ消えていった。サラワットと僕は何度もため息をついた。1週間って、もう10年みたいに思える、はあああ……。

「いつ言うんだ？」

　とサラワットが聞いてきた。僕は彼の手を握った。僕は不安な顔をしていると思うが、向こうも同じようなものだ。

「できれば、ここに滞在中だな」

「……」

「すねるなよ」

「誰がすねてるって？　俺はすねてない。おまえだろ」

　はいはい。

「シャワー浴びてくる」

「歩けるか？　手伝うよ」

「いい、なんとかなる」

これ以上問題を起こしたくないから、自力でやらないと。そろそろと足を引きずって寝室へ進む。バスルームに行くには通らないといけないのだが、寝室に足を踏み入れたとたん、思わず声が出た。

「何これ⁉」

部屋の片側から反対側まで、工事現場にあるみたいな黄色いテープがずっと貼ってある。これは紛争地帯の境界線か何かか？　そしてそれがバスルームまで続いている。

「おまえの友達に言っとけ、この左側だけしか使っちゃいけないって。右側が俺のだ」

「ええっ？」

「歩くときは、あいつはこっち側に踏み込んではいけない」

「僕は？」

「おまえはどっち側にも行っていい、でも友達は俺のエリアに入ってはいけない」

ひええ。いつもはここまでは極端じゃないのに、それに他人にこんなことをするのは初めてだ。なぜサラワットにだけ？　おかしいじゃないか。

その上、向こうのなわばりがやけに広い。まるで王国を侵略して王位を奪ったみたいだ。寝室ではすでにベッド周辺全部を掌握し、それはバスルームまで続いてる。サラワット側といったら、ソファしかない。少なくとも、ジグザグのルートを残してサラワットがトイレを使えるようにす

※ 英国のコンドームの老舗ブランド。

る程度の最後の親切心はあったみたいだけど。

タイプ側にはテレビもある。黄色いテープはクローゼットをど真ん中で分割している。すばらしい、至高の現代アート作品だ。

「ねぇ兄さん、思うんだけどさ……」

「プライバシーが必要なんだ。シャワー浴びたいのか？　じゃあ使えよ」

僕がなぜここに来たかもわかってる……兄だから、しょうがない。

シックな男・タインがバスルームに足を踏み入れるやいなや、世界が激変しているのを見る。なんじゃこれ。タイプがすべてを2分割していた。シンク周辺は兄ので、テープはシャワー周りにまで達する。サラワットはシャワーの一部しか使っちゃいけないようだ。とりあえずシャワーヘッドの端っこが入ってる。ただし、シャワーハンドルのほうが兄のなわばりだ。泣きそう。

トイレだけはテープを免れていて、やれやれだ。これまで半分に分割していたら、笑えたな。トイレに半分だけ座ってどうやって大をすればいい？

僕はシャワーを浴びて、また服を着ると、サラワットのところに行って状況を説明。すると、彼はこっそり全部使うからいいと言う。バスルームの中までは見えないだろうからと。彼は知らないんだ、うちの兄がなんでも察知してしまうことを。バスルームのタイルの濡れ具合だってチェックするだろう。というわけで、僕らが達した結論は、2人で連続してシャワーを使うこと。そうすれば床全部が濡れていても、きっと疑われないだろう。

いや待て、僕は何をやってるんだ？　忍耐力と問題解決能力の競技会にでも出てるのか。

夕方になった。だから僕はサラワットと一緒に何か食料を買いに出る。タイプを置いてマンションを出る。タイプは疲れたから外に出たくないと言ったが、本当はなぜ外出したくなかったか、わかる？　僕らが帰宅すると、あの黄色いテープはリビングに侵入し、ダイニングテーブルに達していたんだ。そのためだったんだ。

ということは、今夜サラワットはテーブルの片側に座って、兄の側の食べ物には手を出してはいけないのだ。もしそっちに手を伸ばしたら、ぴしゃっと叩かれて、線の向こう側に皿を押し出さないといけない。スープしか食べられなくて、僕の彼はスープみたいに薄まってしまうんじゃないか。オムレツがひとつ、あっちの領地に行くかと思ったら、すぐに取り去られた。ひどい、あんまりだ。

「食べろ、タイン。どうした？　そのさえない顔は？」

「サラワットはグリーンカレーが好物なんだよ、兄さん」

「俺はそっちのスープを食べていないぞ。こっちだって犠牲を払ってる」

いや、それは自分が嫌いだからだろ、兄ちゃん。何が犠牲だ。心が悲鳴を上げてる。僕みたいなシックな男が、なんだってこんなとんでもない苦境に陥らなきゃならないんだ。兄と恋人にはさまれて！

「いいよ。俺、スープも好きだから」

サラワットはそう言って、さらにスープをよそうと、それ以上何も言わず、せっせと食べる。

「おまえのその指輪、なんだ？」

突然タイプが痛いところを突っ込んできた。

「え、ああこれね、流行ってるんだ」

よく見ているな。ずっとこれをつけていたんだ。

「流行？　２人して同じのをつけないといけないのか？」

今度は反対側に座っている、太い指の男に鋭い視線を向けてる。

「ギターのクラブで買ったんだ、シックでしょ」

「本当なのか、それ？」

「そんなことより早く食べようよ、兄ちゃん、料理が冷めちゃう」

ははは、と笑ったが、目には涙が浮かぶ。僕は次々と話題を変えるという術を使って、全員お腹いっぱいになるまでの時間をしのがなければならない。食事が終わると、シンク側の人間が皿を洗うことになる。兄ときたら、巧妙にもそっちがサラワット側になるように工作していた。

僕は一緒に皿を洗い、その後しばらくバルコニーでギターを弾いた。タイプは寝そべってテレビを見ている、リラックスして足を揺すったりしている。

サラワットみたいにいつもは感情を露わにしない人間が、徐々に怒りの表情になっていくのを見るのは心配だが、同じくらい笑えた。要するに、兄が世界を征服したんだ。

シャワーを浴び、寝る用意をする。サラワットは寝室内のソファで寝ることになる。軽く唇にキスして、おやすみを言い合う。それから僕は、すでにタイプが眠っているベッドにそーっと入る。2、3分眠ったところで、頭の上のほうで動きを感じた。

「ううん」

「しーっ。来いよ、一緒に寝よう」

サラワットの小声が聞こえて、答えないでいるうちに抱え上げられてソファに運ばれた。2人でソファに寝そべる。

「兄貴に叱られるよ」

「朝になったらベッドに戻してやる、わかりゃしない」

暗闇の中でくっつき合い、申し訳なさを感じつつ、眠りに落ちた。


とうとう後期の初日だ！　この5日間を、世界は記憶しておいてくれなくてはいけない。サラワットがサッカーの練習に行くときは、いつも僕はタイプを連れてスター・ギャングに会わせた。フォンとオーム、プアクへの兄の態度は、サラワットのときと大違いで礼儀正しいものだった。まったくわけがわからない。

ところが兄にとり憑いていた幽霊だか悪鬼だかは、すぐに戻ってきたみたいだ。家に帰るやいなや、冷戦は再開し、僕がその間に入らないといけないのだ。それが繰り返されて、とうとう今日が来た。

「支度できたか？　今日はおまえと一緒に大学へ行く」

タイプが言って寝室に顔を出したときには、僕は完璧に服装を整えていた。実は大学では兄はかなり有名になった。だって僕の家族はルックスがいいから。これはうぬぼれでもなんでもないけど。

「準備オッケー。向こうで朝食にしよう」

「ああ」

「サラワットは？」

「もう外で待っている」

「最近2人で話した？」

「何を話すっていうんだ？　くだらん」

僕らは別々の車で大学に向かう。タイプは他人の車に乗るのが嫌いだ。しかも、自分の車に他人を乗せるのも嫌ときている。ここでいう「他人」ってのは、サラワット1人のことを指しているんだけど。

僕らは別々の車で行き、着いてから合流することにした。今日の最初の講義は10時から。サラワットや友達と一緒に履修登録した。たぶんこの学期全体で、一緒に受ける唯一のクラスじゃないだろうか。

「タイン、飲み物を買ってくる。何かいるか？」

「ブルー・ハワイお願い」

タイプがテーブルを離れて飲み物のスタンドに向かった。ここは中央棟のカフェテリアだ。スター・ギャングも集まっていて、みんな、兄とすごく仲良くやってる。サラワットも一緒に食べているが、兄は彼にだけ話しかけない。なので彼はぽつんと取り残されている。

「タイン、元気か？　久しぶりだなーおい」

お産中の水牛みたいなデカい声の男が言う。ホワイト・ライオンのリーダーのマンが、友達を引き連れていた。

「どっか行け。ちょっかい出すなら他の人にして」

「なんで俺が他人にちょっかい出すんだ？　よう、みんな。とうとう学期が始まって、もうゲームで一緒にバトるヒマもないな。さびしー」

彼はサラワットの隣、つまり席を外しているタイプの真正面に座る。ビッグとボス、ティーとテームも座った。みんな水のボトルを手にしている。もう食事は済んだのだろう。

「ワット、なんで幽霊みたいな顔してんの？」

「もう知ってるだろ」

「彼、どこ？　俺、会いたい」

「飲み物を買いに行った」

「それ、うちの兄のこと？」

僕が会話に割り込むと、マンがニヤついてこっちを見て、まともに答えもしない。タイプが戻ってきた。

「ずいぶん混んでいるなあ！」

と文句を言いつつ、どしんとブルー・ハワイをテーブルに置き、僕の横に座った。

「げ、激カワイイ」

みんなが凍りついて、今発言した男のほうを向く。マンが僕の兄を、今にも食いつきそうな顔で見つめているのだ。おいやめろ！　マンみたいなまともじゃないやつには絶対に、兄に近づいてほしくないぞ。

「今なんと言った？」

しばらく凝視する視線を受けとめていたタイプが、マンにぴしゃりと言う。友達はみんな、マンのキラキラした目の意味するところを知っている。この目が、たびたび問題を起こしてきたんだ。おいマン、さっさと問題を解決したほうがいいぞ。

「何も、俺、タインに言ったんです」

「うちの弟が好きなのか？」

「まさか、親友のものに手を出しませんよ。それってこの世の第一のルールでしょ」

「それはつまり、うちの弟はおまえたちのグループの中の、誰かのものということか?」

「おっと。まず〜い」

この口の軽い野郎、僕は即座にテーブルの下で足を蹴ってやった。彼はいつもの、さっぱり信用できない顔をしている。口に手をあてて、ぶりっ子みたいに兄のほうを見て。サラワット級のウザい顔したやつに会うだけでは足りないのか。マンみたいな不愉快極まりない顔にも遭遇しないといけないとは。これで今日という日が歓びに満たされるのは確実だな。

これより悪いことといったら、この2人のホワイト・ライオンたちが結託することだ。そうなったら、最強の悪霊でも手に負えないだろう。

「みんな、これ、僕の兄さん。名前はタイプ」みんなに兄を紹介した。

「こんちわーっす!」

「タイプ、これはビッグと、ティー、ボス、テーム、それと、マン」

「なかなかたいした人物たちのようだな?」

彼の体の隅々から殺人光線が放たれてる。前に言ったように、タイプはいつも人の性格を即座に言い当てる、特にアホなやつらのことはお見通しだ。この戦争は長引くとみた。

「俺ら、たいしたくらいじゃないですよ、最高っす。あは」

ボスが例によって冗談をかまし始めるが、タイプには面白くもなんともないようだ。みんなの笑いは、やがてしゅんと収まった。

「口は食べるために温存しておくんだな」

「うぉお～」

「学部はどこなんですか？」

今度はマンが果敢に悪魔に挑戦する。

「経済学部だ」

「うわー、クール！」

「黙れ」

「その黙れって言葉、買っていいですか？　捨てるんで」

「これは売りものじゃない」

「なぜそんな意地悪なのかな？　キュートな人ってみんな意地悪ですよね」

「おまえは犬か？　吠えてばかりいて」

「吠えるばかりじゃない、追跡もするよ」

「……」

「みんな聞いたことある？　猟犬は恐ろしいけど、マンっていう名のハンターに遭ったら、真の恐怖が味わえるぜ」

「おまえのような人間は口ばかりだ、行動となると、何もできまい」

「それ、証明させてもらっていいかな、あなたで」

「キショい」

「証明しますよ。そうしたら、もうスケベな夢でシーツを汚さなくってすむな」

「貴様、何を言っているんだ？」

　ああ、まずい！　このテーブル、とうとうマンとタイプの大舌戦の舞台になっちまった。２人の争いは激しくなってる。残りは、応援チームに分かれた。隙をみて、サラワットが僕を呼び、散歩に連れ出してくれた。険悪な騒ぎから遠ざかろうというのだ。

　タイプと僕は、性格はまったく違うが顔は似ている。だから、サラワットがインスタで兄とケンカしたとき、顔が似ているから気づいてもいいはずだ、と言ったんだ。つまり誰か兄に会ったばかりの人が「キュート」呼ばわりするのも驚くことじゃない。僕だってキュートなんて言われると、ときどき当惑するけど。僕らみたいな男には、そぐわないと思う。でも、サラワットに始終そう呼ばれてもう慣れてしまった。きっと兄は、ただ慣れていないだけなんだ。

「ここに座るか？」

　建物のわきの大理石のテーブルに着くと、サラワットが言う。

「うん」

　僕らは座って話し、スマホで遊んでいた。するとインスタに新しい投稿が上がった。それはただの、マンの嬉しそうな顔のドアップだ。いつもの意味のないキャプションがついている。

Man_maman（マン）お会いしないで光栄。笑

それだけだ。これ単体なら意味はなかったろう。しかし友人たちがガンガン写真にコメントをつけ始める。

Thetheme11（テーム）「愛したくて光栄」って意味？

Boss-pol（ボス）ユニークだな。

KittiTee（ティー）ウヒー。

Bigger330（ビッグ）写真欲しい？ 笑

Man_maman 歌のタイトルだよ、みんな。歌だ！

Boss-pol こいつに許可とらなくていいの？ いぇーい @Tine_chic（タイン）

僕は、まぶたがピクピク痙攣し始めたのを感じる。

Man_maman @Tine_chic おまえにもストレートに言ったほうがいいよな。おまえの兄ちゃんにアタックしていい？

クソがー！　誰に手を出してもいいが、うちの兄だけはやめろ、このゲスっ。

第23章
スパルタ人のように勇敢に

この世には、僕がこの先も一生、克服不可能な怖いものが3つある。まず1番にムカデ。僕の友達ならみんな証言してくれるだろう、シックな男・タインは大小にかかわらずムカデを忌み嫌っていると。やつらの脚と、ロシアのミサイルばりにすばやい動きを見ただけで、魂が抜けそうなくらい恐ろしい。

2番目が高いところ。高い場所は涼しくていいよとみんな言うけど、僕は暑い下界で我慢するのでけっこうです。すごく高いところに行くと心臓が破れそうになるんだ。9年生のキャンプで塔の上から飛び降りをさせられたことがあった。あのときほど惨めだったことはない。チビってしまった。僕は棄権し、歩いて塔から降りるはめになった。

3番目が兄のタイプ、彼の完全主義と独占欲が怖い。小学生のときなど、兄の買った「ぺんてる」の消しゴムの包装をはがすことさえはばかられた。両親に対してよりも、はるかに兄に対して従順なくらいだ。高校では、僕ら兄弟はよく比較された。僕はお気楽で能天気、タイプは陰気の権化だ。

この3つが僕が怖いもののすべてだった。しかし、今やそれにもうひとつ加わった。その恐怖の対象というのは……マンだ。

ううっ！　中でも一番恐ろしいのがマンだ。すでに僕の恐怖症リストのトップに躍り出た。その理由は、あいつが冗談を言ってるのではないこと。真剣に、兄のことが「欲しい」んだ。インスタのキャプションとあいつのポーズを見ると、背すじに冷たいものが走る。僕はサラワットのほうを見た。

「なんで俺を見てる？」

サラワットは勘がいい。僕の目をちらっと見ただけで、何ごとかがあったと察した。

「マンが、うちの兄にアタックするって」

「それで？」

「みんな、したければ何してもいいけど、でもタイプ兄さんにちょっかいを出すのはよしてほしい」

「俺には関係ない。マンの問題だ」

「早くあいつに言ってやって。うちの兄は思っているような人間じゃないって」

「俺たちの中で誰が、おまえの兄さんがいい人だと思ってるって？」

「……」

僕らの間に緊張が流れる。兄を怖れてはいるけど、やっぱり悪く言われたくはない。

「わかったよ。自分でなんとかする」

僕のふくれっ面を見たサラワットは、すぐにスマホを掴むと、何か打ち始める。もし彼があの馬鹿デカい手でまっとうに文を打てたら、僕は自分の足を食べてもいいぞ。

5分ほど経ってから、マンの写真の下に新たなコメントが現れた。

Sarawatlism（サラワット）いいぞ。タインが、がんヴぁれち言ってり。おまえ飲み方だ。

「味方」だろ、このうすらボケ！

「何を書いてるんだよ」

と罵倒するが、あいつは平然としている。ちょっと肩をすくめるだけ。小馬鹿にするみたいに。

「おまえの兄さんが先に俺を攻撃したんだ」

「そうだけど、なんでマンを引き込むのさ？」

「だってマンは彼を好きなんだ。友達のことは助けないと。おまえのときは、あいつが助けてくれたから」

「……」

僕は返答が見つからず、しばらく黙ってしまった。考えていることは、ただひとつ。うちの兄ちゃんを穢《けが》すんじゃねーよ、マン。

「俺たちはマンを止めはしないが、だからといってタイプが同意しなきゃいけないってことでもない。自分で決めてもらえばいい」

サラワットはでかい手で僕の肩をポンと叩き、それから顔をこっちに傾けてきた。

「な、何してるんだよ？」

「おっぱい触っていい？」

「自分の触ってろ、アホ！」

本当にこの人、どうしちゃってんの。今どんな状況になっているかなんて我関せず、まだ触るとか言ってくる。し、心臓が……。


講義から帰るとタイプはすぐに寝室に直行し、夕方まで寝ていたらしい。サラワットと僕は食事の準備をする。そこへサラワットのスマホが鳴って手が止まった。

「はぁ」

すごい電話の取り方だな。

「……」

「マンが、一緒に飲もうって」

サラワットが僕に問いかけるように見ている。僕が許可を出さないといけないのか？

「どこのバー？　聞いて」僕はすぐに答える。

「モーニング・コーヒー&イブニング・リカーだ、いつもの」

「わかった。あんまり長居するなよ」

「いやおまえと、おまえの兄さんも来いって」

その衝撃を3秒たっぷりかけて受ける。僕が招かれるのは驚かない、一緒に行くのは普通だから。でもなぜ兄まで、と混乱する。

「兄に何の用があるんだ」

「俺が知るか」

サラワットは答えず、電話の相手と話を続け、しばらくして切った。そうか！　じゃあつまり、僕がタイプに、出かけたいかどうか聞く役ってことか。

やっと兄が起きたのは7時半近く。僕はすぐに声をかける。

「兄さん」

「ん？」

彼は夕食のとんこつスープを飲みながら返事をする。サラワットはいつものように感情が読めない顔で、黄色いテープを越えてこっそり、野菜炒めを自分の陣地に移した。

「友達と飲むんだけど、僕たちにも一緒に来ないかって。ちょっと、楽しく過ごすだけ。来たい？」

「いや」

「バーには可愛い女性もたくさんいるし」

「だからなんだ？」

「もし興味あるならと思って」

「食べながらそんなにしゃべるな。黙って食べられないのか？」

　また向こうの勝ちだ、僕はおとなしく食事に戻る。サラワットは食事が終わるころまで何も言わずにいたが、とうとう発言する。

「じゃあタインだけ連れていきます」

「なぜ？」タイプはムッとしたようで、不機嫌そうに言う。

「いつも一緒に出かけるから。ちゃんと彼の面倒をみるって、約束してるんだ」

「おまえは弟の友達だろう、夫じゃなく。そういうふうに面倒をみる必要はない」

　うっ！　その鋭い舌、まるでナイフで切られたみたいに感じる。しかし兄ちゃん、本当はサラワットはその「夫」なんだよ。それを隠して友達のフリしているだけなんだ。

「ねぇ、行っていい？」

　リスクをとってみる。顔の表情とは逆に、兄の機嫌がいいと助かるんだが。

「行きたいのか？」

「うん、新学期の初日のお祝いだから」

「じゃあ俺もおまえたちと一緒に行く。友達と２人だけでは出かけさせない。こいつじゃ頼りにならない」

兄はサラワットを殺人的な目でにらんでから、立ちあがってキッチンのシンクに皿を置いた。僕はいい弟を装って兄のそばに行くが、彼はこっちに厳しい顔を向ける。

「ごく小さい集まりなんだな？」

「そうだよ、そんなたくさん飲まない、酔っぱらったりもしない」
2、3時間もしたら、僕が言ったことが真っ赤な嘘で、真実はどこにもないことがわかるだろうけど。

「あははは！　乾杯！」

カチン！

10個のグラスがかち合う音が、バーの活気ある雑音と混じり合う。新学期の初日ということで、混雑している。最初の酒のボトルが開けられたのは、もうだいぶ前だ。これはホワイト・ライオンとスター・ギャングで分けた。タイプはあまり飲んでいない。いつものように少しずつ飲んでいる。だから僕もあまりガンガン飲むわけにもいかず、同じようにひかえめに飲む。

突然、マンが正面に座るタイプに話しかけた。

「そこにあなたが座ってるだけで、俺のハートがとろけそう。自分が誰かの心臓をドキドキさせてるのを知ってます？」

「……！」

テーブルの全員が、呆然とする。マンの声は、バーの騒音の中でもはっきりと響いた。兄は年下の人間に思わせぶりな言葉をかけられたことに不快なようだ。うるさそうに答えるのも当然だろう。

「おまえみたいな遊び人の言うことを聞く気にはなれない。くだらない話だ」

「俺、遊び人じゃないですよ。あなたも俺みたいなハンサムだったら、わかってくれると思うけれど」

ひどい言いぐさ。吐きそうだ、僕。向こうの友達はみんな、マンの厚かましさを恥じているみたいに、ちょっとうなずくだけ。

「おまえの顔になりたいとは絶対に思わないね。恥だからな」

「ええ～！　俺みたいなルックスだったら、今世のうちに必ずいい人に出会えますよ」

「マン！」

タイプが声を荒げて手をふりあげた。今にも相手をひっぱたきそうだ。

「ああ！　やめておいたほうがいい。ちょっとでも動いたら、腹を蹴っ飛ばして、ベッドに引きずり込んでやる」

「ゲス野郎」

「俺があなたのゲス夫になってあげますよ」

「……」

タイプは何も言わない。きっと言葉が見当たらないんだろう。

「もう諦めちゃった？」

「……」

「そっちの負けだ。こっち来てよ、慰めてあげるから」

「俺を冗談のネタにするのか？　3歳も年上の人間に向かって。何かしでかす前に、俺の顔をちゃんと見ろ」

「見た。顔見たら、たまげちゃった。俺のID、Man_maman だからね、ちなみに」

「ID、なんの？」

「LINEの」

「おまえを追加しろと言いたいのか？　そっちでも罵倒できるように？」

「罵倒でも愛の言葉でも、どっちも受けて立つ」

「鼻持ちならない野郎だ！」

「まあまあ。俺、新しいスタンプ買ったんだ。150バーツもしたやつ。セットなんだ、見て」

マンが身を乗り出し、怒った顔のタイプに向けて、スマホの画面をスクロールする真似をする。

「150バーツだって？」

「そっ」

「その金は魚を買って食べるのに使うべきだったな。脳にいいぞ」

「俺の健康のこと、心配してくれるんだね？」

「おまえの脳が働いてないと言っているんだ。おまえはそこまで脳がないのか？」

「ええぇ〜？」

「みんな、ゲームしようぜ」

そこでテームとプアクが大声を出した。この緊張感でパーティが台なしになると怖れたのだ。とうとう話がマンからそれたときに、誰かがマンを引きずり出して頭をポカッと殴っていた。

「じゃ、みんないいか」

みんな、ゲームに乗り気だ。うちの兄は除いてだけど。マンはちょっかいを出す対象を間違ってる。タイプは激怒の表情だ。

「何をするか決めよう」

「俺らも学者のはしくれになったからな、雑学クイズにしようぜ」

マンがまた何か言い出す前にと、ビッグがテーブルのみんなにゲームのルールを詳しく説明する。今日は流血の惨事にはならないと安心させるためだ。

「日本のポルノスターの名前をあげよ。俺から始める。水咲ローラ」

「はは。いきなりハーフの子からか。俺は伝説のやよい様だ」

ビッグが、質問をリピートすることなく即座に答える。

「やよい？　和食レストランかよ。食ってこい。アホ」

「ごめん。葵の間違い」

座席の順番に答えていく。僕はサラワットの隣で、その隣には、クソ真面目な表情の兄が座る。マンはゲームを楽しんでいるようだ。答える番になった人をいちいち指さしている。次はティーの番だ。

「俺はそうだな、伝説のみ・や・び！」

「あの子は真のレジェンドだな。すげえディープ」

「いいな！　じゃ俺は、キュート系で行こうかな。ミカミだ！」

「ええ？　キュート？　あいつの乳、俺の手よりデカいけど。ワット、おまえは誰が好き？　タインちゃんとか言うなよ」

「タインちゃんじゃない！　僕らは友達だからな」

僕はあせって訂正する。やめろ。もし、兄にバレたら、僕はこのバーの、ここで死ぬ。真っ先に僕が殺害され、次の犠牲者がサラワットだ。

「わはは。わかった、サラワットには聞かない。殺されるもん。1人抜かして、タイプさん」

マンがまたひと悶着起こそうとしている。うちの兄にちょっかいを出すのが、なぜそんなに楽しいんだこいつは？　タイプは答えず、ただ無言で座っている。

「……」

「ねー、タイプさん」マンはしつこくからむ。

「俺は参加してない」

「しなくちゃダメですよ。一緒に飲んでいるんだから、参加しないと」

そんなマンの顔を見ていると、ついにどうかしたのかという疑いが起きる。

「言っただろう、参加してないと」

「しなくちゃダメだ。誰かの名前言って」

「誰も知らない」

「ええ？　全然ポルノ見ないいんですか？　タイプさんの負け！　負けた人は、罰ゲームしないと。やろうぜ、みんな！」

とマンが言い終えたと同時に、ホワイト・ライオンの1人がショットグラスを満たしてタイプに手渡す。オームも加わった。手を叩いて囃《はや》し、すぐに数人が続く。

「飲み干せ！　飲み干せ！　飲み干せ！」

兄はグラスを上げようともしない。マンがそれを掴んでタイプの口元まで持っていくと、兄はとうとうしぶしぶながら飲んだ。だがケンカをふっかける一歩手前なのも、僕にはわかる。幸いにも兄は自制心も強い。だから比較的平静な顔を保っている。

「次いこうぜ、マン」

「Kで始まる料理の名前を言え。ボスから」

「カプラオ・ムークロブ（クリスピー・ポークのバジル炒め）」

「カラムプリー・トート・ナンプラー（キャベツのナンプラー炒め）」フォンがすばやく言う。

「カ……」

「……」

「……リー・ムー！（豚肉のカレー）」

「おまえ遅すぎ」

「クノールスープ・マイルド」

「クノールってなんだ！　おまえの負け！　飲み干せ！」

今度の負けはテーム、やっぱり罰ゲームのショットグラスを渡される。けれど、彼は気にしていないようだ。むしろ酒を飲めるのを楽しんでる。もっとよこせ、と僕に身ぶりまでしている。ゲームは続き、みんなはどんどん酔っぱらい、タイプはどんどん不機嫌になっていく。1時間などあっという間に――いや2時間かな――過ぎる。

「マーベル・コミックのスーパーヒーローの名前をあげろ。俺から……キャプテン・アメリカ！」

「アイアンマン」

「アントマン」

「スパイダーマン」

「ウルトラマン」

「ウルトラマンは違うだろ！　引っかかると思ったのか？　飲め！」

3時間……。

「love（愛）って言葉のつく、悲しい歌」

「『The True Love I Couldn't Take Care Of（保てなかった愛）』」

「『The Love that Just Passed By（過ぎ去りし愛）』」

「愛だけでは……なんだっけ……」

「これは難しすぎる、アホ」

「答えられないなら、飲め」

アルコールが着実に回ってゲームは楽しく続き、みんなの答えはどんどん遅く、とっちらかってくる。僕も酔っているが、わけがわからないほどではない。たった1人楽しんでいない人物がいる。押し黙っているやつ——例の感情なし顔の男のことじゃない、僕の兄だ。

意外にも、ゲームから距離を置いている兄も、ほろ酔いかげんだ。そのうち泥酔までいくんじゃないかな。というのも、マンがそうなるよう画策を続けていて、僕も別に止めようともしていないから。

ゲームがやっと終わると、雑談が始まった。

「タイプさん、何か面白い話してくださいよ」

オームが言う。もしタイプさんの機嫌がいいときだったら、いいアイデアだったかもしれないが、今、彼は酔っている。兄が酔っているとはね。

「やめておけ」

「わかった。話したくないんなら、いいです。みんな、カンパーイ!」

その1時間後、みんなはもう、ぐでんぐでん、口を動かすのもおっくうだ。それでもお互いのグラスを満たすのだけはやめない。今度は、全員の中で一番パワーのあるやつ、つまりマンが、新しいことを思いついた。しかも今回はサラワットが標的だ。

「ワット」

「なんだ?」

「ちょっと一緒にトイレ来て」

「わかった。すぐ戻る」

サラワットは棒読みみたいな声で僕のほうを見て言った。

「タイン、なんでそういう顔して俺を見るの? 彼を取っちゃったりしないぞ」

マンは僕をけん制すると、サラワットをトイレのほうへと引っ張っていく。2人は大勢の人の間を通っていかなければいけない。サラワットの背中が人混みに消え、僕は友達と飲むほうに注意を戻した。

10分もしないうちにサラワットが帰ってくるが、女の子が1人、彼の腕にぶらさがって一緒に歩いてきた。うっとりと彼の肩に頭を預けて、首にキスしようとしている。僕は落ち着かない気持ちになり、深呼吸する以外にはどうしようもない。だって酔っているとはいえ、タイプが隣に座っているんだ。

「ご一緒していいかしら？」

「あっ！　どーぞ」

オームがすぐにずれて彼女が座るスペースを空け、こちらへ、と席を手で叩いてうながした。

「あと2人来るから場所作って」

マンの不愉快なカン高い声が割り込んでくる。僕らのテーブルにさらに2人も連れてきたのだ。顔見知りだ。チアリーダーの代表チーム選考のときにいた人たち。彼らは選ばれなかったけど。2人ともイケメンだ。そしてサラワットは2人が僕らと一緒に座るのを気にしていないようだ。反対するそぶりも見せない。

僕は相手が女性の場合は、あからさまに独占欲を出したりしない。でも男だと、そうなりがちだ。何が違うのかははっきり言えないんだけど、とにかくイヤだってこと。

「これはオーク、そしてニュー。で、この人がパン、3年生だ。こっちのテーブルを通りすぎるのを見たんで、一緒に飲もうって誘ったんだ。いいよね」

「全然オッケー！　すみません、グラスをあと3つ、こっちのテーブルに」

すでに混んでいるテーブルに3人も増えて、あまり居心地がよくない。お陰でサラワットとだいぶ離れてしまい、テーブルの別々の側に座ることになった。タイプは僕の機嫌が悪いのに気づいて、紳士的な気持ちが動いたのだろう、僕の手首を掴んで立たせた。

「じゃあ、みんな。俺は弟を連れて帰る」

「どうやって？　サラワットの車で来たんでしょう？」

プアクが言うのを、僕は黙って聞いている。

「どっちにしろもうすぐみんな帰るから。座って。どうせ酔いすぎてるし」

「俺は酔っていない」

でも兄の目は赤くなってる。そして結局座った。

自分とサラワットの領域に人が入ってくることが、なんというか気まずい。うちの大学の人はほとんど、僕らがカップルだと知っていると思う。公式に宣言したわけではないけど。この追加の2人、知らないんだろうか？　それとも知らないフリをしているだけ？　みんなと気楽に話している様子を見ると、まるで昔からの友達みたいだ。バーで人と話すのは別に変なことじゃないのだろうけど、ただ、それに僕の彼を巻き込まないでほしい。

「サラワット、おまえの彼氏、俺たちが一緒に座ってもかまわないのか？」

「彼氏ってなんだ？　アホらし、俺らはみんな、トモダチだ」

例によってマンが口をはさんだ。11時くらいになると、バーの雰囲気が盛り上がってくる。この夜最後のバンドのお陰だ。踊れる曲をやってくれているわけじゃない——楽しい曲ではないんだ。悲しい歌だ。

ヴォーカリストが観客に呼びかける。

「誰かのことを真剣に愛していた。けどある日、その人が別の誰かを愛するようになった、耐えがたい苦しみだ。でも、自分はまだその人を愛してる。心変わりされて耐えてる人、いたら声出してー！」

「イェー！」

このヴォーカル、僕の人生のことを知りすぎてる。僕は見たぞ！　サラワットが、さっき会ったばかりの相手と親しげにグラスを合わせてるのを。

「この歌は、苦しみの歌です。ザ・ムースの『It Hurts to Have Know（知るのがつらい）』」

歌手はメロディをハミングし始める。僕はテーブルの向こう側をちらっと見る。彼が友達と飛び入りたちの間にいて、僕はこちら側で彼の友人のフリをし、つらい気持ちを隠している。

これはドラマチックな場面じゃないはずだろう？　タイプ兄さんとサラワットと同じ部屋で過ごしていることがすでに最悪だ。この上なぜ秘密も守らなくちゃいけないんだ？　僕はもう参ってる。

「実を言うと、ワットは今フリーなんだ。ちなみに俺もだけど」

テームがふいに言い出す。

「おまえいろんな相手とデートしてるって聞いたけど、テーム」

「別れたよ、その話はやめ。おまえたちはどうなんだ？　男が好き？　女が好き？」

新たなターゲットに質問する。２人は顔を見合わせてからフフッと笑う。

「知らないよ。俺が人を好きになるときは、その心が好きなんであって、性別は関係ない」

ふん！　正直な答えは「サラワットが好き」に違いない。僕の怒りがくすぶってる。あまりに妬けて、グラスを歯で噛みくだきかねない。なんという鬱陶しさ。ウザすぎる。すべてがウザい！

「タインとタイプ、もっとどう？」

オームが、僕らがしばらく静かなのに気づいて、話しかけてくる。兄はもうこれ以上飲めない、そのくらいは見ればわかる。もう眠くて仕方ないんだ、すでに目が閉じそうになっている。僕のほうはといえば、飲む気分じゃない。家に帰りたい。そしてあの誰かさんを一緒に連れて帰りたい。マジで、ビンタをはってやりたい。

「いや、いらない。おまえたちは好きなだけ飲みなよ。僕のことはかまうな」

「大丈夫か？」

「ああ、当たり前だ。みんな友達だろ？」

僕は最後の言葉とともにサラワットのほうに顔を向ける。まるで「友達」という言葉をことさら彼に強調する必要があるみたいに。

「なぜ聞かないんだ、俺がおまえのただの友達になりたいかどうか？」

これが、サラワットがテーブルに戻ってから、初めて僕に発した言葉だ。いつものように無表情だが、彼をずっと見ていたこっちの気持ちは沸騰している。

「じゃあ逆に聞く。僕はおまえの友達になっていい？」

「ダメだ」

「なぜ？　ちょっと前に、友達だって言ったじゃないか」

「誰がそんなこと言った？　考えろ」

「マンだ」

「おまえもだ。いつもそう言うじゃないか」

「じゃあ僕はなんと言えばいい？　言いたいことを言えないのがどのくらいきついか、わからない？」

「じゃあなぜさっさと言わない？」

「どうして言える？　おまえの新しい友達に、僕がおまえの彼氏だって言えってこと？　2人は僕にやきもちを妬かせて、人の彼氏と話してる。僕の兄に、僕らが友達以上なんだって知らせたい？　そうしてほしいんだな？」

うあ！　言葉が勝手に出てしまった。親知らずが抜けるまで自分の口をぶっ叩きたいくらいだが、もう遅い——タイプは僕らのほうに鬼のような目を向け、テーブルの全員がシーンとする。僕が怒ってるかって？　いや！　ヨッパライなんだ。

「今、なんと言った？」

「うえ……僕ヨッパライ。もう……帰ろ」

「今なんと言ったと聞いている」

僕に最後まで言わせず、兄は譲らない。タイプは常にすべてを真剣に受けとる。マンのことでさえもだ。すべて、どんな状況も。言わなければよかった。サラワットにあおられて、抑えがきかなかった。そして今や、大問題が僕にふりかかってる。

「なんでもないよ。ただの冗談」

「本当か？」

「うん」恥ずかしいのを隠すため、僕はお尻をかいた。

「本当に？」

「うん」

「もう一度聞くぞ」

「聞くって何を？　兄ちゃんも酔ってるな」

「話題を変えるな。おまえとサラワットの関係はなんだ？」

「友達」

「どういう友達があんなに顔を接近させる？」

心臓の真ん中に数百本のナイフがぐさぐさ刺さったみたいだ。テーブルのみんなはぶったまげてる――サラワット以外は。彼はとても静かに座ってる。マンでさえ、急に無口になった。

今のところ、話すべきは僕とタイプとサラワットのみだ。

「友達はソファで抱き合うのか?」

「……!」

「友達はキスもするのか?」

「タイプさん、俺、マン。俺らは友達だよね。俺、わかる?　キスしていい?」

「口をはさむな」

は!　おまえは空気の読めないやつだな。いい気味だ。とはいえ、僕のほうも震えあがってる。タイプの怒りの指摘に対し、まともに考えられない。

「兄さん、あのさ……」

「もう知っているよ、だいぶ前から」

「……」

ショックは増すばかりだ。

「おまえが話してくれるのを待っていただけだ」

「えっと、ごめんなさい。受け入れてくれないかと思って」

さっきの歌手の人、お願いがある。クソいまいましい胸の痛みの歌をリクエストする。もっと痛くしてくれ。この緊迫の場面に対処している僕を、もっと痛めつけてくれよ。最高に悲しい歌をくれ。うちの兄は国中で一番恐ろしい存在なんだ。

でももう、いいかげんうんざりだ。今日、声に出して言わなくとも、いつかは秘密を守れなくなることはわかってる。

　サラワットと一緒なのは、悪いことじゃない。僕らはいつも助け合ってる。ただ、タイプにとって愛の定義がなんだかわからない。兄が誰か家に連れてきたのは見たことがないし、だから僕とサラワットの関係をどう思っているのか、見当もつかないんだ。

「気がついた当初は受け入れられなかったよ。でも、おまえたちが幸せなのがよくわかった。たとえ俺に対しては隠そうとしていても。それに黄色いテープで分けられていたときでも。そのとき理解した」

「……」

「ただ、おまえを心配している。弟だから」

「わかってる」

「それに、自分が馬鹿だってこともわかってるな」

　なんだと。泣かせてくれると思ったら、今度は落としてくれるのか。

「……」

「おまえもだ、サラワット。おまえはうちの弟を愛していると言う。だったらきちんと面倒みろ。そしてこいつにうっかり白状させようという計略なんぞ、愚か者のすることだ。そしてそんなものにひっかかるなんて、本当に能のないやつだ」

　それ、僕のことですよね。ひっかかった。僕、能のないやつだ。

これは罠だったのか。そう言えばあの飛び入り、どこ行った？　クソ！　だまされた。マンのほうを見ると、あっちはおちょくるようにニヤリとする。みんな知っていたのだと思う。僕をかついだんだ。

しかもその上、あのポーカーフェイス男が、さっき僕が嫉妬を告白してしまった相手が、こっちにウインクしてる。マジ？　タイプには見られなくて助かった、もし目に入ったら、サラワットは往復ビンタを食らってただろう。

「正直に言いなさい。いつからつき合っているんだ」

タイプはサラワットに対して聞いているようだ。そして周りの人間はみんな下を向いて黙っている。まるで誰か死んで、喪に服しているみたいに。

「前の学期からです」

「どこで出会った？」

「去年、スクラブのライブで」

「そんなものに行かせるんじゃなかったな。そっちが先に誘ったのか？」

「ええ」

「そのときと今とで、タインへの見方は変わったか」

「ええ、だいぶ変わりました」

「それで、うまくやっていけるか？」

「はい」

「こんなもの、愚かな恋だ。俺はおまえより人生経験がある、だから弟に永遠の愛を誓えとは言わない。そんなものは信じないから」

タイプは意地悪く笑う。

「あなたは信じてくれないかもしれないけど、俺は自分を信じてます」

「証明しろ。俺とまた話すのは、おまえたちが4年以上一緒にいられたら、そのときだ」

「それは、今は俺と話さないって意味ですか？」

「サラワット、俺はおまえのことをいいやつだと思ったよ。悪い人間じゃない」

少し前の緊張感はすっかり消えた。やわらいだ雰囲気がそれにとって替わり、そこへマンとボスがデカい声で、即席の場違いトーク番組まで始める。

「マンさん、特別な誰かに会ったのはどこ？」

「キャンパスです」

「先に動いたのはそっち？」

「ええ」

「その人についての見方、変わりましたか？」

「だいぶ。当時はニャンコみたいに可愛かったんだ、でも今は、獰猛なワンコだな」

「それを受け入れられますか？」

「もちろん。狂犬病の予防注射も受けさせるよ」

「これは愚かな恋じゃないですか。長続きしますかね？　愛を信じない人もいますよ」

「信じなくたって勝手だ、でも俺にとっては、ただひとつの真実がある」

「それはなんですか？　マンさん」

「タイプって名前の人が、マンの妻だってこと」

「妻？　誰がおまえの妻だって？」

　ドカーン！


　朝日と低い声によって、夢から覚まされた。体は疲労の攻撃を、頭は頭痛の攻撃を受けている。やめておけばよかった。昨夜どれだけ飲んだのか、どうやって部屋に帰ってきたのか、記憶にない。昨夜自分がどう見えていたか、想像もしたくない。

「タイン、シャワー浴びてこい。今日、講義あるだろ」

「うあああ。頭が痛いよ。眠い」

　毛布をかぶるが、サラワットの手が僕の首根っこを掴む。

「起きるのか？」

「サラワット、いてーよ」

「起きるのかって？　言うこと聞けよ」

「二日酔いだ」

「シャワー浴びてこい。コーヒーを淹れてやるから」

「うう」

僕はうなずく。まだ眠くて、さらに10分ほど、うとうとしていたが、そのうちベッドから引っ張り出された。さすがに眠り続けるわけにはいかない。

体をきれいに洗ってバスルームから出ると、淹れたてのコーヒーの香りがした。重い頭が目覚める。突然、僕の頭にひらめくものがある。僕とサラワット――2人きり？　つまり……この1週間一緒にあった何かが、急になくなったみたいだ。

あれ。兄貴は⁉

「サラワット、タイプどこ？」

「一緒に戻ってこなかったんだ」

「ええ？　バーに置いてきちゃったの？」

「違う。マンがここまで車で送るって言ったんだが、タイプさんが暴れるから、自分の部屋に連れていくことにした。あっちの部屋のほうが近いからな。大学に着いてから聞いてみるといい」

マンがタイプ兄さんをお持ち帰りしたと知り、ぞわっとする。別に恐ろしいことでもなんでもないが、でもやっぱり心配だ。

タイプがマンをボコボコにするのが怖いんじゃない。それより、マンが兄ちゃんを襲ってたらどうしよう。し、心臓が……。

「そんなおまえが考えてるようなこと、マンはおまえの兄さんにしないよ」

「僕が考えてること、わかるの？」

「俺は彼氏だぜ」

「生意気。昨日の夜のやつらのこと、まだ話ついてないよ」

「マンが連れてきたんだ。俺には関係ない」

「へえ、そう？」

僕は目の前にいる人物にあまり関心を払ってない。カップを取り上げて、コーヒーで二日酔いをやわらげようとする。うげ。クソマズ！

「これ、何入れたの？　塩？　砂糖？　正しいほう選んだ？」

「全部入れた」

ええ？　化学調味料も入れたのかい！　頭痛は去った。もし彼氏を作るなら、僕の彼みたいなのを選ばないほうがいいよ。こいつ使えないから。とりえと言えば容姿がいいってことだけだ、でもそれだけで生き残れるやつはいない。

せっかく淹れてくれたコーヒーだが残し、バターつきパンを食べることにする。少なくともこのほうがましな味だ。片手でスマホを取って兄を呼び出したが、答えがない。諦める前に、SNSに頼った。

「どっちかにしろ。食べるのか、スマホするのか」

なんだ、父親みたいなこと言って。でも彼に手出しはできない。僕は顔を上げて、舌を出してみせる。

「なぜ？」

「喉をつまらせるぞ」

「僕はプロだもん。食べながら同時にスマホも使えるんだ。スナップ写真だって撮れるぞ」

話しながらカメラを開き、すばやくテーブルの上のコーヒーを撮影した。

Tine_chic（タイン）新製品のコーヒー、１杯飲めば一生眠れない。

サラワットが僕の真似をする。寝室に引っ込んで自分のiPhoneをスクロール、わざと僕の気にさわることをしようとしているみたいだ。そして彼はそれがうまい――ただマインクラフトで遊んで、30分も口をきかない。午後に講義はあるけど、そんなに長いこと彼と戦争状態になっている時間はない。

「わかったよ、話そう」こっちが降参した。

「……」

サラワットはちらっとだけ僕を見て、すぐにゲームに戻ってしまう。

「サラワット、それ、嫌がらせ？」

「ゲームしてるんだろ、邪魔するな」

「退屈だもん」

「おれは退屈じゃない。皿洗っておいて」

ほう！　いいチャンスとばかりに、奴隷扱いして。この僕がそうたやすく諦めると思うのか？　絶対に諦めない、ここから動かないぞ。ＳＮＳのすべてのメッセージにいちいち返信するが、やがて何もすることがなくなる。学期が始まったばかりで、まだ宿題もない。退屈しきった。

「Sarawatlism って実は僕のアカウントだと思ってる人もいるんだ」と会話を始めてみる。

「そう思っている人多いな」

「全部僕の写真だからだよね。フォロワーの中には、それが気にくわないって人もたくさんいるみたいだよ」

「一番喜んでるのはおまえのフォロワーだろ。男もたくさんいるぞ」

「は？」

なんだか向こうが僕をスパイしているみたいな言い方だが、でもサラワットはそんなことをするやつじゃないと思う。

「しかもおまえ、そいつらをいっぱいフォローしてるじゃないか」

「友達だろ」

「フォロー数が最大に達してそれ以上できなくなったら、俺を外してくれていいからな」

待てよ。この口ゲンカはどうして始まったんだっけ？　僕が食べながらスマホを使ったから？　それがどうしてこんな、インスタのフォロワーについての当てこすりの応酬になり果てた？　当惑する。

「だから何？　誰をフォローするかはこっちの勝手だ。自分の人気度をチェックしたいだけさ」

僕は皮肉たっぷりに言ってやる。

「俺もそうすべき？」

「すれば？　手伝ってやる」

僕は彼の手からiPhoneを奪う。カメラを探し、彼のハンサムな顔をバシバシ撮る。しまいにiPhoneが熱を持ってくるほどだ。

「何してる」

「写真撮ってやってるんだ。これで、自分の人気をチェックしてみ。公平にやろう」

「よし。じゃ、アップするぞ」

「……」

「投稿するって言ったんだ」

「なんでいつも僕をからかうんだ」

「おまえ怒ったらカワイイから」

僕は彼を脅すしぐさをしたが、向こうはニマーっと笑うのみ。その後、講義のためにバッグを用意すべく、さっさと出ていってしまい、僕は洗ってない皿と、テーブルの上のスマホをにらみつけた。

結局サラワットは本当に写真を1枚、インスタに投稿した。いつもほとんど何も投稿しないのに、今回は画期的、新しい写真は貴重な彼自身の顔だ。

Sarawatlism 自分の任期をチャック

またか、誤字は不滅だな。

AnomaBee きゃあ。もう、イケメンすぎ！

Gos.dem サラワット、いとしのサラワット様っ

tarineeJ この人が好きって言ってあげて @Fah-nich

berrymint147 あたしの旦那さんが写真アップした、きゃー!!

Umae.weew #TeamSarawatsWives チーム・サラワットの妻、復活ね。あなたの胸に顔をうずめさせて。

この投稿は、新学期2日目の大きな喜びとなったようだ。世界の隅々から、サラワットのファンが再集結したみたい。

休み中は彼のアカウントにはいっさいアップデートがなかった。僕がサラワットと一緒だと知っている人もいれば、彼が近づくコンテストのため音楽の練習で忙しいのを知っている人もいる。でも、今日の写真でみんな知ってしまった、サラワットが……。

Green_kiki（グリーン）やっぱハンサムねえ、ワーオ！

3分もしないうちに、通知がガンガン入る。そのうちのひとつの質問が……。

Dewwwwwwy あああ～、サラワットがこんなにハンサムに。この写真撮ったのって誰なの？

Spacening06 これ撮った人に妬いちゃう。誰がこんな写真を、手ブレもせずに撮れるのよ？

僕はコメントを読み続ける。だって皿洗いをまだしたくないから。手なら震えないようにする方法はいくつもあるけど、彼のそばにいるときに心臓が震えないようにする手段はない。一緒になってから長いのに、こんなふうに感じるのはどうしようもないんだ。薬を処方してもらわないとダメかも。

彼はみんなの気持ちをふり回すのをまだやめない。巨大な波が岸辺に打ちつけ、僕はなすすべもない。

Nam_nanim 私も知りたい。誰がこの写真を撮ったの？
Sarawatlism 俺の恋人が獲ってくれら。
Sarawatlism 俺の恋人、非肉屋なんだ。
Wii.love.u その恋人って、この人？　Eiei @sarinyapoey
Sarawatlism ちがう
Sarawatlism 俺の恋人はタイン。

俺の恋人はタイン。

俺の恋人はタイン。

俺の恋人はタイン。


バタッ！　僕は死んだ。でかい声で繰り返す。

「心臓ううう」

クソ！

今日もまた、Tine_chic とSarawatlism にとってカオスな日だった。今回に限ってサラワットはコメントに返信する時間があったようで、サラワット・ファンにたくさん話の種をまいた。いろんな事実を繋げた結果、僕らが一緒に暮らしているのだと推理した人たちもいる。中には住所まで特定した人も。彼女たち、完全なるストーカーと化した！

後期はあまり課外活動がない。近づく大きな音楽フェスティバルくらいだ。サラワットも軽音部の友達もみんな、このフェスティバルの一環として開かれるかなり真剣なコンテストを楽しみにしている。

だから、夕方に講義がないときはいつでも、何か軽くスナックや果物を買って、Ctrl Sのいつも使うリハーサル室で待つのだ。

「あれタイン。早いね」

タームのあいさつに、僕は笑顔を返す。

「講義終わったから、ここで待とうと思って。みんなで軽く食べるものも買ったよ」

「サンキュー。ていうか、きみはもう家に帰ったかと思った」

「なぜ？」

「サラワットのファンがこの棟に、応援の横断幕を作りに来るっていうんだ。帰りにきみ、捕まっちゃうかもよ」

ええ！　なぜそれを、ここに来る前に電話してくれなかったんだ？　来るときはすごく静かだったのに。

「まあ大丈夫だろ。まさか僕をボコボコにしたりしないと思うよ」

「やられてもしょうがないね。彼女たちの夫を取っちゃったんだから」

「だってあいつのほうが言い寄ってきたんだ」

「で、きみが落ちたと」

「口が達者だな。その汚い口に、お菓子をつめてやろうか？」

僕は小さなパンの袋をタームめがけて投げた。彼はそれを受けとって袋から出して、他のメンバーが来るまでの間、食べて待つ。

僕はSNSに関して神経質だ。ヒマになるといつも、たとえ数分でも、スマホを出してチェックせずにいられない。そして今日、僕の関心はすべてひとつの話題に集中している。つまり、サラワットの、数か月ぶりのインスタの投稿だ。

コメントを読むだけなら、別にストレスではない。誰かが面白いジョークを書き込み、みんな、サラワットが宇宙の中心みたいなコメントをそれにつけてる。笑いながら読んでいると、あるコメントが目にとまった。

Pam_pitcha（パム）無口さんに彼氏ができたの？　友達なのかと思ってた。

僕は眉をひそめる。この人のサラワットへの話し方に特別なものを感じる。「無口さん」と呼ぶからには、知り合いに違いない。最初はあまり深く考えなかったが、もっと下にスクロールしていくと、また彼女のコメントがあるんだ。

Pam_pitcha お休みが終わる前にチェンマイに旅行に行くの。時間があったら会ってね。

もう疑惑をそのままにしておけない。彼女の写真をクリックしてアカウントを見ると、1000枚もの写真がある。

彼女の名前はパムだ。コメント欄の多くの人がそう呼んでいる。キュートで、明るい感じの子だ……。インスタのテーマは「白」。彼女の染みひとつない顔にマッチしている。写真の服装はシンプルなのに、目を引く着こなし。おそらくサラワットと同い年だ。

僕は勝手に結論を出している。大胆に彼女のインスタをスクロールし、突然、自分でも隠そうとしてきた怖れがよみがえってくるのがわかる。サラワットが写真に写っているのを見たのだ。2人で写っている自撮りで、アイスクリーム・ショップで楽しそうにカメラに微笑んでいる。投稿は1週間前だ。そうか！　僕たちがそれぞれバンコクの実家にいたときだ。

「なんでもない。なんでもない」

僕は自分に何度も言いながら、額の汗をぬぐうと、この女性の古い投稿を次々にさかのぼって見続ける。

インスタグラムは嘘をつかない。投稿の日付と時刻は、ユーザーの暮らしのたくさんの大切な瞬間を明かすものだ。去年、彼女はサラワットと高校の卒業式で一緒に写真を撮ってる。去年の中ごろには、友達みんなとカオヤイ国立公園を訪ねてる。シラパコーン大学で、スクラブのコンサートにも行ってる。丸刈り※の長身の男が彼女の隣に立った写真には、去年のバレンタインデーの日付が入ってる。その男とは、サラワットだ。

僕の手がブルブル震え出した。何を怖れているのかわからないけど、でも彼女がサラワットのひと目惚れの相手なことは確かだ。どういう答えを自分の心が求めているのか、よくわからない。イエスかノーか？　どっちが多少は気分がよくなるんだ？

「あ！　もう待ってたんだ？　もうみんな来るよ」

そこへアンがドアを押して入ってくる。その音が、おぞましい考えから僕を現実に戻してくれた。

「サラワットったら、ファンの群れに囲まれちゃってる。Tシャツやら横断幕、ブレスレットまで作ってるの。モテ男がバンドにいて、ほんとラッキー」

バンドの他のメンバーも、1人、また1人とやって来る。何か食べたり、ジョークを言ったりして、ギタリストの登場を待っている。これは毎日のことだ。

「サラワットが来た」

※ タイでは長年、高校生男子は坊主頭にする決まりだった。最近ではこの規制もゆるんできている。

のっぽの無表情男が部屋に入ってきて僕に目を向けると、座って肩のバッグを下ろし、僕の膝の上に乗せる。

「だいぶ待ったか？」

と低い声。僕は彼に注意を集中し、それから答える。

「うん」

「どうした？　具合が悪いのか？　なぜそんなに青い顔している？」

「なんでもない。ちょっと暑いと思って。ほら。汗かいてるだろ」

「何か食べたか？」

「うん。おまえは？」

「まだだ。リハーサルの後で食べる。待っててくれるか？」

「もちろん」

「おまえの兄さん、もうバンコクに帰ったのか」

「うん。昼ごろに電話してきた。マンがあんまりまとわりつくからだ」

「だろうな」

「リハーサル始めろよ」

サラワットはうなずいて、部屋の真ん中から、まだ準備ができていないエレキ・ギターを取る。

僕は手の中のバッグを見下ろす。もっと知りたくて仕方がなく、僕はバッグの中に手を伸ばして彼のスマホを出した。

「サラワット」

「ん?」

「僕のスマホ、バッテリー切れた。借りていい?」

「いいよ」

許可はもらった。電話帳に保存してある連絡先をチェックする。リストのほとんどはホワイト・ライオンたちだ。それから上級生が少し、家族、それから、僕の怖れている人の名前、パムだ。通話記録を見ると、最近の通話のほとんどが彼女からだった。内心予想していたとおりだ。彼女の情報を集めようとしてみる。誰なのか知りたい。そして当面、これが正しいことかどうかはどうでもいい。

サラワットのインスタを開けて、今度は彼の受信箱をチェックすると、未読メッセージをいくつか発見した。もちろん、サラワットはスマホでタイプするのが下手すぎる。こういう返信に時間を無駄にはしないだろう。ところが! ディム部長との以外にもうひとつ、既読がつき、返信されたスレッドがある。パムのアカウントからのメッセージが、僕の最大の恐怖を確実なものにする。彼女からのメッセージには、サラワットは毎回返事しているんだ、今日の分も含めて。

2人のチャットを見させてもらった。ほとんどが普通のあいさつだ。サラワットがタイプできないせいで、ちょっとメッセージがズレているが。直接電話したほうが楽だろうに。

Ctrl Sは2時間リハーサルした後、帰る支度をする。サラワットは、だいたい最後になる。いつも細かいことや、楽譜シートも全部チェックするからだ。

「今日はとってもクールだったね」

僕はいつもの褒め言葉を言う。

「そうか？　何度か外したよ。明日はもっとうまくやるよ」

「もちろんだ」

「腹減った？」

「あんまり」

「じゃあちょっと待ってくれ。少しチェックすることがあるから」

僕は承知したとうなずく。いつもは、僕はこれに関しては何も言わない。音楽のことはわからないから。数少ないコードを正しく弾ける、その程度で僕には十二分だ。でも今日は、好奇心にかられた僕は、いつになく真剣に彼のすることを見ている。

「これ、DCNXTR《デコネクスター》の曲？」

「そう。『Summer Rain（夏の雨）』という曲」

「これは？　タイトルがないし、コードが読めない」

「それは重要でないやつ」

彼はそう言って、その1枚を紙の束の一番下に入れる、まるで隠そうとしているみたいだ。

「ああ！　じゃ、あっちで待ってる」

部屋の隅っこを手で示して、移動した。心配で頭がいっぱいだ。お陰で一晩中眠れない。もやもやして、精神的に追いつめられてる。彼の腕の中で寝ているのに、それでもこの出口の見えない考えは消えないんだ。


翌朝、サラワットがさらに悪いニュースを発表する。

「今夜、昔の友達に会うんだ。一緒に来ないか？」

「どの友達？」

「おまえはまだ知らない人たち。高校の同級生。みんなに紹介したい」

「男、女？」

「みんな女だ」

「名前は？」

「パムとインと、マコーとフェーン」

手がまた震え出した。心も。

「今日はスター・ギャングと会わないといけないんだ。プアクがやってるページのための試食で。1人で行ってきて」

「夕食までに帰れないかも」

「そんなの、普通だろう？　ホワイト・ライオンと食べるときもそうだし」

僕は内心の痛みを隠し、にっこりした。想像するような悪いことが起こらなければ、それでいい。それに、あの女子が本当にサラワットの初恋の人だとしても、彼女はもうただの思い出だと考えたい……。そして僕が彼の現在だ。それでいいじゃないか。


「ここ、このレストランだよアホ」

「もう4軒目だぜ。もう満腹だ」

「ページを更新しなくちゃいけないんだ。文句はやめて、車停める場所見つけろ」

プアクがガミガミうるさくて、僕らの耳が爆発しそうになってる。フォンとオームは2人とも、ぼさっとした様子で、フェイスブックの「マズいが安い、おすすめレストラン」の管理人であるプアクに続いて店内に入る。

ありがたい、これで本日最後のレストランだ。みんなやれやれと思っている。もうこれ以上どこに食べ物が入るかわからないんだ。料理を待っている間、僕はオームが自分の問題を助けてくれないかと、話してみる。

「オーム、今やおまえがこのグループのカサノバ・ナンバー2なんだから、あ、ナンバー1は僕だけど、聞きたい。つき合ってる人を捨てられるかどうか」

え。答えは速く、はっきりしてる。質問の後に息を吸う暇もなかったくらいだ。

「その前に、ちょっとは考えない？」

「何を考える？　同情とか？」

「違う。つまりさ、その人との結びつきってないの？」

「いや。みんながそんなふうに思ったら、ヤリ捨て問題とかなくならないか？」

「……」

「その質問、まるっとおまえに返すよ、タイン。おまえ高校のときたくさんの女の子とデートして、ぽいぽい捨てたじゃないか。なんで僕に聞いてくるんだよ」

「それは別の話だ。あれは全然真剣じゃなかった。僕が言ってるのは、相手のことをすごく愛していて、身を固めて人生一緒に年を重ねようとまで思っている場合のことだ。その相手を愛するための努力もたくさんした。それを、最後に捨ててしまうことができる？」

「もう愛情がないんなら、僕ならするね。なんで、すがらなきゃいけない？」

怖くなってきた……。

「別れの理由で一番多いのって何かな？」

「くだらない質問だな。おまえ情報部員？　アホみたいに質問ばっかりして」

「いいから答えろ」

「うん、できるよ」

「一緒にやっていけなくなったか、片方が別のもっといい相手を見つけたか、だろ。これが一番ありがちな理由だと思うよ」

「誰か新しい人？」

「新しいのはいつも古いのよりいいじゃん。とはいえ、古くてもいつも影響がすごく強いのはあるけど」

「何？」

「初恋さ」

「ほんとそれ。ちくしょう。女の子と別れたら、ぞっこんだった子でもさっさと忘れる。たった1人忘れられないのは、初恋の相手だ」

数か月前に浮気性の女子高校生にふられたばかりのフォンが口を出した。

「だいたいみんな、初恋は覚えてるよな。おまえだって覚えてないか？」

「もちろん覚えてる……」

彼女はギング。今や名高い家庭教師の彼女。でも僕が本当の深い関係を持ったのはサラワットだけだ。

「それを言ってるんだよ。古い愛だろうが新しいのだろうが、関係ない。お互いに愛し合っていないなら、それまで、そこで終わりだよ。別れを止めるものはない。いくら血の涙を流そうともね、自分のものでなくなった相手と一緒にいることはできない。それがこの世の真実だ」

「サートゥ※……」

その教え、どのお経にある？　でも、真理だけど。

このことの真相について考え続けて、心が潰れそうになってくる。パムという女性が彼の初恋の人。サラワットは初めて好きになった子を決して忘れられない。そして今、一緒に行動しているところだ。しかも、休暇中にも会っていたんだ。彼女の趣味はちょっと僕と似ている。恐ろしい……。僕が彼女の代用品なんじゃないかと、怖いんだ。

用が終わると僕がみんなを車で家に送り届ける。赤信号で止まり、有名なショッピングモールのプラザにちょっと顔を向ける。夜の照明が目にまぶしいが、同時に寂しさも感じた。

「タイン！　あれ、おまえの夫か？」プアクが僕の肩をつついた。

「口に気をつけろ。何が夫だ」

と彼に怒りながら、目は道の向こう側のコーヒーショップに、誰かの背の高い姿が座っているのをとらえた。

「あれ、サラワットじゃね？　トムトム（韓国系カフェ・チェーン）に座ってるやつ」

「友達と食べるって言ってた。こっちに遊びに来てるんだ」

「へえ」

あれが友達か？　貴重なはずのサラワットの笑顔がなぜこうやすやすと、店の窓から見えているんだ？　長い髪の女性が隣に座ってる。可愛くて魅力的、いつも見るたびにそうだけど。昔の

※ 仏教のお経の最後に言われる言葉。キリスト教の「アーメン」のようなもの。

僕だったら声をかけていたな。でも今となっては、そんなことはしない。僕には大切な人がいるから……。

彼女は色白だ。彼女はスクラブの曲が好きだ。よく微笑む。インスタのテーマは白。楽器が弾ける――ギターも。

サラワットが好きな曲を録音して投稿してる。彼の理想の女性だ。僕はただの、高品質のコピーだろうか？

もう夜の10時になった。壁の時計を見る。テレビ番組は面白くもなんともない。あまりにつまらなくて、僕はノートパソコンを出して、彼が帰ってくるのを待つ間、ＹｏｕＴｕｂｅで聴く音楽を探さなければならないくらいだった。

やがてサラワットがくたびれた制服のシャツ姿で部屋に入ってきた。靴をラックに入れ、バッグをカウンターの上にどさりと置くと、僕の横に座る。

「シャワー浴びてこいよ」

講義が終わってから僕が彼に言った最初の言葉だ。彼はうなずいたが、動かない。

「どこのレストランに行った？」

「４軒も行った。腹いっぱい。おまえは？」

「遠くには行かなかった。モールに行って、コーヒーショップに入った」

僕らはしばらく黙っている。自分の秘密がばれるのを怖れているのか、それともあいつ眠っているのか。

「ねえ……」と僕は優しい声で言う。

「その友達と、どのくらい知り合いなの？」

「中学から。高校ではクラスは違ったけど」

「パムって人は？」

「彼女もだ」

僕はうなずいて、ゆっくり頭を彼の肩に預けた。それから腕を彼の腰に回した。僕は四六時中彼を悩ませたいわけじゃないんだ。ときどき、単にべたべたしたいだけだ。

「以前おまえの初恋のこと聞いたよね、好きだった女の子のこと。今日……彼女のことを知りたいんだ」

「……」

彼は静まり返っている。その呼吸とエアコンの音が聞こえるほど。彼がこちらに目を向けるが、僕は視線を合わせず、下を見て独り言のように言った。これは口にすべきじゃなかったのだろうけど。

「サラワット、僕のことを誰かの代用品だと思ってたりする？」

「……」

「もしそうなら、はっきり言っちゃっていいよ」

「……」

「怒らないから、だっておまえが決めることだ」

心の奥底では、彼を失おうとしているのが悲しいけれど……。

第24章

わびしいどん底、心の叫び

初恋の相手に出会ったときは、これこそ長い間探していた人だと思った。成績優秀で、礼儀正しい女の子。大切にしたいと思った。ひと目惚れから始まってつき合うようになった。他のカップルみたいに別れることなんか、想像できなかった。なのに結局交際は思ったようにいかず、失望に終わった。

本当のことを言うと、僕らの性格は全然合わなかったんだ。初めのうちはすべてすばらしかったけど、月日が経つにつれて、当初お互いに隠そうとしていた欠点が表面に現れ始める。そんな欠点を受け入れて、それに寄り添っていけるようだったら、関係はうまくいったのだろうと思う。そうできないとき、終わりになるのだろう。

初恋に破れてから、もう僕は愛なんか信じなくなった。単に飽きたからって理由で、人を簡単に捨てる人間になってしまっていた。それからは本当の意味で誰も愛したことがなかった。あのときのように傷つきたくないという、馬鹿な理由で。僕は自分が落胆しないようにと、なんとしても自分を守っていたんだ。

　確かに、あのままの人間でいたら僕は傷つかなかっただろう。でも僕は今、昔の、誰のことも決して愛さなかったころのタインじゃない。今はその正反対だ。僕は誰かのことを、自分でも信じられないくらい深く愛するようになった。

　こんなお涙ちょうだいのシーン、やめやめ。

　そうだ！　悲しくなんか、なりたくない。僕は機嫌よく楽しくしていたいんだ。くだらないことをクヨクヨ考えたくない。でも、本当に大事に思っていることについては、心配せずにはいられない。いっそ捨ててしまいたいが、それは無理だ。だって、こいつは僕の彼氏だ。サラワットがここに座って、僕は彼をきつく抱きしめている。さらに、こいつはあのアホ面をしている、まるで何も知らないみたいに。なんたるポンコツの極み。

「タイン、おまえ今日どうしたんだ？　なんで変な質問するんだ？」

　サラワットの深い声が、僕をはるかかなたの妄想から呼び戻す。

　この男、僕がいったい何を言いたいのかと不審に思っていることだろう。さっきの発言はあまりに唐突だったから。つまり、僕は彼の初恋について話していたが、それが誰だとははっきり言ってない。それがパムという女の子じゃないのなら、また恥をかいていたかも。

「わからない」

「……」

「たぶんすごく疲れてるんだ」

正直、サラワットが考えていることも、もう知りたくない。もし答えが僕の考えているようなものでなかったら、初恋のときのように傷ついてしまう。

「何をぐちゃぐちゃ考えてる？」

と言ってハグし返してくる。僕はなんだか居心地が悪くなってきた。さっさとけりをつけて泣きたかったが、それはシックと言えない。だからこらえている。

「別に……」

彼の目に、僕が馬鹿みたいな子供っぽい人間に映るのは嫌だ。以前の僕は、誰かが取るに足りないつまらないことを言ったら、これは価値なし・意味なしと分類して片づけて終わりだった。自分がそんなやつだと、サラワットには絶対思ってほしくない。

「俺はおまえのことを誰かの代用品だなんて思っていない。どっからそんな作り話が湧いてきた？」

それは僕自身の視点から来たもの。でも本当のことを言いたくなかった。実際、ただの考えすぎかも。

「サラワット、愛してる」

「うん、知ってる」

「本当にだよ」

「わかってる」

サラワットが暖かく抱きしめてくれると、僕の心臓が蘇生する。彼はそのまま一緒に体を揺らして、気を静めてくれる。僕の考えすぎをやめさせようとしている。ひょっとして今日の僕はただあまりに疲れていて、それでくだらないことが頭にこびりついてるのかも。でも、心はまだ彼の気を引こうとしている、以前にはこんなことはなかったのに。

「サラワット、キスして」

「おまえはずいぶん甘えん坊だな」

彼は冗談ぽく言うと顔を寄せて、やわらかに口づけしてくれる。今は、何も考えたくない。ただ口を開いて彼の舌を受け入れたい、そしてお互いの感情のすべてをやりとりしたい。

どんなに恐ろしかったか、打ち明けてしまいたい。彼を失うのが怖いあまりに、考えすぎて深みにはまって。でも、僕ができたのは自分を慰め、なんでもないと自分に言い聞かせることだけだった。ものごとは、そんなに恐ろしいものじゃないはずだ。彼だって、僕は代用じゃないと言った。誰の、というその名前は口にしなかったけど。

「サラワット――」

ゆっくりと、僕らのキスは続いた。愛情とともに、別の感覚も体全体で感じる。彼のたくましい手が僕の背中を撫で、そのうち僕のシャツの中へ入り込む。以前なら、まだあの「初めて」を済ませていないころなら、たぶん僕は身をかわして絶対に逆らっただろう。でも今はまったく違う。だって僕はサラワットを愛したいから。彼に言いたいんだ、僕を捨てないでと。現在でも未来でも、いつも彼が選ぶ人間に、僕はなりたい。

彼に抱きついていた僕の手も、彼の体中へさまよい始める。これまではずっとリードを向こうにまかせていたが、今日は自分からしたくて、彼の制服のシャツをしわになるまで握る。それからボタンを外せるように、体を少し離した。

目の前の男がふいに手を止めた。それから気をとり直すと、僕の手首を両方ともしっかり掴んで、何かを言いかける。その声は驚くほど低く、でも軽い口調だった。

「タイン」

「……」

でも、聞きたくなかった。続けて彼のシャツのボタンの2つ目を外しにかかる。

「タイン、やめよう。明日、講義あるだろう」

サラワットは僕の手を制止する。僕はしばらくじっとして、潰れた面目を立て直そうとする。これほどの屈辱を受けたのは初めてだ。

「じゃ……シャワー浴びてくるわ。暑すぎだよね。あはは」

その笑いが作りものなのはバレバレだ。わかっていながら、笑いが止まらなかった。それから頭をかきながら、バスルームへと向かう。

両手がまだ震えている。お互いの感触がまだはっきり残っていて、でもただそれだけ。

それとも、サラワットは本当に変わってしまった？　僕とするのは嫌なのか？　それは彼の人生にまた帰ってきた女性のため？　だから、まるで同じではなくなったのかもしれない。

彼女、なぜ帰ってきたんだ？　サラワットが一からやり直して、僕が心の底から彼を愛してしまったときになって、なぜ戻ってきたんだ？　なぜ――？

「タイン」

ぐるぐると考え込んで、バスルームの前にタオルも持たず、なんの準備もせずに立っていると、サラワットが呼ぶ声が聞こえた。

「ああ？」

「シャワー、もう浴びたんじゃなかったのか？」

僕は自分を、そして自分の部屋着を見下ろす。あ、そうだ、とっくにシャワー浴びてたのをすっかり忘れていた。実際にシャワーが必要なやつは、無表情にソファに座っている。

「そうだった」

サラワットがすっと立ち上がり、こっちに歩いてくる。それから荒い手を、優しく僕の頭に置く。

「本当は、さっきのこと……」

「いいよ、明日、講義あるだろ。シャワー使え」

「また一緒にシャワー浴びる？」

「やめておく」

後戻りできなくなるところまで、行きたくないから断った。もう恥は十分かいた。いや！　なぜ急に泣きたくなるんだ？　これはまったくシックじゃないぞ。こんな感情、大嫌いだ、嫌すぎて、どう表現するのかもわからない。

僕がのろのろとベッドへ戻る間に、サラワットがバスルームへ入った。生きていれば、たまにはアンラッキーな日もある。自分ではどうしようもないことなら、それに耐えていくしかないこともある。結局のところ、できるのは、ただアホみたいに眠ること、そして次の日にまた現実に目覚めることだ。


もう夜中だ。部屋は真っ暗。でも僕は眠れないみたいだ。サラワットの腕の中にいるのに。いつもは抱き合っていると心が温まる。なのに今日は、おかしなことに、ひんやりと寒い。いつもならスケベにふるまうのはサラワットのほうだ。僕のほんのちょっとした行動で、向こうはスイッチが入ってしまう。今日はその反対だ。以前の彼と全然違う。考えすぎるなと自分に言い聞かせるけれど、やっぱり考えてしまう。

もう夜中の1時半。僕はまだ、ベッドで何度も寝返りを打っている。ついにサラワットに背を向け、いろんなことを考え始める。こういう時間は、好きじゃない。幸せでなく、でも本当に悲しいというのでもない。いても立ってもいられないくらい不安だ、ということしかわからない。

この問題を解決するため、僕はナイトテーブルの上のイヤホンを取って、自分のスマホに繋ぐ。そして寝入るまで、音楽をかけることにした。

「記憶の中　僕はその日のその場所にいる
昨日のお互いの言葉　まだ心に刺さってる
日が夜になるのを眺め
目覚めるたびにまだ
心に刺さった言葉を思う
だから僕はあの日の歌をうたう
それがやっぱり寂しさを消してくれる
そして　昔の痛みを忘れさせてくれる」

シャッフル再生にしているが、今、僕が悲しいときにかかり始めた曲は、どん底に悲しいやつだった。天に嫌われているのかな。続けて流れてくる歌詞も全部ひどく悲しくて、飛ばして次の曲が聴きたくなるほどだった。でも1ミリたりとも手を動かす力がなく、暗闇の中、黙ってそんな曲を聴いているしかなかった。

「僕は逃亡寸前だ
今は真実を見たくない　もしそれが
心を悲しませるのなら
今はただ待とう
ただ　目を閉じたいんだ――」
――スクラブ『Escape《エスケープ》』

突然自分が嫌いになった。メソメソする自分が嫌いだ。もしある日、サラワットが僕の代わりに初恋の人を選んだら、どうしたらいい？　昔の、サラワットに出会う前の自分に戻らなければならなくなったら、どうすればいい？　あんな生活はもう嫌なんだ。誰かとつき合っては別れるなんて、したくない。同じことの繰り返し、それをとぎれなく何度も何度もなんて、やりたくない。でも、もしある日サラワットと別れてしまったら、ただ望むのは、彼が僕らのことをすべて覚えていてくれることだけだ。なんだよ。いろんな考えが行きすぎて、そんなところにまでさまよってきてしまった。

午前3時になっても、僕のお腹はうなっていて、何かの兆候みたいだ。昨夜プアクに連れられて4軒も場所を変えて食べたのを思い出す。腹がいっぱいというより、胸のあたりに何か痛みがあって引っかかっている感じ。そろりとベッドから出ると、静かにトイレへ行った。シンク前に長いこと立っていたが、したことといえば顔を洗ってさっぱりすることだけ。

寝室に戻ると、サラワットが起き上がって待っているのが見えた。ナイトテーブルのスタンドが明るく、顔がはっきり見える。

「どうした?」

いつもの平坦な調子の声で言う。

「わからない。吐き気がするんだけど、吐けない。何かつまっている感じがする」

「胃薬、飲むか?」

「……」

僕は首をふって、ベッドに上がった。彼が僕を抱きよせて、そのままベッドに横たわらせる。ハグして僕をなぐさめてくれる。気持ちの悪さをやわらげようとしてくれている。

今夜は2人とも眠れないようだ。だから沈黙を破ることにし、いろいろと話す。

「眠れないよ」

僕はキュートに言ってみる。

「それはずっと音楽を聴いているからだ」

「知ってた? 眠れないときは、いつもスクラブをかけるんだ」

「じゃ今は?」

「おまえってやつはまったく……」

「チョコレート、食う？　チョコ食ったらすぐ眠れるぞ、起きるのも忘れるくらい」

「僕が食べたら困るみたいに聞こえるけど」

「食べないほうがいいさ。歯に悪い」

「僕は幼稚園児じゃない」

「マジ？　でもいつも、ガキみたいなことするじゃないか」

会話は、僕がサラワットにヘッドロックをかけて終わった。ベッドでの僕の究極のワザ。彼はいつだって僕の神経を逆撫でするのが上手だ。こっちがストレスいっぱいのときでも。ムカつく。こんな彼を、愛さなくなるなんてことができるか？　こんな彼が、もし僕を選んでくれなければ、どう立ち直ればいいんだ。

だから、僕はもうこれ以上パムのことで彼を質問攻めにはしたくないんだ。もしサラワットが肯定して、この疑惑が真実になってしまったら。今みたいに一緒でいられなくなったときに、立ち直れないのは僕のほうだから。

だから、このモットーに頼らなければ――。

「この世界には、相手が知ってほしくないときには知ってはいけない理由がある」

そう僕は自分をなぐさめる。

昨夜はひどい夜だった。白状すると、朝まで眠れなかった。目を閉じようとどう頑張っても、眠ることができず。だから今日はこんなひどいありさまなんだ。

「なんでそんなに目がむくんでる？」

トイレから出てきた僕を見て、サラワットもすぐに気づいた。ただベッドに座って、頭をかくしかできない。

「眠れなくて」

「気持ち悪いのか？」

彼が近づいてきて、すぐに手のひらを僕の額に当てる。

「……」

「熱はないな」

「昨日コーヒーを飲みすぎたのかも。だから眠れなかったんだ」

と僕は言う。コーヒーなんか飲まなかったけど。

「で、講義には出られるか？」

「もちろんさ、今シャワー浴びるところ」

それ以上の質問はさせなかった。すばやくベッドから出てクローゼットにかかっているタオルを取り、バスルームに入る。

うむ、今日は歩くのさえ大儀だぞ。昨日眠れなかったせいなのか、なんなのかわからない。世界が回っていて、まるで船酔いしてるみたいだ。昨夜感じた吐き気はまだある。しかも悪化している。

「タイン、おまえ少しパン欲しい？　それとも外で食べる？」

彼の低い声が玄関口あたりから聞こえる。

「好きなほうでいいよ」

「じゃ、外行くか？」

「うん」

本当のことを言うと今はなんにも食べたくない。でも毎朝一緒に朝食か、ちょっと軽いものでも食べるのが楽しみだから、断れなかった。

僕はなんとか任務をやりとげた。シャワーを浴び、服を着た。それからリュックを用意して、講義へ行くためにサラワットと一緒に家を出る。2人で暮らすようになってからは、もうあまり僕の車は使わなくなった。使うのは、たまに僕が自分の友達と出かけるときや、サラワットがどこか別の場所に用があるときくらいだ。

ようやく大学近くのレストランに着いた。サラワットは食欲があって、食べたい料理をすぐにかき込むと、顔をあげて僕に聞く。

「何が食べたい？」

「豚肉入りの薄めのお粥にする」

これなら消化しやすいかもしれない。食べ物が食道につまっている感じがして、それが今にも上にあがってきそう。

「タイン、大丈夫か？」

「もちろん、なんで？」

理由はわかっているのに、そんなことないというふうに聞き返す。笑顔まで作って見せた。

「顔色がすごく悪いぞ」

「そう？　たぶん眠れなかったからじゃないかな」

「家に戻って寝直したい？　俺、1日休んでもいい」

「サラワット、大げさだよ。早く注文書いて。僕の友達が電話してくる前に、さっさと講義に行けるように」

サラワットはうなずき、料理人に注文を手渡した。お粥は10分もかからず、すぐ届いた。食べ始めるが、僕の体は今、どんな食べ物も受けつけないみたいだ。2口食べるともうお腹がいっぱいみたいに感じる。無理にこれ以上口にしたら、このテーブルで戻してしまいそうだ。そうしたらサラワットが僕のゲロを掃除しなくちゃならない。それはまずい、僕のイメージを維持しなくちゃ。

「もう満腹なのか？」

彼がさっきよりもシリアスな声で聞いてきた。眉をひそめていて、僕も心配になってきた。

「うん……」

「それ、食うために買ったの？　それとも匂いを嗅ぐためだけ？」

「嗅ぐためだよ、どうしてわかった？　これ、匂いだけで、来世まで腹いっぱいだ」

「馬鹿たれが」

クソ！　なんだよ。

「まだ朝早いから、お腹空かないんだ。後でスター・ギャングと一緒に食べる、でも自分の分は食べちゃいなよ」

朝食はたいしたこともなく過ぎる、何も重要なことはない、口でバトっただけ。最近サラワットはリハーサルに余念がなく、体力を使うせいかよく食べる。もしデブになったら、こいつのギターをどっかに隠してやるぞ。


午前中はサラワットと僕は別々の棟で講義を受ける。今学期に一緒に取ることにしたクラスはあさってだから、日中はほとんど会うことはない。昼休みに時間ができたので電話すると、話し中だった。何度かけても、同じ話し中のメッセージになる。

初めはどうってことなかったが、だんだん心配になってきて、マンに連絡してみる。マンによると、サラワットはホワイト・ライオンたちと一緒ではないという。3限目の後でどこかへ行き、帰ってこなかったそうだ。だから僕はサラワットなしで、自分の友達と昼食をとることになる。

「ねえ！　質問あるんだけど」

「なんだ」もぐもぐ口を動かしながらの答えが返ってくる。

「おまえたち、腹痛くならなかった？　ていうか、ずっと吐き気がしてるみたいな」

「いや、なんで？」

「昨日4軒もレストラン行ってから、まだ腹が痛いんだ」

「クソしろよ」

「そうじゃないんだ」

「トイレに座ってろ。気分ましになるよ」

「吐きたいんだ、ウ〇コじゃない」

「タイン、気持ち悪いのか？　鶏の脚みたいに白っぽい顔してるぞ。医者に診てもらうか？」

フォンが言うので、僕は自分の顔を触って熱がないか確かめた。今日は教室でみんなに顔色が悪いと言われてる。そんなにひどいのかな。

「きっと昨日よく眠れなかったせいだ。でも僕は大丈夫。胃薬を飲むよ、それでよくなるはず」

「買ってきてやるよ」

オームが手を上げて名乗り出てくれる。本当はきっと、ねらっている女の子が飲み物の店にいるから会いたいんだろう。さて、3人が残される。

「ちょっと、聞きたいことがあるんだけどさ」

僕は、自分の中だけにこの考えを溜め込んで外に出さずにいるのが、耐えられなくなっていると感じた。そして気づいたんだ、このままでは僕の脳みそが爆発するかもしれないって。ここは親友たちに頼ることにしよう。
　スター・ギャングはサラワットが僕と一緒になるのに協力してくれた。だから彼と何か問題が
起きたら、アドバイスもくれるはずだ。
「なんだ。そのブルー・ハワイがまずいのか？　飲んでやるぞ」
　こいつは！　僕がストレスを抱えているときに、いつもズレたことを言ってくれる。でも、僕
には悩んでいることをストレートに告げる勇気がなかった。だから……。
「バンコクの友達が、相談があるって言うんだ。恋人との問題」
「なるほど、で？」
　いつものように、食べながら聞いてくれる。実際、友達は聞き上手で、いいアドバイスもくれ
る。でも今回はどのくらい役に立ってくれるだろう、心もとない。
「そいつ、彼氏が別の女性と会ってるんじゃないかと疑ってるんだ、それでまいってる。自分よ
り彼女が選ばれるんじゃないかって」
「で、その、彼氏の様子が変わったみたいに見えるのか？」
「そうだなぁ……彼氏は、僕の友達に言わないで何度もその女性に会いに行ってるんだ。ツー
ショット写真とかも投稿して。その彼氏って別にニコニコするタイプじゃないのに、笑顔で。友
達がそれを見ちゃって、で、僕にどうしたらいいか聞いてきたんだ。おまえたちならどうする？」

「自分で彼氏に聞くべきじゃん。何を考えているか想像したって、それが正しいか？　けじめつけて、聞くんだな」

プアクがきっぱりと答える。自信たっぷりだ。そんなに簡単にできるなら、もうとっくにやっている。

「それはどうしてもできないって。あまり質問攻めにしたくないから。もし彼氏がその子になんの感情も持っていないんだったら、まるで馬鹿みたいなことになるじゃないか。もし自分の思った通りだったら、それも怖い、彼を失っちゃうだろう」

「タイン、これおまえの友達のことか。自分のことか」

「僕」

「……」

「えっ！　違～う。友達のこと」

プアクとフォンがちょっと顔を見合わせ、2人してはーっとため息をつく。プアクは僕の肩を荒い手で2、3度叩いて、それから僕をじっと見る。

「じゃあ友達に言うんだな、彼に自分で聞くべしって。相手が考えていることなんか、ぴたっと当てることはできないよ。率直にきちんと聞くことだ。その後は、その友達次第。受け入れるかそうでないか。もし彼氏がまだそいつを愛しているなら、何も心配することはない」

「……」

「でも、もし愛してないなら、真実を受け入れないとな」

「受け入れられなかったら？　もし、すでに深く恋に落ちていて、彼を失いたくなかったら？　どうすればいい？」

「もしこっちの負けなら、去るべきだ。勝ったフリなんてできないだろ？　自分1人に戻って、事実を受け入れる。もう愛されてないのにずっと苦しんでいるよりまし。それに一番大事なのは……」

「……」

「誰かの愛が冷めたからって、責められない。法律違反でもない。だから相手に何も要求できない、なんであれ」

僕はじっと座っている。どうやらサラワットに直接聞くしかなさそうだとわかる。でも僕の心臓はあまり衝撃的な話を聞けるほど強くない。すでに彼を愛してる。僕らはお互いのものだ。僕のものはすべて彼にあげた。彼もすべてを僕にくれた。でもひょっとして、彼は僕みたいになんでもかんでも全部をくれてなかったのか。

「タイン、考えすぎるな」

フォンが言って、どしんと肩をどやしてくる。あやうく脱臼するところだった。

「僕は考えすぎてない。友達に言うよ」

「そうか、じゃ、そいつに言ってやれよ、あまりいろいろ考えるなって。なんにしろ、そいつに言え、初めのころの、仲良くなりかけのころのことを思い出せって。そこまで愛している人間がそう簡単に心変わりするとは思えないぞ」

「でも、その女の子が彼の初恋の相手だったら？　以前、おまえたちが言ってたみたいに」

「初恋がなんだよ？　今大事なのは、彼がおまえを愛してるってことだろ。もし元カノがまだ10人もいたって、もし愛してるなら、やっぱり彼が選ぶのはおまえだろう」

「いや友達のことなんだけど」

「ああ、おまえの友達な。失礼」

ちょ！　とにかく、演技をし終えた。自分の人生が今ぐちゃぐちゃな状態だと、友達に言いたくない。彼とそれほど長いつき合いでもないのに、すでに問題が起きてるなんて、体裁が悪い。

「タイン、ほら、胃薬」

この話が終わってすぐ、オームがテーブルに戻った。彼が飲み物の店にいたところまでは見たけど、その後のことはわからない。今、汗びっしょりで帰ってきた。別の棟で女子をナンパか何かしていたんだろう。

「ずいぶん長くかかったな。もし僕が吐き気で死にかけてたら、おまえの薬は一緒に火葬にされてたな」

皮肉っぽくオームに言うが、向こうは聞いちゃいない。よほど暑いのか、座るなり制服のシャツのすそをパンツから出して、バタバタと風を送っている。

「なんだよ、文句言うな。おまえの彼氏を尾行してたんだよ」

「……？」

「サラワット、すんごい美人と一緒に歩いてた。だから彼女がどの学部なのか知りたくて。見たことない子だった」

「この大学でかいから。見たことなくたって不思議じゃないだろ？」

プアクが口をはさむ。フォンとプアクには、さっき友達の問題の体《てい》をとって話した問題が、実際は僕についての問題だということはバレている。そして今、僕はさらにへこんでる。サラワットが誰かと一緒にいるんだ。あいつは電話に出なかった。どこへ行くのかさえ、言わなかった。これをどう受け取ればいいんだ？

「つまり、初めて見る子だったってこと、わかった？　みんな、あれは誰だって興味津々だった。彼女に直接聞いちゃおうかと思ったんだけど、おまえもう知ってるかと思ってさ」

「たぶん彼の昔の友達だよ」

ぼそぼそと言う。友達の耳にはなんとか聞こえただろう。

「ああ、あのコーヒーショップの子か？　はっきり顔見なかったから。浮気現場を押さえちゃったのかと思った。あはは」

何も知らないオームの言葉で、さらに心配がつのった。昨夜は恐ろしくて眠れなかったんだ、いろんなことを考えて。でも今は、僕の不安はそれ以上に膨れ上がってる。それになんで電話に出られないか、説明がつかないじゃないか。電話に出てくれたなら、少しは安心するんだけど。

「あ、来たよ、あの人が」

スター・ギャングの誰かが小声で言って、カフェテリアのほうに歩いてくる背の高い男に向けて口を尖らせる。

僕の目には——いや、みんなの目に、どこにいてもサラワットは常に目立つ。でも今、オームが言っていた女子はいなくて、1人で歩いている。彼はこっちのテーブルを見る。いつものようにまったく何も気にしていないように。

「電話に出なかったね」

これが僕が彼に言った最初の言葉だ。彼はほとんど間髪を容れず答える。

「すまん」

「話し中だった」

「友達と話してた」

「どの友達?」

「バンコクの昔の友達」

やっぱり。おおかたその人の名前はパムなんだろう? なぜかわからない、ただ彼がそう言うのを聞いて、妙にがっくりきた。

「なぜ僕に会いに来た?」

「一緒に食べに行けるかと思って」

「もう食べちゃった」

ただ、僕の前にある食べ物はほとんど減ってない。お腹にこれ以上入らないから。サラワットは料理の皿と僕の顔を交互に何度も見て、それから静かに隣に座った。

もう号泣したい。自分がこんな情けない人間に感じたことはかつてない。子供のころから兄のタイプに、男は強くなきゃいけない、泣いてはいけないと教えられてきた。だから、大声で泣いたことなんて人生で何度もない。

大泣きしたのを覚えているのは、タイプが僕の耳をがぶっと噛んだとき、僕が兄の靴下を盗んだからだ。もう1回は、人生初の失恋のとき。じゃあ、今起きていることはなんだろう。

「なぜそんなに少ししか食べてないんだ？　チビ水牛」

うああああ。友達の前でそう呼ぶな、嫌だ。

「あまりお腹空いてないんだ。座って、みんなと食べなよ」

「食べ物買いに行ってくる。待ってろ」

その答えで、一気にほっとした。少なくとも今は一緒に座って食べられる。それで十分だろう。

エキストラみたいに席についている他の3人も、ひと安心したようだ。

それからホワイト・ライオンも合流して、もっと楽しくなってくる。ただしマンが僕からタイプの電話番号を聞き出そうとするのがウザくて、どうにかなりそうだったけど。僕にこれ以上ストレスをかけないでほしい。

タイプ兄さんが帰ってしまった理由のひとつはきっとマンだ。でも兄がもう2度と帰ってこないわけではない。4年の課程を終える前に、3か月インターンとして働かなければならないという事情がある。重要なのは兄がバンコクとチェンマイと、2つの会社に申し込んでいることだ。

バンコクの会社が受け入れてくれるようにと願っている。そうすれば兄はあの闇の存在、つまりマンから自由になれる。

午後になり、また講義が始まる。ホワイト・ライオンは自由時間で、それぞれ大事な活動へとバラけていく。そこで顔を見たい女子もいるらしいから。サラワットだけが残って、真面目な顔で僕に言う。

「午後、俺はバンコクからの友達に学内を案内するんだ、いいか?」

僕はしばらく言葉を失う。何ごとも起きていないというフリをずっとしていたのに、それが戻ってきた。

「昨日の女の子たち?」

「ああ、一緒に来る?」

「講義あるって知ってるよね。夕方はバンドの練習に戻ってくる?」

「もちろんだ」

「じゃ、リハーサル室で待ってる、いつもどおり。何か食べるもの、いる?」

「なんでも好きなのを買ってきて」

　僕はつまらないことでやきもきしたくない。サラワットが夕方には練習に戻るって言っているのだから、それまでどこへ行こうと彼の決めることだ。彼には暮らしの中で少しは自由時間を楽しんでもらうべきだ。そこで何をしようが、いつ、どこでってことまで、全部を知る必要はない。いや、本当に——？　他の人ならそう思うかも。でもあのバンコクからのグループには、彼の初恋の人がいるんだ。僕はどうすれば？

　でも、常に感情のままに行動するわけにもいかない。ときにはいろんな理由で心と正反対のことをしなくちゃいけない。だから彼と言い合いはせず、僕はうなずいた。ただ彼の行動を理解したい。そして彼も、僕の今の状態をわかってくれれば、と思う。


　講義には全然集中できなかった。夜中眠れなかったせいかもしれないし、サラワットのことで考えすぎたせいかも、昨日4軒のレストランで食べて、まだ体内にしつこく残っている食べ物のせいかもしれない。今のところ、全部が一緒くたにやって来ていて、僕はこの講堂の机で死にそうだ。耐えようとはしたが、もう我慢ができなくなった。トイレに駆け込んで嘔吐。だから現在の僕の状態はおぞましい。

　少なくとも、体から多少、悪いものを排出できた。これからきっと回復するだろう。なのでまたクラスに戻るが、さっぱり理解できない。誰も僕がどんなに悲惨な気持ちかは知らないし、誰にも詮索してほしくない。オームが心配して聞いてくるたびに、僕は笑顔を作って大丈夫だと答えた。

午後5時、法学部の学生に自由な時間が訪れた。3人の友達は、僕をカフェに連れ出して休ませたいようだ。でも僕はCtrl Sの練習につき合わなければいけないから、それは断った。

リハーサル室に行く前に軽食や果物、牛乳なんかを、サラワットを含めたバンドのメンバーのために買うのを忘れない。今日は講義が早く終わったからかな。メンバーはまだ誰も来ていない。部屋に入り、ひっそり座ってみんなが来るのを待つ。

こんなふうに自由を感じたことが、あるだろうか。することがなくて、僕の友はスマホだけって状態。昼食のとき以降サラワットと連絡がとれなくて、それからは電話に触りもしなかった。見たくないものを発見するのが怖かったから。ただし、別の人がどうしているかは知りたい。つまりパムって名前の女の子のことだけど。

するすると画面を指でたどっていく。インスタを開いて、彼女のページへ行った。ほらね！もう自分の名前よりよく覚えてるよ、これ。

サラワットに関係する写真がないようにと心で願うばかりだ、でも……また落胆することになった。

Pam_pitcha（パム）スクラブ、また見たいな。:)

サラワットと、パムって子の写真だ。２人ともカメラに向かって微笑んで、でもお互いタグ付けはしていない。

サラワットは、彼女がスクラブ好きだから、同じようにスクラブ大好きな僕のことを好きなんじゃないかと思えてくる。実は、彼女が好きなんだ。ずっと、彼女だったんだ、それを僕は知らなかった。

「うう……」

内部であらゆる感情が攻撃してくるのを抑え込まないといけない。スマホの画面は切ることにして、黙ってリハ室に座っている。

一日中こらえていた吐き気が強さを増してきた。それをやわらげようと、焦って水のボトルを掴み、口の中に流し入れる。まったく効き目なし。急いで棟のトイレに駆け込んだ。

「げえぇぇぇ。げほお」

あーあ。またシンクの縁までえらいことになった。ゆっくりと蛇口から水を出して、きれいにしようとするが、何度も吐き続け、しまいに体に力が入らなくなる。涙が止まらない。いろんな感情が押しよせていて、もうトイレでこのまま眠ってしまいたくなる。うあー、本当にイヤだ、この感じ。

残ったエネルギーをふりしぼってリハ室に戻った。床に崩れ落ちる。横になって、バンドの友達が来るのを待つ間に目を休めようと思ったのだ。みんなが来たら、謝って家に帰って休ませてもらおう。

どのくらいの時間だったのかわからないが、僕にはとても苦しい、とても長い時間に思えた。誰もドアを開けて、よう、と言ってこない。腕時計の文字盤は6時をさしている。ああそうか。いつも、毎晩6時から集まるんだった。僕の頭からいろんな記憶が抜けてしまっている。やっと思い出した。

カチャ！

ようやくドアノブが回り、誰かが入ってきた。

「よう、おまえら、なかなかデキるって聞いたぞ。練習の調子はどうだ」

僕はなんとか床に座りなおす。今来た人物が目に入る。でもそれは、Ctrl Sのメンバーではなかった、目の前にいるのは――。

「ミルさん？」

「タイン、おまえここで何やってる？　それにおまえの友達はどこだよ？　ちょっと脅かしてやろうと思って来たのに」

この男、はっきり言うなあ。

「まだ来ていないよ。みんなの邪魔をしようっていうんなら、出ていったほうがいいよ」

「タイン――」

「……」

「どうした？」

「なんでもなーいっ！　なんでもな――ゲエェ～！」

「おいっ、どうしたんだ？　フー、バンク、ちょっとこっち来て手伝え！」

僕がまた床に吐いてしまって、ミルが叫んだ。最悪。お掃除のおばさん、ごめんなさい。

分厚い手が僕を支えてくれるが、世界がぐるぐる回転して見える。ミルの仲間が2人助けに来てくれ、1人が僕の腕をとり、もう1人は脚を持って引きずる。でもそれでは僕を動かすのが難しかったのだろう。ミルは膝をついて、僕に声をかけた。

「おぶされ。おい、おまえら手伝え」

「わかった、待て。大丈夫か？　パンチ欲しい？　ちょっと気分よくなるぞ」

「ジョーク言ってる場合か？　このボンクラ」

そうそう、きみらは決してジョークを飛ばさないよね、きみらはいつもクソ真面目だ。僕の顔を破壊しかけたパンチのことは覚えているよ。それはこの中の誰かに見舞われたものだ。でも誰だったか、もはや思い出せない。

以前のケンカ相手が、今日は僕を病院へ運んでくれることになった。そのことだけでも、目に涙がこみあげる。

「うああ、吐く」

僕は小声で言い、その間にも涙がノンストップで流れてる。ぬぐおうとしても、その力さえない。

「今さら下ろすのは面倒だ。吐きたいならそこで吐け、俺の頭に浴びせんなよ」

そう言われるとよけい緊張してしまう。彼は後頭部に僕のゲロを浴びたいのか？　エレベーターのドアが開いた。ミルは僕を背負ったまま走り、棟から出る。その友達も彼の後からついてくる。手にはまるで小道具みたいに大事そうにギターを抱えている。部屋に置いてきてもよかったのに、邪魔じゃないのか。

「吐きそう」

「こいつに袋を渡してやれ。死にそうになってる」

レジ袋を持った1人がミルの横に駆けよる。そっちに顔を向けたとたんにやってしまった。袋の取っ手を両手で掴むと、その中にたっぷり吐いてしまった！


もう最低の惨憺《さんたん》たる状態。この袋の中に顔をうずめたいくらいだ。これを喜劇にはしたくない、今のところ、まだ悲劇だから。

周囲の人はみんな驚いているみたいだが、僕は誰にも注意を払う力がない。すでに十分苦しんだ。両耳に耳鳴りがして、音はほとんど入ってこない。はっきり聞こえたのは、僕を背負っている人間の「どけ」という声だけだ。

「おい、タインじゃないか！」

「……」

「タイン！」

誰が僕の名を呼んでいるのかわからない。でもその声のうちのひとつは確かにサラワットだ。あの深い声、ほんとによく覚えているもんだ。そして頭を上げるとすぐ、あの長身の姿がすぐ近くにいるのが見えた。

「どけ、サラワット。医者に連れていくんだ」

ミルが真剣な口調で脅す。

「タインを離せ。俺が連れていく」

「どけって言うんだ！」

「……」

しかしサラワットはどかない。僕の腕を片手で掴み、ミルから引きはがそうとする。

「おまえは今までどこにいたんだよ、こいつ、リハ室で死にかけていたんだぞ。なぜ気をつけてやらなかった」

「……」

「大事な妻の世話もちゃんとできなくて、おまえいったい何やってるんだよ」

「先輩、こいつに面倒みさせてあげて。お願いします」

沸騰した雰囲気がさらに悪化しかけていたところをタームがうまく冷やしてくれ、その場が少しやわらいだ。ミルが手を離し、サラワットの腕が僕を受けとめた。僕らは駐車場へ向かった。ここから100メートルもない。

でも、そこに到達する前にミルに止められた。彼の声は静かで、ほとんどささやきのようだったが、それでも僕らには太くしっかりと聞こえた。

「俺はタインのことでおまえとケンカしたいわけじゃない。俺たちの間のことは音楽イベントで決着をつけよう。しかし今日はちょっと言っておきたい……俺はほとんどの人間に対してはロクでもないやつかもしれない。でも、愛する者に対しては、絶対にそうじゃない」

「……」

「おまえ、口で言うならその言葉どおりのまともな愛情を示せ。愛する相手に役立たずなところを俺に見せるな。でないと、奪わせてもらうぞ！」

僕は救急治療室送りになった。病院へ向かう間も嘔吐が止まらなかったのだ。キャンパスでもそうだったが、サラワットの車の中も相当汚してしまった。後部座席の人は本当に臭かったに違いない。でも後ろを向いて謝る余裕もなかった。

僕はシックでもなんでもない。車から運び出されたときの状態はさらにボロボロだった。もし僕が大学のチアリーダーをしている姿を見たことのある人だったら、目の前にいるのはそれと真逆の人間だと思っただろう。さようなら、僕が1年近くかけて築こうとしてきたイメージよ。心臓が、心臓が、心臓がぁ!!

医者と看護師が1人ずつ僕のベッドのそばで、血圧を測り、いろいろ質問してくる。それだけで恐ろしいめまいがしてきて、僕はまた袋に吐いた。すると看護師が僕の血液サンプルを採って復讐してきた。指から、手から、腕から血を抜いている。まるで体が腐りかけている気がする。泣きたかったが、我慢した。すでにゲロを吐いてしまってる。これ以上クールさを失いたくない。

しかも彼ら、手の甲に刺した針をそのまま残していった。医者は吐き気止めを注射してくれたはずだが、それでも回復しない。2時間近くも苦しみながらベッドに寝ていると、医者がやって来て、感染性胃腸炎だと告げた。おそらく前日食べた物に加え、ストレスがかかったために悪化したのだろうという。

僕をレストランに連れ出した人たちは、なぜ3人ともなんともなかったんだ⁉ 数人の医者がサラワットを呼び出し、詳しい説明をして、後で薬を取りに行くよう指示する。このときだ、あの意地悪な看護師がまたベッドに戻ってきたのは。針を上にして持つと、僕の手を取る。

「血を採るわね。ちょっぴり痛むわよ」

「ぎゃー」

針が刺さる前から僕は叫んだ。戻ったサラワットが僕の顔を支えて、自分のほうに向けてくれる。うあー。クッソ痛い。何がちょっぴりだよっ！　もうプアクたちとは2度と食べに行かないぞ。またこの救急治療室で泣きわめくことになりたくない。すべて済んでしまうと、今度は男性看護師がベッドを押して部屋から出し、僕の歩行を助けるのはサラワットの仕事になった。

「何かお手伝いできることはない？　気分、よくなった？」

僕がベッドから降ろされているとき、誰かの声がそう言ってきた。あの人物でないことを願いながら顔を向けたが、無駄なことだった。パムという女の子とその友達が立っている。つまり、サラワットが救急治療室の前で丸2時間僕を待っていた間、ずっと誰かが彼のそばにいたということだ。もし僕が病気でなかったら、きっと彼女に練習を見せてあげていたんだろう。つらかったが、どうにもできない。だから問いには答えずに、黙って彼に助けてもらいながら歩いた。

「おまえの薬、もらってくる。待ってろよ、いいな」

「うん」

と言って僕はうなずく。これ以上、もう何もしゃべりたくない。しかしなんてことだ、パムだけ彼に同行し、他の3人の友達を僕と一緒に座らせ、残していった。僕は何も口に出さないが、居心地が悪いことこの上ない。できることなら自分で薬を取りに行って、さっさとこの場を去りたかった。

10分もしないうちにサラワットとパムが大きな薬の袋を持って戻ってくる。彼が何を言うか、僕は待った。

「これからおまえを家まで運ぶ。それから俺が外でコンギーでも買ってくる。その後でこっちの友達を送る」

「なぜ僕を最初に送るの？　全員一緒に行けないの？」

「おまえはまだ具合が悪い。あまり車の中で寝ているわけにはいかないから」

僕のことを心配しているのか、それとも彼女のことか？　でも理解はできた。だからスマホを出してスター・ギャングの誰かに迎えに来てもらうことにした。少なくともこの人たちと一緒に気まずい思いをすることはない。

「ちょっと友達に電話しないと」

遠回しに言って席を外す。サラワットの友達に、そのうちの1人に対する僕の恨みを聞いてほしくない。

「なぜ？」僕についてきたサラワットが尋ねる。

「あいつらに迎えに来てもらうよ、僕を送るために時間を無駄にさせたくないから」

「それが時間の無駄だって、俺が言ったか？」

「言わないけど、思ってるんだろ！　なぜ僕を病院に運んでくれたんだ？　ミルさんにまかせればよかったじゃないか。そうしたらこんなに気分悪くなかったかも」

「タイン――」

目の前の人物が僕を優しく呼ぶ。彼の目の光が陰って、こっちが泣きたくなってくる。

「おまえ、僕のことを心配してくれてないよね。もう愛してないんだよね？　いや本当は一度も愛してたことなんてないんだ！」

自分で発したその言葉全部が刺すように痛い。息がつかえ、しつこく残っている怒りや失望なんかの感情に支配されてる。やっと言いたいことをわめいてやる時間ができたのに、もうエネルギーが尽きた。

「だったらなぜ僕を誘ったんだ？　真剣になる気がなかったのに、なぜだ？　どうなんだ――」

僕は自分の胸を押し、叩いた。泣くのをやめようとしたんだ。

「……」

「僕とつき合ってるのは、僕が彼女と似てるからなんだ。それで僕がどのくらい傷つくか、考えなかったのか？　おまえのお陰で、ましな人間になった。おまえのお陰で、人を愛せる人間になったんだ。でも、おまえは僕を捨てる、なんのためだ⁉」

「タイン、落ち着け。それは妄想だ」

サラワットはそう言いながら近づいてハグしようとしたが、僕はその手をふり払った。彼をどんどん遠くへと押しやって、泣きながらつぶやく。

「彼女が初恋の人なんだろう？　なぜ言ってくれなかった？」

「そんなの重要じゃないから。タイン、聞いてくれ」

「重要じゃない、それとも僕から隠したかっただけ？　はっきりしろ。彼女、すごくカワイイじゃないか、いつもおまえと一緒に写真撮って。何度も、僕に言わずにこっそり会ってたじゃないか。僕はずっと、何も知らないアホみたいなフリをしなくちゃいけなかった、全部知っていたけど、言えなくて」

「……」

「友達には言われたんだ、おまえに本当のことを聞けって。でも嫌だった、おまえを失うのが怖かった。でももう、これ以上無理になった。本当にもう無理」

「タイン、落ち着いてくれって。落ち着け、頼む」

サラワットが僕の両肩をきつく掴んだ。そうして、お互いの目を合わせるようにする。

このまま2人の関係が終わるなら、ひどく心が痛むのは今日だけのことだ。これを通りすぎたら、もう何も怖くない。だから、今ここで、すべて終わらせなければ。

「彼女の名前はパムだろ。インスタで見た。タイムラインをスクロールしたら、何年も前から、おまえが写ってた。彼女は初恋の人で、好きなバンドはスクラブ。おまえと似たような傾向の音楽を聴いてる。楽器がとても上手で、キュートな人だ、おまえ好みの」

僕の声は震え、目はぼやけている。手の甲で涙をぬぐった。このきつい言葉をはっきりと言おうとした。どんなに心が痛んでも、どうでもいい。

「昨日、見たんだ、彼女とコーヒーショップにいるところ。おまえは笑って、幸せそうにニコニコしてた。とてもお似合いだったよ。僕が初恋のことを聞いたら、おまえ、はぐらかしたよね。キスしようとしたけど、結局お互い背中を向けて寝ることになった。僕が何をしたんだ？」

「……」

「そのことを夜の間ずっと考えていたんだ、僕じゃ十分じゃないんだろ、彼女のほうを愛しているのが真相なんだろう。もしそうなら、僕はおまえを手放すことしかできないよ」

僕は泣くのを止めようと息を吸い込み、彼の感情のない顔をまばたきもせず見つめた。

「サラワット、僕はもう心の準備ができた。おまえ——いつでも僕を捨てていい」

SARAWATLISM Side

俺は今、言葉を失ってる。タインの口から出た言葉を聞いて、まったく何も言えない。だってなんと言ったらいいんだ？　彼に申し訳ない、そして同時にかわいそうだ。手の甲にまだ採血後の脱脂綿があるのを見て、さらにいたたまれない気持ちになる。なんだってここまで鮮やかな思い込みをしちまったんだ？

俺のチビ水牛は、ほんとに、アホなアホな水牛だ。

確かに昨日タインに初恋について聞かれたが、なんでもないことだと思って深く考えなかった。それからこいつが変なふうに考えすぎて体に異変までできたすことになるとは、まさか思いもしなかった。タインに近づいて抱きしめて慰め、泣きやめさせたかったが、不可能だ。厄介もんが俺の手を押しのけ続ける。ほとんど立ってもいられないくらいなのに。それにこんなに泣き続けていたら、また症状が悪化するじゃないか。

「じゃあ、聞く準備できたか？　おまえが聞きたければ、言う」

無意識に口から出ていた。彼の視線を避けていたが、やっとそちらを見ると、その目から動揺が伝わる。俺たちが本当に別れるのを怖れているのだろう。いつもならからかってやるところだが、それどころではない。ひどいことをした、すまなかったと感じる。

「おまえ、今別れたいの？　やっぱり僕を1人にするんだね。それで……僕らの部屋はどうする？　こっちが新しい場所を見つけなくちゃいけない？　それともおまえが荷物持って出ていく？　クローゼットは馬鹿でかいから、おまえがいなくなったらスカスカになる。ベッドも広すぎる。本当に別れたい？」

こんな長いセリフが、目の前の人物の唇から絞り出された。タインは小さい子供みたいに目を上げてこちらを見ている。叱られた子供、相手が憐れに思ってくれそうな理由を見つけて、これ以上怒られないように画策している。今やっているのは、まさにそれだ。

「俺が別れるって言ったか？」

「……」

「ほら、涙を拭いてやる」

「いいからはっきりさせてくれる？　なぜ引き止める？　もう僕をものにしたんだから、手元に置いておかなくたっていいんだろう？」

タインは感情に押し流されてる。おまえはもう俺のものになったが、ときには何度自分のものにしても、それでも十分でない相手がいることを知らないのか？

「引き止めるとかじゃない。ちょっと電話する。まだ何も言うな」

彼は黙ってうなずき、そこに立ったまま涙を拭いている。やつが精一杯男らしいフリをしている間、俺はテームに電話して、４人の友達を迎えに来て、ホテルまで送ってくれるよう頼んだ。今日は長い日になりそうだ。妻と話をつけなくてはいけないから。

「誰に電話した？」

俺が電話を切ると、向こうが聞いてくる。

「テーム」

「部屋の荷物を運び出すために？」

「何を言ってるんだ、このチビ水牛ちゃんは。友達をホテルまで送ってやってくれって電話したんだよ。おまえは俺と帰るんだ。今、誰も送ってやりたい気分じゃない」

俺は泣き虫小僧の手首を握って引いていく。パムたちと話すためにちょっと立ち止まるが、２分もかからないうちに話をつけた。

タインは今、助手席にいる。何も言わず、バックミラーをちらちらと見続けている。丸い目がパンパンに腫れて、痛々しい。しかも手には医者に何本も針を刺された痕がある。本当に弱っている。どこへも行かせられるわけがない。

「おまえ、何か言ってくれないのか？」

奇妙だ。普段、他の誰かと話すときは、俺からの言葉は数えるほどしか出ない。それなのにタインとだと、俺は話したい。あいつをからかって泣かせてやりたくなる、いつもいつも。きっとサイコになりかけてるんだ。

「何を話すのさ」

「何か音楽聴きたい？」

「もう聴きすぎて、目が腫れちゃったよ」

俺は顔をしかめる。音楽を聴きすぎて目が腫れるって、どういうことだ。それから気づいた、たぶんひそかに悲しい曲を聴いて泣いていたんだ。

「コンギーを買うのにちょっと停まる。車の中で寝て待てるか？」

タインがうなずき、怒ったように顔をそむけた。俺は急いで食べ物を買う。早く家に連れて帰らなくては。悪化するのが怖い。

マンションに着くと、すぐに病人をベッドに運んだ。食事の前に薬を袋から出し、コンギーをボウルに移し、彼のところへ持っていく。ちょっと前まで、あいつは嘔吐が止まらなかったんだ。今、俺の車にはその臭いが充満しているから、そのうち時間を見つけて洗車に行こう。だが、この考えすぎ男については後回しにしている時間はない。今すぐなんとかすべきだ。

「まだ吐きたい？」と聞くと、タインは首を横にふった。

「吐ききったらもう食べていいと先生が言ってた、だから大丈夫だ」

「僕のゲロを食べていいって？　どうやってすくうんだ？」

「人をからかって。おまえが吐ききってしまったら、食べ物を食べていいと言ったんだ。自分のゲロをまた口に入れるって話じゃない」

ボケとからかいの間には薄い境界線があるが、タインの場合は後者だろうと思う。

「ほんと？」

さっきまでもうすぐ死ぬみたいに泣いていたのに、今はコメディ俳優になってる。そろそろ落ち着いてきたのだろう。

「食べさせてやろうか？」

「僕の手はちゃんと動く」

「イオン飲料と抗生物質もあるから。たくさん食べないといけない、薬を飲めるように」

聞いているように思えない。俺はこいつを食べてしまいたい思いを押しとどめている。鼻を噛み切ってしまいたい。

タインはコンギーを時間をかけて食べる。ベッドにゆったり座り、イラついたり怒ったりはしていないようだ。３割ほど食べたところで、スプーンを置いた。

「もういいのか？　あとふた口食べないか？」

交渉するが、向こうは折れない。

「薬ちょうだい」

「なぜ気持ち悪いって俺に言わなかったんだ」

「……」

また、だんまりになった。彼が食べ終えると、俺は袋から薬を出して手渡した。タインはそれを進んで受けとる。それから枕を背にして、何も言わず座った。

俺は2人の間にある邪魔なベッドテーブルを片づける。そして彼の青白い手を掴んでそっと撫で、こちらに注意を戻してもらう。

「はっきりさせよう。何を知りたい？　なんでも聞け」

つき合い出して以来、俺たちはケンカもしなかったし、誤解もなかった。2人の暮らしはうまくいっていて、とても幸せだったと言っていい。お互いにからかい合うのは、タインと俺にとっては娯楽のようなものだ。だからまさか、今日のようなことになるとは想像していなかった。普通は何かあると、正直に言い合う。でも、隠してしまったこともあるのを、俺は忘れていた。

タインも隠していたが、俺もだ……。

「何を聞いてほしい？」

彼は俺の顔を見ずに、俺が掴んでいる自分の手を見下ろし、つぶやくように言った。

「なんでも、好きなことだ。なんでも、おまえが疑っていること。全部答えるから」

「僕と別れるつもり？」

「まさか！」

おまえと別れたら俺は馬鹿だろう。落とすのにどれだけ時間がかかったと思ってる。すごい努力をしてエネルギーを費やした。それに、おまえを捨てたりしたら、おそらくマンとタイプに踏み殺される。

「パムっていう人が初恋の人なんだね？」

「そうだ、昔好きだっただけだ。つき合ってもいない」

「つき合いたい？」

「いや」

「僕がいなかったら、つき合いたい？」

「いや、俺は彼女が好きってだけだ。理解したいとは思わない」

専攻のことを話したときのことを、タインが覚えてくれていたらいいが。出会ったばかりのころ、そんなに音楽が好きなのに、なぜ専攻にしなかったのかとタインに聞かれたときのこと。政治学を勉強したかった、学んで理解したかったから。タインと同じだ。俺はこいつについて学んで、理解したい。俺の人生の一部になってほしいんだ。

初恋の相手っていうのは必ずしもふさわしい人とは限らない、だからそのことに執着などない。

「いつも彼女と会ってるじゃないか、写真見ちゃったよ。休み中にも会っていたのに、僕に言わなかった」

「それほど大事なことと思わなかったから。パムはただの、友達の中の1人だ。休暇中はたくさんの友達に会った。その中に他より特別っていう人間はいないんだ、だから言わなかった」

「連絡先にも彼女が保存してある」

「学校の友達の番号は全部ある。番号変更の連絡があったらそれも入れるし」

「インスタに答えてた」

「それは、向こうから電話で頼まれたんだ。それに毎回答えているわけじゃない、よく読めばわかると思う」

パムが10行くらいの文章をくれたとしたら、俺が返したのはたぶん「うん」とかなんとか、ひと言だけのメッセージのはずだ。

厄介もんとのやりとりはそうじゃない。俺は毎日メッセージを送るだけでなく、俺の手にはとうてい小さすぎるキーボードを打つことまで練習しなくちゃいけなかった。俺はこいつを愛してる。こいつがすることにはなんでも関わりたいんだ。

「昨日、彼女と一緒にいたとき、すごく楽しそうだった」

「俺たち、おまえのことを話していたんだ。おまえにも来てもらおうと思ったが来られなかったから、しょうがないだろう」

そこでタインはちょっと言葉を失ったような顔になる。実際、タインのことを話したのは本当だ。彼を落とすためにどんなに悪戦苦闘したかを語った。かなり笑える話だし、ちょっと恥でもある。俺の人生であんなに軽く扱われたことはなかったから。

「じゃあ、僕がキスしたときは？　キスして、えっと、その後……」

「おまえが俺を襲おうとしたとき？」

「クソたれ！」

「したくなかったのは講義があったから。前におまえ何日も寝込んだじゃないか、あれはひどかった。週末だったら、1ミリも動けなくしてやったけど」

「おまえの心臓、何でできてる？」

「なぜ聞かないんだ。昨日の夜、おまえの心臓はどんな材料でできてた？」

俺のあれが勃っちゃって、全然収まらなかったんだぞ。シャワーを浴びて、冷水でなんとかしなくちゃいけなかったんだ。本当はこいつが俺の下で喘ぐまで、めちゃくちゃにしてやりたかった。こいつの体を見ろ、なんというきれいな乳白色。その場で襲いかかりたかった。でも翌日の講義を思って、ためらったんだ。

「おまえがいなくなるのが嫌なだけ」

タインは、今度は優しく言う。

「俺が、おまえを失いたいと思うわけあるか？　ミルのやつがおまえを背負っていたときは、あやうく飛びかかって顔をブン殴るところだった」

「彼、助けてくれてたんだよ」

「真っ先に俺に知らせてくれよ」

「午後に、電話に出なかったじゃないか」

「パムと話してた。大学に来て、散策したいって言うから」

「そんなことだろうと思ってた」

「それで心配しまくったのか？」

「なぜ心配しないでいられる？　パムはすごく僕に似てる。ときどき自分が彼女のコピーかもと思うんだ。あるいは、初恋が実らなかったから僕を選んで代用品にしているんじゃないかって」

コピーだって？　そんなこと、思ったこともない。タインの不安そうな表情を見て、スマホを出してすぐにパムにかけた。しばらくして向こうが出る。スピーカーにして、隣のタインにも聞こえるようにした。

「パム、俺の彼氏がちょっと知りたいことがあるって言うんだ。答えてやってくれない？」

「もちろんいいわよ」

彼女は即答する。周囲はしんとしていて、部屋に1人のようだ。そして今、自分の時間を使って俺とタインに答えてくれている。

「パム、好きなバンドは？」

「そうね……スクラブに……」

「……!!」

「ナプ・ア・リーン、ストゥーンディオ、それにブルー・シェードも。海外のだったら、M83と、レディオヘッドね」

「でも、タイン、おまえが好きなのはスクラブだけだろう？」

俺は隣で黙って座って電話の声を聞いているやつに向かって言う。タインが何も言わないので、さらにパムに質問をする。

「パム、好きな飲み物は？」

「アメリカーノ」

「タインはブルー・ハワイが好きなんだ。それからパム、ギターを弾くのは好き？」

「もちろん、好きな楽器よ」

「タインは嫌いなんだ、でも仕方なく弾かされてる。こいついまだにCコードもちゃんとできないんだ」

スマホの向こうから明るい笑い声が聞こえてきて、俺はベッドの上のタインのしかめっ面を見つめた。

「もし好きなアーティストに会えたら、近づいて写真を頼む？」

「それは、頼むわね」

「タインはそういうことはしないんだ。近くで見られただけで十分だって言って」

さらに質問する。

「同じアーティストに次の日も会ったら、近づいて写真を頼む？」

「いいえ、だってもう思い出は前の日に作ったから」

「でもタインは行くんだ、前の日にしなかったことを後悔して」

「サラワット、なんでそうやって気にさわること言うんだ？」

名前を出されたやつが文句を言う。なので俺は電話をベッドの上に置いて、彼と目を合わせる。

「おまえと彼女は違うってわかるだろう？　キュートさの種類が違うって。好きなものも違うし、スタイルはもっと違う。パムは礼儀正しいが、おまえはいかれてる」

「クソったれ」

「パムは汚い言葉を使わないし失礼なこともしない。でもおまえからは弾丸みたいに罵詈雑言が出てくる」

「だっておまえみたいな口に対抗しなくちゃいけないだろ」

「彼女とは話すのが楽しい、でもおまえとは一緒にいるのが楽しいんだ」

「……」

「パムは酒を飲まないけど、俺たちはどこでも一緒に行ける」

「……」

「彼女といるときは、周辺に危険がないか注意してあげないといけない。でもおまえなら、森に1人で放してもなんとか帰ってこられる」

「このクソ男」

「彼女とは同じようなものが好きだ、たとえば音楽とか。俺たちはギターを弾くのが好きだ、似たような趣味もある。でも現実的に言って、なんでも自分と同じ人間を欲しいとは思わないだろう？　違う人間から、知らないことをもっと学びたい」

「深いな」

「上手なやつと一緒にギターを弾きたくない、下手なやつに教えたい」

「ほんと深い」

「俺は毎日苦いアメリカーノを飲みたくない。人生には砂糖も必要だ。他の人みたいに甘いものを食べることを学ばないといけない」

「さらに深い」

「俺の世界がすべて音楽とサッカーを中心に回っているわけじゃない。それは、ただ座っておまえがチアリーダーの練習をするのを見ているだけで楽しいってことがわかった日からだ」

「すんげえ深い」

「それウザいからもうやめろ」

俺がそう言うと、タインがふくれっ面をしてみせる。むぎゅっと抱きしめたい。齧《かじ》りついて噛み砕いて腹に収めたい、今すぐ。

「なんで今そんな話をした？　今夜は眠れないよ」

タインが手を伸ばしてきてハグしてくれた。いつもはいい匂いのこいつだが、今日ははっきり言って、恐ろしくゲロ臭い。

「おまえ、知らなかったんだな」

「僕の涙を返せ」

「病院は洪水になってるな」

「全部おまえのせいだ」

「他にもパムと違うところがある、どこだと思う?」

「ああ、彼女のほうが僕よりルックスいいんだろ?」

「違う、きっとある日、彼女は他の誰かのものになる、でも……」

「……」

「おまえは俺のものだ」

「……!!」

「彼女と俺に共通するところはある、だがひとつ、違うところがある。それは俺がおまえを好きだということ。おまえだけだ、俺が好きなのは」

「やたーーっ。ヒューーーーー!」

「何、この騒ぎ?」

「あいつら仲直りした」

iPhoneから聞き慣れた声が聞こえてきて、2人して動きを止める。

「え、電話切ってなかったの？」

タインが切迫した様子で聞く。しかもパムは部屋に1人じゃなかったらしい。

「パムがとっくに切ったと思ってた」

「うおぉ!!　イェーイ、そのまま寝ワザだ、行け、押し倒せ」

ロマンティックがあと少しで完成しそうだったのに。最後の最後で、あいつらが俺のファンタジーをぶち壊した。俺の熱弁でタインを感動させたかったのに、ここには書けない18禁用語も連発され、すべて台なしだ。俺がただのスケべっていうイメージをタインの頭から払拭したかったたが、失敗に終わったようだ。

「パム！　なんでそこにホワイト・ライオンがいるんだよ」

「みなさんで送ってくれたの。そして初めからずっと聞いていたの」

「おまえらこの、クソドアホ！」

「おい話題を変えるな、ワット。いいからヤっちまえ。死ぬほど満足するまで、ヤりまくれよ。ヒャッホー！」

第25章

Ctrl S

音楽フェスティバルが近づいている。僕の日々の過ごし方はすでにかなり変わっていたけれど、コンテストの1週間前になると、もう激変だ。朝起きて身支度をし、外で何か食べる物を買い、講義に出て、昼食はスター・ギャングととる。サラワットのほうはホワイト・ライオンたちと旺盛に食べる。夕方からリハーサル室でまた会い、今度は夜遅くまで、パフォーマンスのための曲の練習だ。

今日も例外ではない。

「死んでいい？」

僕はベッドから落ちそうになりながらサラワットに言う。

「シャワーに運んでくれない？」

でも現実は……。

「自分で這《は》ってけ」

なんだこいつ、2、3日ものすごくよく世話してくれたと思ったら、またウザい野郎に戻ってしまった。

「起きたくないよ。朝の3時までねばってたじゃないか」

「ぐっすり寝ていたのを見たぞ。睡眠なら足りてるだろう」

「僕が起きてたところを見てないんだ」

「先に帰って休めと言ったのに、帰りたがらないからだ」

「違う。おまえが浮気するんじゃないかと思って」

口ではこう言ったが、本当に心配しているのはサラワットのことだ。パフォーマンスに磨きをかけるため、彼は猛練習している。眠気と疲れで、どこかで交通事故でも起こしやしないかと心配なんだ。

パムたちが彼を訪ねてチェンマイに来たときは、僕らの仲に波乱が起きた。僕が勝手に考えすぎちゃったんだ。でも、あの日話し合ってからは、なんのわだかまりもない。具合が悪くなってしまったときだって、サラワットは相当疲れていたのだと思う。疲れのせいで、こちらが何を感じているかなんて、気づけなかったんだ。本当は死んだように眠りたかったに違いない。

あの日電話に出なかったのも、スマホに割り込み着信をセットしていなかったせいだったようだ。パムとの電話を切った後で僕からの着信に気がつき、電話を返すよりはと、急いで僕とお昼を食べに来たんだ。

サラワットは、僕といるとき以外は、多くを語るのを好まない人間だ。それに彼はオープンだ。真剣に質問すれば、いつでも答えてくれる。こちらから聞かなければ、特に何も言わない。繊細さなんて、期待しちゃいけない。僕らがお互いを愛しているのはわかっているが、彼は他のカップルみたいに、しょっちゅう愛してるとは言わない。

僕は彼のことをなんでも理解しようとしている。わかり合えないときもあるけど、2人とも本気で努力して、うまくやっていこうとしている。彼がデリカシーってものがわからないときは、なぜ気分を害したのかを説明するのは僕の役目だ。どっちにしろ僕は彼に真剣に腹を立てることはできないから。あのアホ面を見たら無理だよね。

最近では、カチンと来ることがあったらすぐに言うようにしている。彼の無表情な顔は嫌いだし、彼が特別人より賢いってわけじゃない。もう一度言わせてほしい、こいつの長所は超イケメンってことだけだ。それ以外は、なんにもない。ムカつくし、ベッドでは強引だし。

「タイン」

「したくない」

「ええ?」わかった、なんだよ。

彼に話しかけられ、頭の中のごちゃごちゃは引っ込んだ。そして僕はまだベッドにじっと寝ている。どこへも行きたくない、立ち上がるのすらイヤだ。

「何も。ちょっと考えごとしてた」

「おまえ、俺のやり方が強引だと思ってたんだろう？」

「なんのこっちゃ！」

こいつ、霊能者かなんかか。いつでも僕の考えていることがわかるんだ。

「嫌いじゃないだろ？」

「うるせー」

「一晩中、満足させてやる。楽しそうだろう？」

「やらしいことはあっち行ってしてこい」

「わかった。本題にいく。枕を持ってけ。眠いんなら、グリーンと寝てろ」

言いながらニヤニヤしている。彼の笑顔なんてめったに見られない。これは記録しなければ。まだお互いよく知らないときには、彼の歯ぐきも見たことがなかったくらいだ。だから彼の微笑みには希少価値があるとはっきり言える。

「僕があのでっかいグリーンに襲われたらって心配じゃないの？」

「ちょっと運が悪かったと思うんだな」

このっ！

なぜかというと、ディム部長も自分のバンドでコンテストに参加するから、練習があるのだ。

だから僕が寂しいときのおともに、腹ペコ幽霊グリーンがいるっていうこと。大規模なリハーサルがあると、大音響が周辺一帯に広がり、至近距離にいるのはかなりきつい。僕はいつも休憩室に退去させられることになる。リハーサルが終わると、いつものように部屋に戻されるというわけだ。

グリーンがいつか、ディムの横暴ぶりを話してくれた。それで最近あまり大胆な行動に出られないという。数日前にグリーンが僕にちょっとちょっかいをかけたら、旦那さんに頭をブン殴られたって。グリーン・スナッキキの人生って、惨めだな。

「サラワット、誰かがインスタでタグ付けしたよ」

僕はベッドにごろっと寝そべって、彼の iPhone を出し、スクロールする。

「誰？」

「わからない。女子のグループがおまえに応援の横断幕を作っているのは知ってるけど」

とスマホを持ち主に渡す。サラワットはそれを受け取って、しばらく読み、また僕に返す。

「ポスターや応援用のグッズを作るって。おまえ手伝いたい？」

「行ってもいいの？」

僕は喜んで聞く。プアクとフォン、オームも一緒に呼ぼうと思った。

「もちろんだ。彼女たち、おまえのこともタグ付けしてる」

「ええ？　なんで気づかなかったのかな」

「俺がハンサムすぎて、目がくらんでたんだろう」

「はあ……」

こいつのうぬぼれにはうんざりだ。一見普通だが、全然フツーじゃない。いつも態度に問題がある。世の中のことなど、どうでもいいようだ。自分のことか、アホらしいことしか気にしない、たとえば僕のおっぱいとか。

サラワットと一緒の僕の生活は続いている。僕らは朝8時には大学に着いている。向こうは講義があるから、僕は友達と落ち合う。午前の講義が終わり、昼食の後、サラワットのファンたちとクロスワード・クラブのある棟の1階で合流。「ガチなフォロワー」グループと活動を共にする。サラワットのファンは、最近僕を受け入れてくれるようになった。何か活動するとき、フェイスブックかインスタで僕にタグ付けしてくれて、一緒にやろうと誘ってくれる。要するに僕らはボーイフレンドを共有しているってこと。

今日、ファンたちはCtrl Sのバンドのポスターを制作するために集まった。いろんな場所に貼って、バンドを応援しようという計画だ。それに「サラワッド」と書いたTシャツも作ろうとしている。ブレスレットや、チーム・サラワットの妻たちが使う応援横断幕なんかも。

僕は自分をかえりみて、彼に何をしてやったか考える。〝自称妻〟たちが夢の男のためにやってあげていることは、僕が夫にやってあげていることより多いみたいで、恥ずかしい。みんなすごく真剣だ。講義の後にもまた続きをするのだ。それに比べて僕は何をしているんだろう。

これではいけないな。今日は彼のために僕も何かしなくちゃいけない。そう頭の中でしばらく考えていたが、やっぱりやめた。ちょっと夢想するくらいで精一杯だ。そんな可愛らしいことなんかできない。だから僕としては彼を励ましてやって、彼が頑張っているときにどこへも行かずそばにいるだけにしよう、いつもそうしているように。それで十分だと思う。

「ねぇタインくん、サラワットが好きな色は白と黒、どっち？」

ファンのリーダーの1人が聞いてくる。確かこの人は、公衆衛生学部の3年生だ。

「黒のほうです」

「ポスターはクールな感じにしたらいい？　それともキュート？」

「Ctrl Sのポスターなら、ブッ飛んだ感じのがいいと思います」

バンドメンバーそれぞれを思い浮かべても、まともな人物がいないからそう答えた。アンでさえ、けっこうクレイジーなところがあるんだ。サラワットにいたっては、大丈夫かどうかなんてレベルじゃない。彼はとっくに正気じゃない。ハンサム以外、褒められるところなんかなくなってる。

「ブッ飛んだ？　それでいいかなあ。それって『わたしたちの』サラワットにはふさわしくないんじゃないかしら」

みなさん、僕のあんぐり開いた口を見てくださいよ。マジで？　サラワットは今や公人なんだな。みんなが、寂しいときにシェアできる人物。どういうことだよ！

「じゃあ、そちらの選択にまかせます。きっとバンドのみんなも気に入ってくれると思う」

「そう？　なんかちょっと勇気づけられちゃったわ。ウフフフ」

その後はみんな夢中になってポスターのデザインをし、アクリル絵の具で横断幕の色塗りをした。食べたり、おしゃべりしたりしているときに、歯学部5年のソムさんが何か言ってきた。

美人で、長～いまつ毛の持ち主だ。すごい巨乳が今にもシャツを破りそう。それを見ると思わずボタンを外して楽にしてあげたくなる。どうも落ち着かない。

「あなた学費は十分なの、タイン？」

「……」

はあ、なんですか？　と答えたいが、クールでいることを選び、どういうことでしょう？　みたいに眉をひそめて見せた。

「お金出してあげるわよ」

「ええ……大丈夫です。あるので」

「サラワットはどうなの？」

「彼の家は裕福だから。問題ないと思います」

「じゃあ何か欲しいものない？」

彼女はリッチなのだろう、服装やバッグでわかった。

「いいえ」

「わたし、この活動には真剣に打ち込んでるの。知ってる？　Ctrl Sの最大のスポンサーなのよ。何か欲しいものがあったら、なんでもすぐに言ってね。いい衣装がないんなら、揃えてあげる。寄付が十分でないなら、もっと寄付してあげる。楽器はみんな大丈夫なの？　バンドのみんなをハッピーにしてあげたいの」

まるで詩を朗読するみたいにそんなことを言う。ありがたいお言葉ですが、けっこうです。彼女の声を聞いていると、眠ってしまいそうだ。

それにしても彼女の献身には感服せざるをえない。いろいろよくしてくれることと引き換えに、自分の名前を横断幕に入れている。だからCtrl Sがステージに上がれば、歯学部5年のソムさんの名がサラワットの名の横に並んで、なんだか結婚式みたいなことになるわけだ。

たぶんそういうことで、人はちょっぴり幸せになるのだろう。ぜんぜん悪いことじゃないと思う。誰かがこれほど僕たちを愛してくれるなんて、気分がいいくらいだ。涙出そう。アカデミー賞「最優秀寛大キャラ」が欲しいぞ。

「ああ！　夫が帰ってきた！　きゃあ！」

ファンから悲鳴が上がって、僕は鳥肌が立つ。本気で作業に取り組んでいたみんなが、突如自制心をかなぐり捨て、サラワットのもとへダッシュする。

彼は1人ではなかった。ホワイト・ライオンのみんなと一緒で、手にはたくさんの軽食やお菓子の入った袋を持っている。特別ファンサービスに来たらしい。

「みなさんに、おやつ」と低い声で言い、作業台になっている長いテーブルに近づく。

「ありがとう！　ちょうどサラワットのミルクを飲みたいなって思ってたとこ」

ソムさんがサラワットの手から誰よりも早く袋を奪いとる。サラワットが持っていた袋しか取らない。マンやボスの手にも袋はあるのに。

「その袋には牛乳は入ってないです」

「いいのよ。最後の1滴まで、飲み干しちゃうわ」

きっとフルーツジュースか何かを飲むって言っているんだよね。何か他のものをほのめかして、ないよね？

食べ物が配られてしまうと、周囲はまた普段どおりの雰囲気に戻る。ただしソムさんだけ、まだ僕とサラワットの間に座ってるけど。

「午後にも講義はあるの？」

彼女、話すだけでなく、おっぱいがサラワットの腕に触れるようにしている。それで彼が気分がよくなると思っているみたいに。サラワットは何も言わないが、ちらっと彼女を見てから質問に答える。

「2時から講義です」

「そう。わたし、スマホを失くしちゃったの。自分のを鳴らしたいから、あなたの貸してくれる？」

「ビッグ、おまえのスマホ貸して」

彼は言いながら、近くに座っていた仲間に急いで手をふる。友達は心得ているから、自分のスマホをすぐにソムさんに手渡した。彼女はなんと答えれば、どうすればいいかわからず、気まずそうにビッグににっこりするしかない。

「あらっ！　もう電話しなくて大丈夫だわ。あった！」

あれま。これはキーホルダーか、お葬式の花輪※か？　僕の顔よりでかいや。なぜこれを見失ったのやら。

「……」

「最近、インスタに何も投稿してないのね」

「どういう写真を撮ればいいか、わからないので」

「じゃ、わたしたちの写真を撮りましょうよ」

あの、こいつの彼氏がここに座っているんですけど。でも僕は何も言う権利がないから、この上級生がサラワットにぐいぐい迫っているのを見ているしかない。

「スマホの容量が無駄になるので。ゲームのための領域が足りなくなりそうなんです」

は！　おまえはいつだってゲームに途方もないスペースが必要だからね。容量がいっぱいになったら、どうぞ僕の写真を消してね。もうゲームのための容量がないんじゃない？　僕ってかわいそう。ある日こいつがゲームと結婚しちゃっても、そんなに驚かないかも。

「あなたって真面目な顔して、実はすっごく面白いのね」

「真面目に言ってます」

「また冗談言って。ねぇ……あなたのお家に行ってみたいわー。とっても居心地よさそう」

※ タイでも葬式に花輪を使うが、日本のものより小ぶりなクリスマスリース程度くらいのものから、サイズに幅がある。

「タインは家にお客を呼ぶのが嫌いなんです」

ちょっと！　そこでなんで僕の名前出す。

「じゃ、あなたたち本当に同棲してるの？」

「家賃を折半したいので、一緒にいないといけないんです」

「わたしが折半してあげましょうか」

「一緒に暮らす人間については好みがうるさいんで」

「わたしを選んでくれていいわよ。あまり食べないし部屋も汚さないし、電気もたいして使わない、邪魔になるような騒音も出さないわ」

「それが問題なんです。それにどっちにしろけっこうです」

「じゃあ何が欲しい？」

「欲しいのはタインだけです。他には誰もいらない」

「まっ、ぐさっときちゃう」

これはまた、会話をぶった切るために、ずいぶんわざと冷たいことを言ったものだ。それは彼女もわかっているのだと思う。だからふくれっ面をするだけで、横断幕作業の人たちの手伝いを続けた。僕は立ち上がって彼女に続こうとしたが、サラワットのでかい手に止められた。

「おまえにサンドウィッチ買ったから、まず食べろ」

袋の中をのぞくと、サンドウィッチと牛乳のパックがある。

「さっき食べちゃった」

「いらないの？　じゃ俺が食お」

と、僕の答えを待ちもしない。さっさとサンドウィッチを取って包みをはがし、片手で持って口に入れ、もう片手で牛乳パックを持ち、ストローを刺して美味しそうに飲む。

「なんだ、僕に買ったの、自分に買ったの？」

「腹減ったんだ。おまえに買った、っていうのはただの言い訳」

「そんなに愛してくれてるんだね」

「わかってるだろ」

「皮肉だっつうの」

「マジ？」

僕が彼をにらむと、彼は食べかけのサンドウィッチをこっちの口の前に突きつける。

「食べないよ」

「うまいぞ。おまえに分けたいんだ」

「ムーヨン（豚肉のでんぶ）は嫌いだ」

「これツナだよ、おまえ好きだろ」

「ほんと？」

と聞く。とうとう口を開いて、彼が手にしているのを一口噛んでみた。ツナの美味しい味が広がるものかと思っていたが、違った！

「うまいか？」

「これムーヨンだ、何がうまいだよ！」

「吐き出すなよ、しつけのいい人間はそんなことしない。飲み込め」

僕が口を尖らすと、向こうは満足げに笑い、iPhoneをかざして僕のクローズアップを撮ろうとする。

「おまえなんか嫌いだ」

「写真撮ってるんだ。もっと楽しそうにしろ」

「ブサイクだ。今撮るなよ」

「おまえカワイイ。顔見せろ」

言うとおりにそっちを向いてみせたが、まだふくれっ面のままだ。だってこの湿っぽい激マズのムーヨンを飲み下さなければならないんだよ。サラワットが喜んでたくさん僕の写真を撮ってる。その後、それを見て1人で笑っている。

「消してよ。スマホの容量が足りなくなるって言ってたろう。ゲームの分が足りなくなったと言って後で文句たれたら、顔に鼻クソをくっつけてやる」

「おまえの写真ならストレージの無駄じゃない」

「スマホの容量がいっぱいになったらどうするんだ。どっちを選ぶ、僕かゲームか？」

と彼を試す。もし僕をそんなに愛してるなら、こっちを選ぶよね。

「なぜ選ぶ必要がある？　もっとでかい容量のある新しいスマホを買えば済むじゃないか」

ちっ、僕を選ばないいんだ……。

「ちょっとゲームに夢中すぎない？」

「愛するものに夢中になることは、価値がある」

「うわー！　僕を愛してるんだね」

「俺はゲームを愛してる。おまえは拡張パック」

「ま、それでいいか」

「キュートぶるな。もし力尽くでやっても、次はなぐさめてやらない」

ほえ？　もう遊ぶのやめる。からかってやろうと思っていたのに。例によってスケベにおちょくり返されると、どうしていいのかわからなくなる。そして話題を変え、彼のiPhoneを奪って自分の写真をチェックする。

「こんなブサい顔の写真ばっか撮って！」

僕は文句を言いながら画面をたどって写真をチェックし、ゴミ箱に入れる。僕の耳だけのアップまである。完全にありえない。こんなブサい写真を見ると、僕が吐きまくって病院送りになったときのことを思い出しちゃうよ。

「なんで削除したんだよ。自分で見るだけなのに」

「自分だけで済むと思う？　おまえの友達もみんな見るだろう、サルが！」

　マンは言うまでもない、あいつはみんなのスマホのパスワードを知ってるんだ。そしてもしマンが知れば、全世界が知ることになる。

「なぜ恥ずかしい？　可愛い写真じゃないか」

「消せ」

　僕は削除アイコンを押し続け、とうとうギャラリーに何も残らなくなる。サラワットは黙って僕のすることを眺めていたが、iPhoneを取り返すと、カメラを立ち上げた。

「いい顔しろ。今度は削除しないぞ」

「本気？」

「ああ」

　シャッター音が鳴った。サラワットは僕に向かって笑うと、iPhoneに戻って黙って何かしている。僕も何も言わない。

「ワット、講義行くぞ。いつまでも彼氏にまとわりついてるなよ」

「行こうぜ」

　向こうのグループの友達が言い、サラワットは姿勢よく立ち上がり、軽く僕の頭に手を置く。

　僕は目を上げて、彼をまっすぐ見た。

「じゃあ講義に行ってくる」

「ああ。しっかり勉強しろ」

彼はうなずき、それからホワイト・ライオンたちの後について出ていった。スター・ギャングと僕は、そのまま各自、チーム・サラワットの妻たちの活動を手伝う。僕はいろいろ質問される。たいていは僕とサラワットの仲のことだ。答えられるものには答える。でもあまり立ち入った質問になったら、口をつぐむ。

すべて順調に進んでいるうち、30分ほどして……。

「きゃ！　サラワットがインスタに写真をアップしたわよ！　わあ！」

ソムさんが叫びながら飛び跳ね、そのうち他の人たちも自分のスマホをチェックし出した。この大興奮は、目の前で進行しているばかりでない。インスタ上でも起こっている。お陰で通知がノンストップで届き続ける。気になって、無意識にそっちを見ずにいられない。

Sarawatlism（サラワット）ついに2里のししんを撮ったzp。@Tine_chic

さっき撮ったばかりの、ニッコニコ顔の僕らの写真だ。

KittiTee（ティー）ああ〜、誰かさんたら、独占欲丸出し。

Bigger330（ビッグ）あれ？　これおまえの彼氏？　同じやつじゃないぞ。

Thetheme11（テーム）おまえの彼氏、誰？　よくわからなくなった。

Boss-pol（ボス）ワット、おまえつくづくハンサムだな。惚れちゃおうかな？

Sarawatlism @Boss-pol 俺は枯れを愛してりゅ、俺にかまうま。彼、独占欲つyいんだ。

Boss-pol @Sarawatlism あの日はそういうふうには言わなかったぞ。

Man_maman（マン）信じないぞ。あのときカンパイしたやつは、なんだよ？

Tine_chic（タイン）誰のこと？

僕は即座に返信した。彼の友達がただふざけているんだとはわかってる。でも、彼にちょっかいをかけに来た誰かがいたという可能性もある。乾杯しただって？

Sarawatlism @Tine_chic 妻

ええっ？　それ誰のことよ？

Man_maman タインを傷つけちゃうよ。浮気してるって認めるのか？

サラワットの答えをじりじりして待つ。今は黙って座っていることもできない。妻？　誰のこと？　最近サラワットは遅くまで飲んでいることがある。彼と一緒に飲みに参加することも多いが、彼だけで行ったり、バンドの友達だけと行くこともあったんだ。

ピンポン！

待つ時間は終了だ。そのコメントをゆっくり読むうち、不安は消えていった。それが、説明できない気持ちに変化する。わかるのは……心臓が破裂しそうってことだ。

Sarawatlism 妻は、タイン

Sarawatlism あの比はタインといっしょにいった。わかったか？

Boss-pol ああ！　奥さん同伴だったか。そっか。みんな、退散だ。

Man_maman おまえたちがケンカするのを待ってたのに。しないの？　笑

音楽フェスティバルのコンテストの準決勝まであと5日に迫った。みんなさらに気合いが入り、ピリピリしている。というのもミルとその仲間がいつも何かと嫌がらせをしたり、中傷してきたりするからだ。フェイクニュースまででっちあげてディスってくる。だから、このところ行動に気をつけなければいけない。

練習時間も、弾く曲も、秘密にしている。衝突を避けるために練習を夜10時開始にすることもある。が、今日は運がなかったようだ。

「最近夜遅くに練習してるな」

10時にリハーサル室の前に集まった僕たちを見て、ミルのグループの1人があいさつする。こんな遅くに、まだここで会うとは。

サラワットにどこでもついてきている僕は、いら立って深く息をついた。バンドのみんながすでに疲れているのを知っているから。その上こんな卑劣なやつらのために、頭痛の種を増やさなくちゃいけないなんて。幽霊を呼び出してこいつらを蹴り飛ばせるなら、今ごろそうしているんだが。

「行こうぜ。ケンカすんなよ」

タームが真剣な声でみんなに言うのを、ミルの笑い声がさえぎった。

「なんだよ、大げさな。俺たちは何もしてないぞ。あいさつに来ただけじゃないか。それだけだ」

「ウザいことは、やめろ」今度はサラワットが言った。

「おまえ1年のくせに。礼儀に気をつけろよ」

「そっちに礼儀がないからだ」

「タインにお菓子を買ってきたぜ」

「そんなもの食べない」

サラワットが即答する。僕が何か言う暇もなく。

「おまえに聞いたんじゃない。鼻を突っ込むな」

サラワットに聞く耳はない。僕の両手を掴んで、自分のコートのポケットに入れた。ということで、僕の手は誰からも何も受け取れなくなった。しばし、2人が激しくにらみ合うままにさせるが、その後お互いのリハーサル室へと別れた。

午後11時9分。腕時計の時間は偽らない。横になってひと休みしてサラワットが来るのを待つため、休憩室に来た。今日はグリーンはいないから、スマホで時間をつぶす。ちゃんと車にワニ型の寝袋も常備しているんだ。だからもぐり込んで暖かくできる、その後眠ることも。

少し経つと、誰かが歩いてくる足音が聞こえ、サラワットが近くのガラスの引き戸のところに立っているのが見えた。

「もう練習終わった？」

だるそうな声で聞いて、半分眠りかけの目を彼に向ける。

「まだだ。おまえが心配だから。寂しくないか」

「大丈夫。曲聴いてる」

「あと1時間くらい、待てるか？」

彼は僕の横に腰を下ろす。だから僕は理解を示してうなずくしかない。コンテストが近いんだ、今は彼を励まそう。僕はしまいには眠ってしまいそうだけど。

サラワットはちょっと話すと、また練習に戻っていく。時間が過ぎていく。曲を流していると、目が自然に閉じてくる。眠気がすべてにまさってきた。いつ寝入ったのかもわからない。

目を覚ましたときは、例ののっぽに担がれて運ばれていた。寝袋に入ったまま、彼の車に運ばれていく。いつものように。

「もう逆らう力もないな、このちっちゃい水牛は」

「今何時？」

「夜中。腹減ったか？」

僕は首をふって目を閉じるが、その前にダッシュボードの時間は見えた。午前3時だ。バンドのみんな、汗びっしょりだろう。サラワットも同じくらいヨレヨレだから。明日は彼、朝8時に講義があるのに。体調を崩すのではないかと心配だ。でもいつも、大丈夫だと言うんだ。

ここには、僕ら2人だけ。今夜はそれで十分だ……。僕に彼氏がいるなんて、信じられない。しかも他の誰とも違う、異色な人間だ。以前の僕は、いつも人に気を遣い、甘やかす側だった。でもサラワットと僕はお互いの世話を焼く。というより彼のほうが多く、僕の面倒をみてくれている。

サラワットは僕の初恋の人ギングとはまるで違う。ギングは知的な女の子で、どこかへ行こうと言っても断られてばかりだった。でもサラワットは……彼の口から断りの言葉を聞いたことがない。

「ねぇ、明日の晩空いてる？」

「なぜ？」

「一緒にモールに行ってほしいんだ。ちょっと買い物がある、それから何か食べたい」

「いいぞ行こう」

「空いてるの？」

「行こう」

ショッピングモールで買い物が終わると彼は、家でするはずだった課題をスタバでやって、締切に間に合わせていた。


サラワットは写真にこだわってイラっとさせることも決してない……。

「料理が来た。こっちおまえの」

僕は皿を取って、彼の顔を見上げて聞く。

「これ、写真撮らないの？」

「おまえいったいどうしたんだよ？　食いに来てるんだろう、写真を撮るためじゃないぞ」

「もしかして友達に見せたいかと思って。そういうの好きな人がいるだろ」

「特別な日ならそうするかもしれないが、毎日しなくたっていい」

「……」

「現実よりもカメラにかまけて時間を取られたら、幸せにはならないぞ」

「……」

「おまえが見るべきイケメンがここにいるだろう。写真を撮って時間を無駄にしなくていい」

「やなやつだおまえ」


サラワットは好みもうるさくない。

「今日は何を食べよう？」いつものように聞く。

「自分が食いたいものを考えろ。俺はなんでも食べられる」

「大学前の店で麺類食べたい？」

「いいぞ行こう」

「じゃなくて。今はピザが食べたいや。割引のクーポンもあるし」

本当はピザは後でいいんだ。けどちょっと彼をいじりたいだけ。

「かまわない。じゃ、行こうか？」

「それか、クイッティオ（米麺ラーメン）を食べようか。今日は油っこいものを食べたくないんだ」

「どこの店？　車出すよ」

「バイキングのほうがもっといいな」

「何を食いたいんだよ。決められないなら、おまえを食うぞ、今すぐ。もう腹ぺこだ！」

「……！」

サラワットは金持ちなのをひけらかしたりしない……。

「僕がおまえに買ったチャンダオ、もう捨てていい？」

「捨てるなら、新しいのを見つけてくれ。同じブランドじゃないといけない」

「マジかよ」

「ナイトマーケットに行こうぜ。着るものになんでそんなに真剣にならなくちゃいけないんだ？」

「シャツ替えたくないの？」

「サッカー用のでいいだろう」

汗臭いんだけど……。

「クローゼットにたくさんいい服あるじゃん。どれか着ればいいのに」

「場にふさわしくないとな。今日は散歩に行こう。タキシードを着たほうがいいか？」

「……」

あっけにとられる。


サラワットは他の人と、いろんなところが違う。

「痛い」

「そうだろ」

僕の首に当てたおまえの口、キスのためじゃないだろう。噛んでるし。このクソっ！

サラワットは、僕が忙しかったり別のことをしているときに、邪魔をしてこない。

「タイン、おまえ忙しいの？」

「うん。勉強中。どうかした？」

「いやなんでもない」

「なんでも聞いてくれていいよ、相談も」

「忙しいんだろう。大丈夫だ」

「聞けるよ。言えよ」

「なんでもない」

「もうこっちに質問させるなよ」

「俺がしたいのはさ……」

「このドアホ」


それにポイントが高いのは、サラワットは、元カノみたいにイライラしたり自己中になることもない。

「僕、スクラブの限定版シューズが欲しいんだよね。でも同じブランドの普通のやつの2倍もするんだ。買ったほうがいいかな？」

「欲しければ買えよ」

「止めようとしないの？　アホらしいって怒ってもいいし、僕をたしなめてくれたっていいよ」

「おまえが好きなことなら、アホらしくない」

「普通のより高いんだよ。買ってもいい？」

「普通のやつにはスクラブの名が書いてあるか？」

「いや」

「じゃあ買えよ。後で欲しくなっても、もう残ってないかもしれない。そうなったら悔やむぞ」

「おまえってやっぱり、いいやつだ。お金貸してくれる？」

「そういうことか。なら買わないほうがいいぞ。どうせみんな同じものだろ」

「クソムカつく」


僕らはお互い理性的に話すし、理性的に理解し合ってる。お互いの好きなものを馬鹿にしたりしない。たとえば僕の好きなバンドはスクラブだが、彼のほうはソリチュード・イズ・ブリスに執心している。

こんなことがみんな、僕が彼を……愛している大きな理由だ。

コンテストの準決勝がとうとうやって来た。みんなのテンションが最高に上がってる。まだここはバックステージだけど。僕の仲間、Ctrl Sたちは、パニックになるまいと、何か精神を集中する方法を探そうとしている。サラワットだけだ……緊張感なく食べているのは。

彼は何ごとにもあまり真剣になりすぎない。ディム部長も同類だ。サラワットと一緒になって、ミートボールをパクついている。部長もこのコンテストに自分のバンドで参加する。そのバンドの名前は「サンシャイン・デイジー・アンド・バター・メロウ（お日さま、ひなぎく、熟したバター）」だ。バンドのメンバーはみんな4年生。グリーンはまるで召使いのようで、バンドのみんながくつろげるようにあらゆる用事をこなしている。バンドの名前がどこから来たのか知りたいものだ。おおかたハリー・ポッターのファン※なのだろう。

ちょっと離れたところでミルの一党がギターをたんねんにチェックしている。今回は彼も人をよこして脅かしたりせず、僕らもほっとしている。彼のバンド名は「ザ・リズム」。メンバーたちは他人のリズムを乱すのが好きなようだけど。

「さあ、みなさん待望の音楽フェスティバル2016の始まりです！」

「ウォー！」「きゃあ！」

ステージ上のMCの声が、ここ、バックステージの人々の耳にも達する。僕はサラワットのほうを見て、近づいていって励ましの声をかける。

「ベストを尽くせよ。友達と一緒にステージ前にいるから」

「ああ。応援してくれ」

「もちろんだよ」

「決勝まで行くぞ、おまえのためにもな」

「これ、ドラマのワンシーンみたいだね、そっちが食うのやめていればの話だけど」

「おまえが買ってくれたんだろ、それにうまい」

「コンテストの後でも食べられるのに」

「ディムに全部食われちゃうよ」

「もう言い合いはしないぞ。ステージ前で、応援するね」

「おでこにキスしていい？」

「こんなに人がいっぱいなのに、アホか」

しかしこいつは、なんであれ僕にきちんと断る時間をあたえてくれないのだ。僕の顔を引きよせると許可なく額にキスした。お陰でバックステージで騒ぎが起こり、僕はどうしていいかわからず、全速力で逃げるしかできなかった。なんだか僕は恋ってものを初めて知った少女みたい。目がくらみ、同時に胸が弾むんだ。

準決勝の会場は大学の劇場ホール、観客席はスロープになっている。僕の友達は応援とバンドの撮影のために、前列ほぼ真ん中の席に陣取る。その少し後ろ、ちょうど中央あたりが審査員たちの席だ。一番よくステージを見渡せるようになっている。

応援の人たちが徐々に劇場を埋め始め、用意された席はもうすべてふさがった。そのため、た

※「お日さま、ひなぎく、熟したバター」は、ハリーの親友ロンの呪文。ただし、さっぱり効かない。

くさんの人が立ち見で応援することになった。

サラワットのファンもお揃いのシャツを着て、横断幕とともにやって来る。彼女たちは一番高い場所を選んでいる。２階席から、Ctrl Sをはっきり見ようというわけだ。

「どうした？　何か問題でも？」

プアクが僕と一緒に自撮りするためにスマホをかかげながら聞く。

「問題なんてないけど、サラワットが心配なんだ。まだなんか食ってるんだあいつ」

「いいじゃん。もしステージで下痢ピーになったら、自業自得と言ってやるよ」

スター・ギャングの隣にはホワイト・ライオンたちが並ぶ。彼ら、コンテストのために周到に準備してきたようだ。セーターと、ネックピロー持参でやって来た。なんのためにそんなものを？

「準備はいいかーい」

「イェー！」

「準備はいい？　聞こえないよ～」

「イエーーイ！」

「では本日の最初のバンドの登場だよ、ブラックボード・ストーリー！」

ヘビーなビートの音楽と同時に、叫び声と応援の音も始まった。スポットライトに照らされ、ステージ中央にバンドのメンバーたちの姿が浮き上がる。たくさんの人がそれぞれに盛大な拍手を送ったり、リズムに乗せて手をふったりしている。

最初のバンドが終わった。2番目が終わり、他のバンドもそれぞれ楽しいひとときを過ごして、ステージを去る。ディムたちのバンドは6番目、サラワットたちは12番目になる。彼らが演奏するまでにはかなり時間がかかりそうだ。そのころには眠り込んでいるかも。

僕は二度トイレに行き、オームと一緒にミートボールを食べに行き、フォンに頼まれて飲み物を買いに行ったが、戻ってきたとき、Ctrl Sはまだステージに上がっていなかった。それからシートに背中をあずけて寝た。他のバンドを応援するのがおっくうになってきた。

やがて、隣に座ったティーに肘でつつかれた。起き上がって、ステージの上に注意を戻す。

「みんな、こんにちは。僕らはCtrl Sです！」

「うわー！」

ついに彼らが演奏する番だ。サラワットはステージの隅っこにいるが、スポットライトが当たり、観客の目から逃れることはできない。

不思議だ。ステージに何人も立っているのに、僕が見ているのはサラワットだけだ。僕は感情のさっぱり見えないギタリストをじっと見ている。

ヴォーカルのタームが話を終えてしばらくして音楽が始まると、観客みんなが叫び出す。準決勝では、それぞれのバンドがスローな曲とアップビートな曲をひとつずつやるという決まりだ。

Ctrl Sはこのコンテストでは、DCNXTR《デコネクスター》の『Summer Rain（夏の雨）』という曲と、もうひとつ、ザ・イエーというバンドの『Festival《フェスティバル》』を演奏する。

声援は、ここまで演奏したどのバンドより大きい。みんな楽しそうに踊り、跳ねる。それに一緒に歌ってバンドを励ましている。この曲はあまり有名じゃない。ほとんどの人が知らないはずだが、そんなことは問題じゃなかった。ソムさんが歌詞シートをあらかじめ配ったのだ。お陰でみんなが歌う声が劇場ホールに響くのが聞こえる。

「Ctrl Sに盛大な拍手を！」

「うわー！」

「自己紹介お願い」

パフォーマンス後は、MCが出場者にインタビューする。コンテストの雰囲気をより面白くするためだ。実際そこを楽しみにしている人は多い。

「ハーイ。僕はターム。リード・ヴォーカルです」

「ああ！　タームくんね」

「こんにちは、アンです。ギターです」

「わたしはイアーン、ベースです」

「ノーンです、キーボード担当」

「俺はブーム、ドラムです。お手やわらかに」

「サラワットです」

「きゃっ！　わたしの旦那様ぁ！」

サラワットがマイクを受け取って自己紹介を始めると、劇場の隅々から歓声が上がる。彼、今日はいつにもまして際立っている。バンド名を入れた黒いシャツにお気に入りのジーンズを合わせている。黒い靴も決まっている、これはいつものように。すべてが完璧、僕は心の中で絶賛するほかない。

「バックステージの誰かに聞けと言われたんだけど、きみの彼氏は今日、来ていないの？」

と、2人のMCの片方がサラワットに話題をふった。

「うわー！　きゃあ！」

「それとも……来ているの？」

サラワットは答えず、微笑むだけ。しかしここで事態が悪化する。ステージを照らしていたスポットライトが動いて、なんと僕に当てられたのだ。突然、びっくり顔の僕がプロジェクターのスクリーンに大映しになった。

「彼の名前は？　タイムだっけ、タイン？」

「わあ！」

「彼、チアリーダーじゃない？」

「法学部じゃなかったかしら？」

もう片方の女性MCも入ってくる。僕はうろたえ、どこに顔を隠したらいいかわからなくなった。

「最前列に座ってる人ね？」

「彼？」

「……」

カメラはまたサラワットに戻る。ほっとする。彼は何も言わない、笑顔で、照れているのがわかる。この無表情男にしては、めちゃ珍しいことだ。

「Ctrl Sってなんのことなのか、みんな知りたがっているんだけど。どういう意味？　そして、なぜそれをバンドの名前にしたの？」

サラワットから答えがないので、MCはバンド全体に向かって質問する。アンがすらすらと質問に答えた。

「Ctrl＋Sは、ファイルをコンピュータに保存するショートカットです。コンピュータにデータを保存するハードディスクがあるのなら、人には素敵な気持ちを保存する心があると、わたしたちは思うの」

「なるほど！」

「誰がこの名前を選んだの？」

「サラワットです」

「ああ！　あたしの旦那よっ！」

「じゃ、サラワットに聞いてみましょう。この名前はどこから思いついたの？」

「周りの人たちから」

「誰のことか、教えてくれる？」

「家族や友人や、それに……」

「……」

「タイン」

その瞬間に、僕の世界がぐるぐる回り、渦を描いて止まらなくなる。目の前が真っ白になり、耳の中で鳴っている叫び声と、そしてサラワットの顔以外何もなくなったみたいだ。

Ctrl Sは期待に応え、決勝に進んだ。ミルが工学部と建築学部の上級生たちと組んだバンド「ザ・リズム」も決勝へと駒を進める。残念ながら、あの恐ろしいディム部長のバンド「サンシャイン・デイジー・アンド・バター・メロウ」は敗退。1年生の多くがこれはいいチャンスだとばかりに、彼をジョークのネタにした。軽音部の部長が、新入生のバンドに負けちゃったのだから。しまいにディム部長が、うわさ話ばかりしているやつは部から追い出すと脅し、それで彼についての冗談はすぐに立ち消えになった。
決勝は1週間後だ。再び、猛練習の日々がやって来る。僕も毎日、リハーサルに行くサラワットに同行しなくてはならない。夜は泊まり込んでそこで寝た。ホワイト・ライオンやスター・ギャングの連中がつき合ってくれることもある。サラワットが、休憩室に引っ込んで1人で音楽を聴いているだけでは僕が寂しいだろうと心配するからだ。

今夜は来賓がいる。２０００年ばかり前に僕を追いかけ回していた、巨体のグリーンだ。

「ディム部長とケンカしたって聞いたけど、本当?」

僕はグリーンに尋ねる。彼はふくれっ面になって、しかもウザいことに泣き出してしまう。

「でも……もう大丈夫よ」

「じゃあなんだ?　その顔は」

「傷つかなかったフリはできないでしょ。やっぱりあなたのほうが、ふさわしいわー。あたしたち、今からでも一緒になるべきよ」

このアホ。ほっといてくれ。僕には夫がいるんだ。

僕はやつからちょっと距離を置く。正直言うとこいつに何かされるんじゃないか、あるいはこれがタイの映画史上最恐のホラー映画になるんじゃ、とビビってる。

「でも、もうディム部長と仲直りしたんなら、よかった」

僕や、社会の迷惑にならないからね。

「だって戻らないと殺されちゃうもん。まだ死にたくないわ。それに、あっちがあたしより先に死んだら、少なくとも新しい夫を見つけるチャンスあるでしょ」

こんな邪悪な考え、実にこいつにふさわしい。

「おまえって本当にディム部長を好きなの?　どうなの?」

実はこの疑問、ずっと聞いてみたかった。だってディムさんは彼をずいぶん粗末にしている。

「あたしはあなたが好き」

「真面目にやれ、ブン殴るぞ」

「いやん。彼を愛してるかって言われたら、もちろん、愛してるって言うわよ。もう一緒になって長いわ。誰か別の人を探さなくちゃいけないことになったらさ、それが、きっついディムさんとこのままでいるのよりいいのか、悪いのか、わからないじゃない？」

「でも以前は、誰か別の人を探そうと思ったんだろう？」

「以前はね、でもそれも本気になれなくて。そこまで自信がないの。ありがたいじゃない？　彼があたしを追っかけてくれるの。だって向こうはあたしが別れられないって知ってるから」

「おまえ、幸せなの？」

「幸せじゃなかったら、一緒にはいられないでしょ」

「……」

「つまり、つき合いが長いから一緒にいるだけでなくて、一緒に何かするのが楽しいからなの」

このとき気づいた。グリーンにもロマンティックな面ってあるんだな。

「音楽フェスティバル2016、コンテストの決勝がやって来たよ！」

「ウォー！　イェーイ！」

「今夜はキャンパス中の音楽好きにとっては絶対外せないイベントだよね。ジャンルは4つ。ルクトゥン※、ポップス、バンド音楽、それにカバーダンス。今夜の出場者は全員、すごいよ。だからお気に入りに応援と拍手を忘れないでね」

コンテストの会場は屋内競技場に移っている。この間の準決勝の劇場の3倍は収容できる。キャンパスの学生たちにとっては、学業のストレス解消のイベントだ。もちろん純粋にいろんな演奏者の熱のこもった音楽を聴きに集《つど》う人もいる。

それだけじゃない。今日は有名なレコード・レーベルからプロのアーティストが来て、コンテスト後にさらにみんなを楽しませ、大興奮させてくれるんだ。

僕は例によってバックステージにいて、バンドの友達がコンテストのために着替えて、準備を整えるのを待っている。バンド音楽ジャンルでの僕らの演奏は4番目、続いてカバーダンス、ルクトゥン、ポップスの順で続く。

サラワットがあの「厄介もん」、つまりタカミネのギターを持ってきたのには驚いた。バンドの練習中に彼がクラシック・ギターで演奏するところは見たことがない。ほとんどの場合エレキ・ギターを使っていたんだ。なぜこれを？　でもそんなことを考えている時間はない。今はコンテストが大事だ。

あれ！　バンドのスタイルに合わせて、彼はタキシードとかそういうシックな衣装を着るのだと思っていた。バンドのメンバーみんながやって来て、僕が目にしているのは、いきなりひどい頭痛が起きそうな光景だ。

みんな、カラフルな庶民ブランドＪＪのマンガ柄の短パンに、トレンディ（笑）なチャンダオ、そして白いＴシャツという格好。ここでパフォーマンスが終わったら、そのままベッドに入って寝られそうな姿だ。

「おまえたちのその恰好、テーマはなんなんだ？」

僕は顔をしかめる。サラワットの濃い青の短パンを見ると、僕のストレス度はマックスになる。その上、彼は子供用のフェイスパウダーを頬に塗っている。おまえは園児か。

「わくわくすることがテーマ」

「はあ？　誰が考えたの？　なぜ僕に知らせてくれなかったんだよ」

「マンが昨日思いついたんだ。で、みんな賛成した。おまえこれ、いいと思う？」

「……」

「タイン」

「待て。ショックを消化しようとしてるんだから」

「女子がきっと悲鳴あげるぞ」

「おぞましさにね。てか、なんだかシロートっぽく見えるぞ」

「俺たちは勝つ」

「はいはい」

※　タイのカントリー的大衆歌謡。

「ベストを尽くすよ」

「これはおまえの夢だし、すごく練習したよね。きっといい結果になるよ」

僕は笑顔を向けている彼に近寄る。見つめていると、いろんな感情が込み上げてくる。ここまでずっと厳しい練習をして、僕も何度も励ましてきた。今日、彼はまたひとつ上のレベルに上がるんだ。僕にとってもこんなに嬉しいことはない。その衣装はやっぱり嫌だけどな……。

「勝ったって負けたって、関係ないよ。だって僕はもう、おまえと一緒にいられるだけで嬉しいんだから。勝っても負けても、おまえはいつもここにいる」

と最後の言葉を強調するために、僕は自分の胸をポンと叩いた。

「おまえのおっぱいに？」

「あーうんざりだ。消えろ」

彼の笑い声を聞き届けてから、僕はそこを辞してホールに向かった。スター・ギャングと僕はステージのすぐそば、最前列のど真ん中を選んだ。サラワットに僕を近くで見てほしいから。巨大なスポットライトの下で彼が全力を尽くしているところを見たい。彼が人生でなしとげることならなんでも、仲間に入りたい。

「こんにちは！　Ctrl Sです！」

タームの声が沈黙を破る。その後、彼はみんなを上手に盛り上げ、会場全体が叫び声に満たされる。

「Ctrl S！　Ctrl S！　Ctrl S！」

メンバーはバックステージで見たようなパジャマもどきの格好ではなく、その上から色とりどりのレインコートをまとっていた。サラワットのコートは黄色だ。あまりにも可愛くて、僕は思わずスマホを手に取り、彼の写真を何枚も撮る。

ブームの短いプロっぽいドラムの音とともに、簡単な自己紹介があった。ベースとギターの音がリズムに乗ってからみ、いよいよバンドがオープニングの曲を披露する。

25アワーズの曲『Nice Not Knowing You（お会いしないで光栄）』は、初めて出会った人に恋する気持ちを歌う曲。みんなが飛び跳ねたくなるようなノリだ。観客も一緒に楽しみ始める。まだ最初の曲なのに、すでに汗がにじんでくる。

それからも次の曲、次の曲と、切れ目なく続く。2曲目はスクラブの『See《シー》 Scape《スケープ》』だ。この歌の意味をタームが説明すると、やっと、なぜみんなが今日の演奏にレインコートを着ているのか、わかってきた。

「僕らと仲のいい友達が、このバンドが大好きなんだ。スクラブはこの曲の歌詞で、ほとんどの人は雨を嫌うと言っている。濡れるのが嫌だから、何かの陰で雨宿りする。お陰で、雨の中にいることがどんなに爽やかか、知る機会もない」

「……」

「だから僕らはこの曲で、みんなに知ってもらいたいんだ、したいことをするのに、もう雨を避けないでほしいって。もし歌えるなら、一緒に、大きな声で歌ってね！」

「……」

「シー・スケープ」

ここに、何千人もの人たちとホールに立っていられて、すごく嬉しい。スクラブの歌がまた僕の耳の中に鳴り響く。僕はひとことも逃さず一緒に歌う。だって彼らの大ファンだから。Ctrl Sによると、最初の曲は自分たちを紹介するために演奏したそうだ。2曲目はみんなに、自分が思うような人生を生きよう、つまり自分自身であろうと伝えるための選曲。そうだ、それが、僕がこの大きな世界を、誰かと一緒に経験したい理由だった。

3番目の曲が『Rain《レイン》』。スクラブの新アルバムからの曲だ。聴衆はみんな大喜びで、リズムに合わせて揺れる。このすばらしい瞬間を味わい、僕らは何もかも忘れる。エキサイトして飛び跳ねた後は、また少しおさまってくる。音楽がスローに、ソフトに変わったためだ。

The 1975の『Robbers（強盗）』で観客は動きを止め、歌に合わせて腕を、手をふる。そして彼らの最後の曲が始まった。それは、Ctrl Sがみんなに理解してもらいたいという歌だ。

「みんな一緒に歌って。この歌のヴォーカリストがいつか言ったことがある。一番美しい歌は、必ずしもチャートで一番になる人気の曲ではないかもしれない。でも美しい歌は誰か愛する人のやわらかい吐息のようだって」

「……」

「どれほど静かでも、遠くにいても、僕らはやっぱりそれを感じるんだ」

「……」

「この曲は彼らからのメッセージだ。ある日僕らが誰かを失っても、その人は呼吸し続けるだろう、そして僕らはどんなに遠くにいても、それを感じるだろうって」

「……」

アビュース・ザ・ユースの『The Song of Whisper（ささやきの歌）』だよ、みんな」

「胸に秘めた歌は　まだ空っぽ
何度泣かなければいけない？
いくつのメロディが過ぎていく
かつてはひとつだけだった人生
1人でこのカオスな世界に立ち
きみが光をくれるまで
古い歌の意味がわかるまで」

僕はステージにいる背の高い男と初めて会ったときのことを思い出している。硬い顔をしていたなぁ。僕に微笑みひとつくれず……。

「過ぎた物語を大事にしよう
そのことを書いて　歌を作ろう
それはやわらかな音　2人だけに聴こえる

僕の声はここにある
きみがそばに来るのを　まだ待ってる
どんなに長く待つことになっても
星が去っても　きみには僕がいる」

僕たち、知り合ってからどのくらいだっけ？　僕らは話した、笑った、泣いた。過ぎたことすべて、僕にはかけがえない思い出だ。まるで、2人で作った歌みたいに。どんなに昔のことでも、これからどんなにときが経っても、僕らは思い出せるだろう。

「それを道しるべの明かりにしよう
別々の空の下にいたとしても
時がどれほど僕らを引き離そうと　大丈夫

この曲で思い出そう　僕らの物語を
もし心がからっぽになるときがあったら
このやわらかなささやきに歌ってもらおう
これがきみの心に残るとき……」

今日まで一緒にいてくれてありがとう。ここまでおまえを愛せる僕にしてくれて、ありがとう。僕を大切にしてくれて、ありがとう……。

「きみはまだ僕のすべて　それは変わらない
どんなに長く待つことになっても
星が去っても　きみには僕がいる……」
――アビュース・ザ・ユース『The Song of Whisper』

「Ctrl Sでした。みなさん、どうもありがとう！」
僕はたくさんの人がいるステージを見つめながら、頬の涙をぬぐった。タームの美声に、みんな魔法にかかったように静かになっている。
その後しばらくして、男女のMCがステージの彼らに近づいた。コンテストを盛り上げるトークを始める。サラワットがこっちをじっと見ているのがわかった。見つめ合っている間に、MCたちが彼らに2、3質問をし、その後、彼らはステージを降りた。

僕はその後もステージの下にいて、その他たくさんの歌手やグループの演奏を聴き、パフォーマンスを観た。


「さあいよいよ、待ちに待った瞬間です。音楽フェスティバル2016、受賞者の発表。まずは3位から。受賞者は……ブラックボード・ストーリー！　みなさん盛大な拍手を！」

「イェーイ！」

バンド音楽ジャンルで準決勝からファイナルに残ったバンド4組に対して、賞は3つ用意されている。だから、賞を逃してもそれほど惜しいということはない。

2位も発表されて、残るは2組。Ctrl Sと、ミルのバンドであるザ・リズム。それぞれのバンドのメンバーが、優勝を願ってハグし合っている。

ザ・リズムもすごくよかったんだ。すばらしく熱い演奏で、彼らのパフォーマンス中は僕も飛び跳ねてたほど。とはいえ僕の心はサラワットだけを思っているから、他のバンドにあまり注意している暇はない。

「音楽フェスティバル2016の勝利者、バンド音楽・ジャンルは……」

「Ctrl S！　Ctrl S！　Ctrl S！」

「ザ・リズム！　ザ・リズム！　ザ・リズム！」

ホールの人たちがそれぞれのひいきを大声で叫ぶのが混ざってすごい騒音となり、会場に響き渡る。音楽が緊張感をさらに高め、僕はスター・ギャングの誰かのシャツを握りしめてしわくちゃにする。待っている間まともに息ができなくて、イラっとする。このMCたちなんとかして。早く発表してくれ、頼む。

「勝利者は……」

「いいから言え！」

「勝利者は……」

「あああ！　もうチビりそうだー！」

「……Ctrl S！」

「ああ！　サラワット！　サラワット！　サラワット！」

「やったぞ、Ctrl S！」

嬉しさのあまり、ステージに駆け上がりたくなる。最高の気分だ！　もう、今ここで死にそう。

「今年の勝者はなんと、1年生のバンドです。さて、では審査員たちを迎えましょう。そして去年の優勝バンド、Sssss..!も。では2016年の受賞者に手渡してください」

すべてがめまぐるしい速度で進行する。そこら中で、フラッシュが光る。スポットライトもまぶしい。ステージで何が行われているか、よくわからないくらいだ。気がつくとホワイト・ライオンの誰かに花束を持たされ、勝者の立つステージに上がれと背中を押される。

大音響が急に静まる。サラワットがこちらへ歩いてきて片膝をつき、にっこりして僕を見上げる。

「これ、俺に？」

とサラワットに言われたときは何がなんだかよくわからないまま、僕はその薔薇の花束を彼に手渡した。

「わー！」

周囲の人たちがすごい声で叫ぶ。その花束を受け取ると、彼は元の位置へと戻る。そしてまたMCたちの出番となった。

「さて伝統的に、優勝者には、今夜の有名バンドによるパフォーマンス前にオープニングアクトをしてもらいます。ではCtrl S、お願いします！」

「ウォー！」

みんながステージから降りる。輝いていた照明がいったん消え、再び明るくなったとき、サラワットのすらりとした姿がお気に入りのタカミネのギターを抱えているのが浮かび上がった。

さっきまでいたバンドの他のメンバーは誰もいない。彼だけがライトに照らされている。はにかみ屋の彼が、こうしてステージに1人で立つこともできるとは。

「ええと、俺は政治学部の友達と賭けをしたんだ。恋人ができたら、誓いを果たすという」

「サラワット！　きゃあ！」

「その彼に歌を歌わなければいけないと」

「いやー！」

「もし俺が勝ったら、みなさん全員の前で彼に歌わなくてはいけない。もし勝たなければ、彼だけに歌う。どっちにしろ、彼はそれを聴くことができるから」

「……」

「これから歌う曲のタイトルは『タイン』です」

「うわー！　サラワット！」

「タイムでもサインでもない。これは俺の彼の名前です」

「……」

「彼の名はタイン」

「うあああ！」

ギターの音が徐々に鳴り響き、ホールの人々がしんと静まる。まだギターの音だけなのに、それだけでみんなの心を動かす。なんと言っていいかわからない。ステージを観ながら、僕はシックなタインのイメージを守るためにも涙を必死でこらえる。

今の今まで、心臓発作で死ぬんじゃないかなんて感じたことがなかった。プーコンから聞いた、サラワットが書いていたという曲『タイン』の話がよみがえる。

一番大事なことは、僕は今から、それを聴こうとしているということだ……。

「あの日　おまえと俺　目と目が合った
一瞬でも　それで十分だ
この世界でおまえに逢った　思いがけなく
知らなかった　これほど心乱れるなんて
おまえは俺の　旅の友
お互いを知るための　道を探す
知らぬ間に　どれだけ時が過ぎただろう
俺の心は決まってる　おまえを愛すると
準備ができたなら　歩き出そう
あれから　いいことも　悪いこともあった
これから　一生分の　未来が待ってる
どんなに世界が広くても　もっと広い心をおまえに捧げる
2人なら　歩いていける　つらいときでも
おまえは俺の　旅の友
この世界を知るための　道を探す
2人で　涙を流した日もあった

過去の俺を　受け入れてくれたなら
準備ができたなら　一緒に歩き出そう」

歌は聴衆からの盛大な拍手と共に終わった。僕は圧倒的な感動に満たされている。サラワットが僕に向かって微笑む。今できるのは、お互いに微笑み合うことだけ。そしてやがて、彼の姿はバックステージへと消えた。

この歌の最初から最後までお互いの目を見つめ合っていた。それだけでも、今までのすべてが報われる気がした。これまで、無駄な時間なんてまったくなかったんだ。僕ら2人とも、それを知っている。

このパフォーマンスから時を置かず、大学の招いた有名バンドがステージに上がる。僕は人ごみを避けてバックステージへと向かった。

サラワットがいつもの無表情な顔をして待っていた。顔一面に汗がにじんでいる。でもこっちに歩いてくると、やっぱりからかうようなことを言う。

「おまえがあんまり見つめてるから、音外しちゃったじゃないか」

「歌、すっごくよかった！」

「マジ？」

「うん」

「それで?」

「照れくさいや!」

「……」

「ありがとう。なんて言ったらいいか、わからない」と僕。

「こっちもありがとう、あの日、俺に会いに来てくれて」

僕はうなずく。というより、僕はもっとたくさんの人にも感謝しなくちゃいけない。その中には僕を追いかけ回してくれたグリーンも入ってる。それに、くっつけてくれたディム部長に、ホワイト・ライオンたち、スター・ギャングの仲間たちに、プーコンにタイプ兄さん、あの夜のスクラブのライブにも。みんなが僕たちを導いて、今日僕らが一緒にいられるんだと思う。

「じゃ、ライブを思いっきり楽しもうぜ」

「行こう」


今は何か長いセリフを言うタイミングじゃないだろう。サラワットと僕は音楽のお陰で出会った。だからそれを、できるだけ楽しまなくちゃ。

「サラワット!」

混んだホールではいろんな人とすれ違うが、僕らの正面に、ミルとそのグループが現れた。バンド名のとおり、僕らのリズムをぶち壊す気か？

「なんだ？」

音楽が鳴り響く中、低い声でサラワットが言う。

「何も。ただ言いたいだけだ……」

「……」

「はは。おまえら、よくやったぞ！　また来年、バトろうぜ」

「ええ、いつでも」

ミルはぶ厚い手で彼の強い肩を2、3度叩いて、友達と共に人混みの中に消えていった。今夜はお祝いだ。長い長い努力の結果が実って、何もかも忘れるときだ。

僕らの前に立っているヴォーカリストがマイクを通して話す。その声で、またステージに視線が戻る。

「恋人がいる人、声上げて！」

「イェーイ！」

「今手を繋いでいるすべてのカップルに言いたい。出会ったのには、運命の味方もあった」

「……」

「目を見ただけで、恋に落ちた。ある日、誰かがきみたちの人生から消えていくかもしれない。でも信じよう、きっとまた会える、もし……一緒になることが運命なら」

スクラブがトリをつとめるなんて、最高だ。僕がスクラブ好きなのは何度も言ったよね。そして、シックな男・タインはいつも運がいいんだ。そしてサラワットと一緒にいる。もう何も言うことはない。僕らはただ踊った、もうヘトヘトになっちまうまで踊った。

声を限りに叫び、汗まみれになり、そして音楽に陶酔した。また明日から、始めよう。それが悲しみだろうと幸せだろうとかまわない、だって一番大事なのは、2人で歩くことだから。

「3《スリー》、4《フォー》！
すれ違う　見るのは知らない人たちばかり
いつもの気持ち……」

いつもと同じ……

「思い出そうとする　この思い出　僕だけのもの」

僕だけ　いつもの同じ自分……

「昼も夜も　吹く風のよう
でも誰かが僕に感じさせてくれる……」

意味があると

「1人がすべてを変えた　1人が　僕を微笑ませる」

悲しいときですら

「きみだけが　僕の愛を永遠に変えた
理由はいらない　説明も　きっと」

きっと僕たちは　一緒になると決まっていたんだ……

END

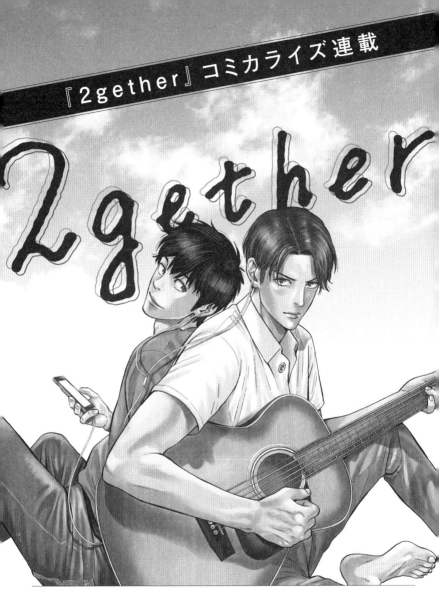

Profile

著 **ジッティレイン**（JittiRain）

本名はジッティナート・ンガムナク。友達からはジッティと呼ばれている。2014 年 6 月に執筆活動を開始。Facebook のフォロワー数は約 5 万 6000 人（2020 年 9 月時点）。

著書に『不可能な愛（Impossible Love）』シリーズ、『愛のセオリー（Theory of Love）』、『ミュージシャン・孤独・小説家（Musician, Solitude, Novelist）』、『エンジニア・キュート・ボーイ（Engineer Cute Boy）』シリーズ、『1 光年のポエム（The Poem of the Light Year）』、『難解（Arcanae）』、『バニラ・サンデー（Vanilla Sundae）』、『フレンド・ゾーン（Friend Zone）』。

訳 **佐々木紀**（ささき・みち）

北海道生まれ。東京外国語大学ロシア語科卒業。

小説『時計じかけのオレンジ』の英語・ロシア語まじりの造語スラングに惹かれて専攻を選んだ。イギリス在住。

科学・医療のノンフィクションからビジュアル図鑑、サスペンス・ロマンス小説まで幅広いジャンルで活躍。訳書多数。

装画……………………志村貴子

装丁・本文デザイン……鈴木大輔、仲條世菜（ソウルデザイン）
DTP……………………坂巻治子
校正……………………深澤晴彦
翻訳協力………………株式会社オフィス宮崎
編集……………………吉本光里、田中悠香、長島恵理（ワニブックス）

2gether（2）

著…………ジッティレイン
訳…………佐々木 紀

2020年11月30日　初版発行
2021年 8 月10日　2版発行

発行者……横内正昭
編集人……青柳有紀
発行所……株式会社ワニブックス
〒150-8482
東京都渋谷区恵比寿4-4-9　えびす大黒ビル
電話　03-5449-2711（代表）
03-5449-2716（編集部）
ワニブックスHP　http://www.wani.co.jp/
WANI BOOKOUT　http://www.wanibookout.com/

印刷所……株式会社美松堂
製本所……ナショナル製本

ISBN 978-4-8470-9985-4